La mise en page du cahier T (p. 289-304) est fautive
Le texte doit être rétabli, non d'après la place des pages
mais d'après la pagination imprimée

p. 289 - 1
- 290 - 4
- 291 - 7
- 292 - 6
- 293 - 3
- 294 - 2
- 296 - 8
- 297 - 9
- 298 - 12
- 299 - 15
- 300 - 14
- 301 - 11
- 302 - 10
- 303 - 13
- 304 - 16

MÉMOIRES

POUR SERVIR

A L'HISTOIRE

DE L'ASSEMBLÉE CONSTITUANTE

ET DE LA RÉVOLUTION

DE MIL SEPT CENT QUATRE-VINGT-NEUF.

PAR LE CITOYEN C. E. F***,
Membre de l'Assemblée constituante.

TOME PREMIER.

MÉMOIRES

POUR SERVIR

A L'HISTOIRE

DE L'ASSEMBLÉE CONSTITUANTE

ET DE LA RÉVOLUTION

DE MIL SEPT CENT QUATRE-VINGT-NEUF,

PAR LE CITOYEN C. E. F***,

Membre de l'Assemblée constituante.

Hoc illud eft præcipuè in cognitione rerum falubre
ac frugiferum, omnis te exempli documenta in
illuftri pofita monumento intueri : indè tibi, tuæ-
que reipublicæ quod imitere, capias; indè fœdum
inceptu, fœdum excitu quod vites.

Titus Livius. lib. I. initio.

TOME PREMIER.

A PARIS,

CHEZ LES MARCHANDS DE NOUVEAUTÉS;

An VII de la République.

AVERTISSEMENT.

JE n'ai pas cru qu'il fût néceſſaire de ſurcharger les pages de ces mémoires de citations de procès-verbaux ni d'autres pieces juſtificatives ; les événemens ſont trop récens, trop généralement connus, pour que le lecteur ait beſoin de ces citations. J'ai été témoin de la plûpart des faits que je rapporte ; ceux que je n'ai pas été à portée de voir par moi-même, m'ont été certifiés par des hommes dignes de foi. Je citerai entre autres le chevalier de Rhulieres, qui s'occupoit de l'hiſtoire de notre révolution, & que ſes liaiſons avec les principaux perſonnages qui y ont joué un rôle, avoient mis dans le cas de recueillir pluſieurs particularités intéreſſantes.

Je n'ai point négligé les journaux : c'eſt là ſur-tout que l'on apperçoit l'eſprit qui animoit les différens partis. La procédure

du Châtelet, les séances du club des jacobins de Paris, les rapports des comités
de l'assemblée, les papiers saisis aux Tuile-
leries, sont des pieces authentiques, où,
avec un peu d'attention, il est facile de
distinguer ce qui est vrai des exagérations
& des fausses imputations de l'esprit de
parti; les mémoires de la femme Roland,
la vie privée de Dumourier, & quelques
autres écrits publiés depuis le neuf ther-
midor, jettent beaucoup de jour sur certains événemens, dont il eût été difficile,
sans ce secours, de découvrir les véritables
causes. Jamais aucune histoire n'a eu des
titres si légitimes à la confiance publique
que celle de notre révolution; c'est un
grand procès instruit contradictoirement à
la face de l'Europe; toutes les pieces qui
y sont relatives ont été imprimées & soumises à de longues discussions : ce sera
donc la faute de l'historien s'il ne saisit
pas la vérité.

Plusieurs personnes ont déja écrit l'histoire
de la révolution françoise ; j'ai profité de

leur travail : mais la plupart n'ayant parlé
qu'en paffant de l'affemblée conftituante,
objet principal de ces mémoires, nous n'a-
vons prefque rien de commun. Mon but
eft de fournir des matériaux aux écrivains
qui viendront après moi ; c'eft à quoi doivent
fe borner les auteurs contemporains : au
refte je prie le lecteur de ne point oublier
qu'un hiftorien n'a pas d'opinion à lui;
qu'il dit ce qui eft, & non pas ce qu'il
penfe.

FAUTES ESSENTIELLES A CORRIGER.

Tome premier.

Page 5, *ligne* 15, affez, *lifez* affis.

Pag. 27, *lig.* 21, pureté, *lifez* parité.

Pag. 233, *ligne* 23, préjudicier, *lifez* préjuger.

Idem, *pag.* 234, *lig.* 17.

Pag. 269, *lig.* 24, ahancelans, *lifez* chancelans.

Pag. 236, *lig.* 19, fixe, *lifez* fifc.

Tome deuxieme.

Pag. 42, *ligne* 18, ont cefsé, *lifez* a cefsé.

Pag. 55, *lig.* 3, difciplines, *lifez* difcipline.

Pag. 201, *lig.* 23, dénomination, *lifez* domination.

Pag 294, *lig.* 2, s'affocier, *lifez* s'affeoir.

Pag. 356, *lig.* 12, pire, *lifez* pis.

Pag. 386, *lig.* 14, & fe font, *lifez* & ce font.

Tome troifieme.

Pag. 48, *ligne avant-derniere*, de peuples accourus, *lifez* de peuple accouru.

Pag. 107, *lig.* 13, cette délibération, *lifez* cette déclaration.

Idem *lig.* 16, d'une déclaration, *lifez* d'une délibération.

Pag. 147, *lig.* 4, tribunax, *lifez* tribunaux.

Pag. 192, *lig.* 7, de Maupeou, *lifez* Maupeou.

Le lecteur fuppléera aifément aux autres fautes qui ont pu échapper pendant le cours de l'impreffion.

MEMOIRES

MÉMOIRES
POUR SERVIR
A L'HISTOIRE
DE L'ASSEMBLÉE CONSTITUANTE
ET DE LA RÉVOLUTION DE MIL
SEPT CENT QUATRE-VINGT-NEUF.

LIVRE PREMIER.

Assemblée Bailliagere. — Arrivée des Députés à Paris. — Émeute au Fauxbourg St. Antoine. — Ouverture des États-Généraux. — Querelles entre les Ordres. — Conférences. — Intrigues. — Le Tiers-État se constitue. — Assemblée Nationale. — Séance Royale. — Réunion des Ordres.

IL y avoit déja quelques jours que les assemblées bailliageres étoient convoquées; j'étois à ma terre de . . . . plusieurs gentilshommes de mon voi-

Tome I.   A

finage vinrent chez moi, & m'engagerent à me
rendre à l'affemblée bailliagere de. . . . il étoit
convenable, me dirent - ils, que dans une occafion
fi éclatante, la nobleffe de notre petit canton fe
réunît à la nobleffe du royaume. N'étant point connu
à . . . n'y étant pas même allé depuis vingt ans,
je n'avois pas à craindre que les nobles de cette
sénéchaufsée jetaffent les yeux fur moi : fi j'avois
eu le moindre defir d'être nommé député je ferois
allé à . . . j'y étois connu & j'y jouiffois de quelque confidération : mais quoique la convocation des
états - généraux eût réveillé une foule d'idées & de
fentimens qui tenoient à mes lectures & à mon
genre de vie, je n'avois rien arrêté à cet égard
dans ma volonté.

Je ne tardai point à démêler les intrigues qui
fe préparoient ; chaque corps, chaque individu avoit
fes vues ; le parlement efpéroit s'accroître de tout
ce que les états - généraux ôteroient au roi ; la haute
nobleffe fecouer le joug miniftériel auquel l'avoit
foumife le cardinal de Richelieu ; les capitaliftes &
les rentiers vouloient affurer leurs créances, & faire
de la dette du roi une dette de l'état ; le but des
communes confié à des agens fecrets, mais ignoré
de la multitude, paroiffoit ne tendre qu'à la réforme
des abus : cependant la double repréfentation qu'on
leur avoit accordée, & qui devenoit nulle, fi les
ordres délibéroient féparément, annonçoit le projet

d'amener le vote par tête, & de se rendre maître des délibérations.

On étoit si las de la cour & des ministres, que la plupart des nobles étoient, ce qu'on a appellé depuis, démocrates : dénomination toutefois qui n'est pas exacte ; car ils ne vouloient pas remettre le gouvernement entre les mains du peuple ; ils vouloient seulement le retirer de l'oligarchie ministerielle entre les mains de laquelle il étoit concentré.

Le duc d'Orleans, le parlement de Paris & le ministre Necker, avoient envoyé dans les bailliages des émissaires qui répandoient des modeles de cahiers : tous paroissoient ne tendre qu'à consacrer les droits & le bonheur du peuple, & dans tous on déméloit les vues cachées des différens partis, plus ou moins déguisées, plus ou moins révélées, selon qu'il falloit gagner ou tromper les électeurs. En lisant cette foule d'instructions adressées aux assemblées baillia-geres, les François attachés à l'ancienne constitution de l'empire, craignirent qu'on ne voulût porter atteinte à l'essence même de la monarchie. Les nobles de province rejetoient absolument les grands sei-gneurs ; ils trafiqueroient, disoient-ils, des intérêts de la noblesse. Ce fut à ma position qui me rendoit indifférent à l'ambition, & encore plus à mes prin-cipes bien connus, mais très-éloignés du despotisme, que je dus ma nomination à la place de député de la sénéchaussée de. . . On crut trouver en moi ce milieu que l'on defiroit entre tout abandonner ou tout reprendre. Ne tenant point à la cour, ce que je retrancherois au monarque tourneroit au profit de la nation. . . ou plutôt dieu, pour me punir de mon fol orgueil , voulut me prouver que toutes mes prétendues vertus , que toute cette vaine fcience dont je me targuois, n'étoient d'aucun ufage dans les grandes affaires de ce monde ; que hors du cercle étroit que m'avoit tracé fa bonté paternelle , elles ne pouvoient fervir , ni pour mon propre avantage , ni pour celui de mon pays : afin que rendu à moi-même je beniffe cette providence dont j'avois fi fouvent méconnu la compatiffante fageffe : il m'étoit arrivé dans les irréfléchies penfées de mon cœur de murmurer de ce que, borné à exercer les vertus privées de l'honnête homme , je me voyois éloigné des emplois qui m'auroient fourni l'occafion d'exercer les talens & les vertus de l'homme public.

J'avoue que n'ayant à me reprocher aucune intrigue, aucune féduction, je vis avec une fecrete joie que j'allois être à portée de développer le fruit d'un travail de vingt ans, & que je pourrois enfin être utile à mon pays. Je fus bientôt cruellement détrompé. . . . mais fi je n'ai pu travailler pour mes contemporains, j'ai travaillé pour la poftérité ; je mets fous fes yeux le tableau fidele de l'affemblée conftituante ; peut-être l'expérience des peres ne fera-t-elle pas toujours inutile aux enfans.

Je n'écris point l'histoire de la révolution Françoise; ce sont des mémoires pour servir à l'histoire
de l'assemblée constituante & de la révolution de
mil sept cent quatre - vingt - neuf. C'est aux hommes
qui ont vu & suivi les événemens à fournir les matériaux nécessaires à l'histoire, ce n'est point à eux
à l'écrire. Je n'entrerai dans aucun détail, dans
aucune justification de la maniere dont j'ai traité
mon sujet ; j'ai voulu faire connoître l'assemblée
constituante, les hommes qui la composoient, l'esprit qui la dirigeoit, les moyens dont elle s'est
servie. J'ai rapporté tout ce qui m'a paru propre
à remplir ce but. Mes acteurs parlent beaucoup,
mais ce ne sont point ces discours de parade qu'un
historien travaille assez tranquillement à son bureau; ils ont été tenus par ceux mêmes dans la
bouche desquels je les place; je ne me suis permis
d'y rien changer ; j'ai retranché des longueurs ; j'ai
corrigé de loin en loin quelques fautes grossieres de
style. *Ce n'est ni le même visage ni la même couleur.*
Plusieurs de ces discours sont des morceaux précieux
d'éloquence qui ne nous laissent rien envier aux
orateurs d'Athenes & de Rome. J'ai cru rendre ser-
vice à mes concitoyens en les tirant des longs &
ignorés dépôts dans lesquels ils sont plutôt ensevelis
qu'ils ne sont conservés : je leur ai rendu cette vie,
ces traits caractéristiques, cet à-propos qu'ils avoient
lorsque l'orateur les prononçoit à la tribune. Il m'eût

été facile de me mettre à la place des hommes que
je fais parler, de fondre leur efprit, leur fcience,
leur ftyle dans ma narration. J'ai penfé que tout
cela étoit à eux, & n'étoit pas à moi. Si quelqu'un
des acteurs de ce grand drame fe trouve mécontent
du rôle qu'il y joue, qu'il ne s'en prenne pas à
moi, je ne lui ai pas affigné ce rôle, c'eft lui-même
qui l'a choifi : qu'il ne confulte pas pour juger de
la vérité du tableau ni de la convenance des couleurs, ce qu'il penfe à-préfent : qu'il confulte ce qu'il
penfoit alors : qu'il éloigne un moment de lui les
évenemens qui font arrivés, & qu'il fonge à ceux
qu'il défiroit & qu'il efpéroit qui arriveroient : qu'il
fe place aux mêmes époques & dans les mêmes
circonftances : qu'il fe demande, ai-je dit ou n'ai-
je pas dit cela? ai-je fait ou n'ai-je pas fait cela?

Avril
1789.
voulois-je ou ne voulois-je pas cela? A mefure que
les députés arrivoient à Paris, les différens partis
leur fouffloient leurs amitiés, leurs haines, leurs
intérêts. Une inquiétude générale fembloit tourmenter les efprits : c'étoit un defir vague de changement. Le François contenu jufqu'à ce jour fous une
police vigilante & févere, qui comprimoit tous fes
mouvemens, qui entravoit toutes fes penfées; étranger aux combinaifons politiques, n'ayant aucune
donnée primitive du pact focial, des droits de la
nation, des droits du monarque, de ceux des individus & des différentes claffes des citoyens, exagé-

roit jufqu'à la vérité, & lui préféroit l'erreur parce qu'elle eft plus gigantefque. Il s'abandonnoit à une intempérance d'idées & de paroles, qui auroit laiffé croire que ce peuple, forti tout-à-coup d'un long enchantement, venoit de recouvrer la faculté de parler & de penfer. Ce fut dans les cafés du palais royal que fe montra fous fes véritables traits ce nouveau développement du caractere national. Une curiofité de tout entendre & de tout favoir ; un befoin de fe communiquer y amenoient fans ceffe une foule de citoyens. L'un fe préfentoit armé d'une conftitution qu'il affuroit d'un ton confiant devoir être l'objet du travail des états-généraux ; l'autre déclamoit avec emphafe un écrit analogue aux circonftances ; un troifieme s'emportoit contre les miniftres, contre les nobles, contre les prêtres, & préparoît ainfi l'opinion dont on avoit befoin ; tandis qu'un quatrieme grimpé fur une table difcutoit la grande queftion de la délibération par tête, ou propofoit des plans d'adminiftration chimériques : chacun avoit fon auditoire, plus ou moins nombreux, qui l'écoutoit, l'approuvoit ou le cenfuroit.

Un événement auquel on ne fit pas affez d'attention caufa des alarmes fondées aux gens qui, réfléchiffant fur cette effervefcence politique, ne voyoient point fans inquiétude la fecrete difpofition des efprits. Cinq à fix mille hommes & femmes, dans le nombre defquels beaucoup d'ouvriers, excités par des chefs qui ne fe montroient pas, fe porterent chez un nommé Reveillon, riche fabricant de papiers au fauxbourg Saint-Antoine : ils crioient que Reveillon étoit un ennemi du peuple ; qu'il vouloit faire mourir le peuple de faim ; qu'il avoit dit à l'affemblée primaire de fon diftrict qu'un ouvrier gagnoit fuffifamment en gagnant quinze fols par jour ; qu'il falloit tuer Reveillon, fa femme & fes enfans. C'étoit le jour d'une courfe de chevaux à Charenton : cette rencontre qui avoit été calculée, rendit l'émeute plus facile, & lui donna un plus grand développement. La populace attaqua la maifon de Reveillon ; brûla fes magafins ; caffa, brifa les glaces, les tableaux, les commodes, les armoires, les fecrétaires ; emporta le linge, l'argent, les billets de caiffe ; défonça les tonneaux ; s'enivra de vin, d'eau-de-vie, de liqueurs : il y en eut qui burent des bouteilles entieres de vernis, & que l'on trouva morts dans les caves le lendemain. Une autre troupe arrêtoit à la porte Saint-Antoine les perfonnes qui revenoient de la courfe, leur demandoit fi elles étoient pour la nobleffe ou pour le tiers-état, infultoit ceux qu'elle s'imaginoit être nobles, forçoit les femmes de defcendre de leurs voitures, & de crier : vive le tiers-état ! Le duc & la ducheffe d'Orleans furent feuls exempts de cette humiliante obligation ; la populace les couvrit d'applaudiffemens, répétant avec enthoufiafme : vive monfeigneur & madame la ducheffe d'Orleans !

Un enchaînement de circonftances avoit rendu ce prince l'idole du peuple & le chef d'un parti composé de nobles mécontens de la cour ; de philofophes defireux de toutes efpeces de biens & d'honneurs, humiliés de n'être rien, tandis que d'autres étoient quelque chofe ; d'aventuriers, de gens perdus de dettes qui, d'après la convocation des états-généraux & la marche rapide de l'opinion, s'étoient ouverts à toutes les efpérances.

Le duc fans talens, décrié par une vie crapuleufe, par une avidité d'argent, repréhenfible dans un particulier, honteufe, aviliffante dans un prince, avoit tous les vices qui font haïr le crime, & n'avoit pas une des qualités brillantes qui l'illuftrent en quelque forte aux yeux de la poftérité. Il falloit animer ce cadavre moral, lui donner une apparente volonté : on lui montra le pouvoir fuprême fous le nom de lieutenant-général du royaume, tout l'argent du tréfor public à fa difpofition, &, dans un avenir qu'il ne tiendroit qu'à lui de rapprocher, la couronne pour fes enfans, & lui-même commençant peut-être une nouvelle dynaftie.

Un voyage en Angleterre, des liaifons avec le prince de Galles & les chefs de l'oppofition avoient rendu le duc fufpect à la cour. On profita de cette défaveur pour le rendre cher au peuple, toujours prêt à juger avantageufement ceux que repouffe l'autorité dominante. L'occafion étoit *favorable* ; le gouvernement livré à - la - fois à tous les genres de dépradations avoit épuisé ſes reſſources ; le crédit public tomboit chaque jour : comment le ſoutenir ſans de nouveaux impôts? le parlement pouvoit ſeul les autoriſer ; ce corps placé entre l'argent du peuple & la détreſſe du gouvernement, trafiquoit de l'un & de l'autre avec audace.

Le parlement de Paris tendoit par une marche lente, mais conſtamment ſuivie, à ſe conſtituer, à l'exemple du parlement d'Angleterre, repréſentant de la nation. La poſition fâcheuſe du gouvernement l'invitoit à profiter de la circonſtance ; & quelle immenſe autorité eût acquiſe le parlement s'il eût réuſſi dans ſes ambitieux deſſeins ! Les charges devenues un patrimoine de famille auroient fait des membres qui le compoſoient, de véritables ſouverains héréditaires, d'autant plus puiſſans qu'à l'avantage d'être colégiſlateurs avec le monarque, ils auroient joint le droit redoutable de prononcer ſans appel de la propriété & de la vie des citoyens.

Il falloit un chef oſtenſible qui, par ſa naiſſance, ſes richeſſes, ſes nombreux partiſans, entraînât l'opinion publique ; le duc d'Orleans parut propre a remplir cette place ; le nom du premier prince du ſang à la tête d'un parti qu'on appelloit populaire, établiſſoit la confiance ; la réunion des ducs & pairs offroit au peuple un ſimulacre de la nation : le parlement ne doutoit pas que le François avide de

nouveautés n'applaudit à un ordre de chofes qu'il
fuppoferoit meilleur, uniquement parce qu'il ne
feroit plus le même. Cependant l'archevêque de
Sens, Brienne, demandoit de l'argent ; les capitalistes
refufoient ; ils exigeoient un impôt capable d'affurer
les intérêts de l'emprunt. L'archevêque négocia avec
les principaux membres du parlement ; le roi ne
vouloit point de lit de juftice ; l'archevêque propofa
une féance royale. Il efpéroit à l'aide de cette forme
menfongere en impofer au peuple, en impofer au
roi lui-même, & jeter l'odieux de l'impôt fur le
parlement. L'archevêque avoit trop calculé les facrifices ; la délibération prit une marche contraire à
fes vues : l'archevêque abandonnant tout-à-coup le
mafque dangereux dont il s'étoit revêtu, fit parler
le roi en maître, & fufpendant la délibération ordonna l'enregistrement de l'édit. Cet acte de defpotifme révolta le parlement, indigna Paris ; le duc
d'Orleans s'éleva contre la violence faite à la liberté
des fuffrages, il fut exilé à Villers-Coterets.

Dès ce moment on oublia les débauches, l'ava-
rice, les efcroqueries du duc. Le peuple ne vit
qu'une illuftre victime du pouvoir arbitraire, & fatigué de l'inftabilité du gouvernement, de l'impéritie
des miniftres, n'appercevant aucun terme à fa mifere, il tourna les yeux vers le duc, comme vers le
feul homme capable de protéger fes droits. Le duc
animé d'une haine violente contre la reine à qui il

attribuoit fon exil, fe laiffa entraîner dans tous les projets propres à feconder fa vengeance ; mais guidé par fon caractere timide, il fe tint caché derriere les intrigues qu'on ourdiffoit fous fon nom.

Le parlement demanda les états-généraux ; cette demande adroitement calculée éblouit le peuple, attendant toujours de ces nombreufes & bruyantes affemblées un bonheur jamais réalisé ; elle embaraffa la cour, lui montra la néceffité de traiter avec le parlement plutôt que de fe mettre à la merci d'hommes mécontens, devenus redoutables par leur réunion. L'archevêque accorda les états-généraux, prit fourdement des moyens de les éviter, échoua & fut renvoyé ; car dans la politique des cours, le manque de fuccès eft un crime. Necker revint triomphant : ce miniftre fort de tous les banquiers & de tous les agioteurs de Paris raffura la cour fur les états-généraux.

Tandis que le miniftre & le parlement travailloient avec une égale ardeur à fe tromper, un troifieme parti agiffoit en filence, & préparoit les événemens. J'ai parlé de ces hommes qui méditoient une grande révolution : ils l'avoient opérée dans l'opinion publique : leurs liaifons avec le parlement n'avoient été qu'un moyen d'amener les chofes au point où elles étoient : ils connoiffoient trop les vues fecretes de ce corps, fon defpotifme plus oppreffeur que le defpotifme minifteriel, pour vouloir fincérement la réuſſite de ſes projets. Auſſi-tôt que la convocation des états-généraux fut décidée, ils abandonnerent le parlement ; ils firent plus, philoſophes, écrivains, journaliſtes, ils tournerent contre le parlement l'opinion publique dont ils diſpoſoient, & le rendirent bientôt auſſi odieux au peuple, qu'ils avoient ſu le lui rendre cher. Cependant ils n'oſoient pas marcher à découvert ; ils avoient beſoin d'un nom qui eût la confiance du peuple : Necker portoit ce nom ; il s'étoit acquis auprès de la multitude une réputation d'honnête homme, de miniſtre habile ; il n'en avoit pas impoſé à des hommes exercés à juger les gens en place ; ils connoiſſoient l'inaptitude, la gloriole de Necker ; ils ſavoient qu'il leur ſeroit aiſé de le perdre lorſqu'il deviendroit inutile ou contraire à leurs vues ; ils ne craignirent point de ſe réunir à lui ; ils employerent en ſa faveur toutes les bouches qu'ils faiſoient parler ; & le ſecondant en apparence, ils en firent l'inſtrument paſſif de leurs propres deſſeins.

Le duc d'Orleans abandonna le parlement & ſe lia ſecretement avec Necker. La double repréſentation du tiers fut un article du traité : Necker la vouloit dans l'eſpoir de gouverner les états : ces hommes la vouloient auſſi, & ils avoient mieux calculé l'avantage qu'ils en retireroient un jour.

Le duc d'Orleans afficha la popularité & la bienfaiſance. Les journaux célébrerent les nouvelles vertus de ce prince : il ne bornoit pas, diſoit - on, ſes bien-

faits à la ville de Paris, il les étendoit fur les malheureux de fes terres : fes officiers avoient ordre de
diftribuer du bled, du bois, du vin aux plus né-
cefliteux, du travail à ceux qui manquoient d'ouvrage. Une foule d'arrêtés de fon confeil répandus
avec profufion, & dans lefquels ce prince ne paroiffoit
s'occuper que de la mifere du peuple, & des moyens
de le foulager, donnoient de la vraifemblance à ce
qu'on publioit de fa générofité. A ces déhors fi faits
pour en impofer, le duc joignit la fimplicité des
manieres : il fe montroit doux, affable, acceffible:
il affectoit un grand amour de la liberté, un grand
defir de la réforme des abus, un grand zele pour
les intérêts du peuple : fes agens affuroient qu'il
étoit difposé aux plus nombreux & aux plus cou-
teux facrifices. On n'avoit point vu, jufqu'à ce jour,
un prince du fang fiéger comme député aux états-
généraux. Les princes du fang fubftitués indéfiniment
à la fucceffion de la couronne, formant une claffe
diftincte des autres citoyens, ne pouvoient repréfenter un ordre, puifqu'ils ne faifoient partie d'aucun;
mais il n'exiftoit point de loi qui exclut les princes
du fang, & Necker qui ne prévoyoit rien, n'agita
pas même au confeil cette importante queftion; &
puis Necker comptoit fur fes liaifons avec le duc
d'Orleans, fur la haine bien connue du duc contre
la reine & contre monfieur d'Artois. Necker crut
que la nomination d'un premier prince du fang,

hautement attaché au parti populaire, feroit dans la chambre de la nobleſſe un puiſſant appui, & deviendroit un moyen infaillible d'acquérir une grande influance ſur les délibérations.

Le duc ſentit encore plus vivement que Necker, combien il importoit à la réuſſite de ſes projets d'être nommé député aux états-généraux. Il intri-gua par ſes émiſſaires dans les bailliages où étoient ſituées ſes terres : il ne réuſſit point à Orleans : & n'ayant plus beſoin, aux yeux des habitans de cette ville, d'une réputation de généroſité & de bienfai-ſance, qui ne lui importoit qu'autant qu'elle pouvoit lui être utile, il retira ſur-le-champ une ſomme de vingt-quatre mille livres, qu'il donnoit tous les ans pour une bibliotheque publique. Le duc fut plus heureux à Crepi : ſa nomination ſouffroit des dificultés : il ſe préſenta à l'aſſemblée bailliagere de Paris. Là ſes émiſſaires recommencerent leurs intri-gues : l'émeute qui venoit d'éclater au fauxbourg Saint-Antoine, & le pillage de la maiſon de Re-veillon, en étoient une ſuite. On vouloit forcer la nobleſſe de nommer le duc d'Orleans, influancer l'élection des députés de Paris, faire tomber les choix ſur les hommes les plus connus par leur at-tachement au parti populaire, éloigner ceux qui par leurs principes ou par leurs intérêts s'oppoſeroient aux vues que l'on avoit. Dans ce deſſein, huit à neuf cents hommes ſe détacherent du gros de la popu-

lace, & firent mine de se porter à l'archevêché:
trois cent soixante gentilshommes & les électeurs de
la vicomté de Paris y étoient assemblés; chacun
s'enfuit & se sauva comme il put : alors cette troupe
se partagea en plusieurs bandes. La plupart étoient
ivres; ils se mirent à courir les rues, arrêtant les voitures & même les passans; demandant à ceux qu'ils
rencontroient s'ils n'étoient point de la noblesse; exigeant qu'on leur donnât de l'argent pour boire à la
santé du tiers-état. La nuit approchoit : on avoit
tout à craindre d'une populace livrée à elle-même,
qui n'attendoit que l'instant favorable de commettre les
plus grands excès. Le commandant Besinval fit marcher deux bataillons du régiment des gardes. La
populace, que le succès rendoit plus insolente, s'empara de quelques maisons d'où elle lança une grêle
de pierres sur les soldats : ils furent contrains de
faire feu : il y eut plusieurs hommes du peuple tués;
le reste se dissipa.

Tandis que l'on s'égorgeoit à Paris, on s'occupoit à Versailles à regler le costume des députés,
à préparer un spectacle qui pût amuser l'oisiveté
des femmes de la cour, & frapper d'étonnement &
d'admiration les habitans de Paris. On compulsa
tous les registres pour déterminer avec quels habil-
lemens les députés des trois ordres paroîtroient à la
grande procession qui devoit précéder l'ouverture des
états-généraux. Le tiers fut mécontent de son costume,

tume, quoi que ce fût celui des maîtres des re-
quêtes & des confeillers d'état : il faut avouer qu'il
formoit une démarcation très-fenfible avec l'habilement chevalerefque de la noblefſe ; c'eſt ce que
ne vouloit pas le tiers-état. Le jour enfin fixé, les
députés des trois ordres fe rendirent à l'églife de Notre-
Dame. Je céde au plaifir de retracer ici l'impreffion
que fit fur moi cette augufle & touchante cérémonie ; je vais copier la relation que j'écrivis alors, encore plein de ce que j'avois vu & de ce que j'avois
fenti. Si ce morceau n'eſt pas hiſtorique, il aura
peut-être pour quelques lecteurs un intérêt plus vif.

La noblefſe habit noir, veſte & paremens de drap
d'or, manteau de foie, cravate de dentelles, le
chapeau à plumes retroufsé à la henri quatre ; le
clergé en foutane, grand manteau, bonnet-carré ;
les évêques avec leurs robes violettes & leurs rochets ;
le tiers vêtu de noir, manteau de foie, cravate de
batifte. Le roi fe plaça fur une eſtrade richement
décorée ; monfieur, monfieur comte d'Artois, les
princes, les miniſtres, les grands officiers de la couronne étoient affis au deffous du roi : la reine fe
mit vis-à-vis le roi ; madame, madame comteffe
d'Artois, les princeffes, les dames de la cour, fuper-
bement parées & couvertes de diamans, lui compofoient un magnifique cortege. Les rues étoient ten-
dues des tapifferies de la couronne ; lès régimens
des gardes-françoifes & des gardes-fuiffes, formoient

Tome I.

une ligne depuis Notre - Dame jufqu'à Saint - Louis
un peuple immenfe nous regardoit paffer dans u
filence refpectueux ; les balcons étoient ornés d'étoff
précieufes, les fenêtres remplies de fpectateurs d
tout âge, de tout fexe, de femmes charmante
vêtues avec élégance : la variété des chapeaux, d
plumes, des habits ; l'aimable attendriffement pei
fur tous les vifages ; la joie brillante dans tous l
yeux ; les battemens de mains, les expreffions d
plus tendre intérêt, les regards qui nous dévançoien
qui nous fuivoient encore après nous avoir perd
de vue. . . tableau raviffant, enchanteur, que je m'é
forcerois vainement de rendre : des chœurs d
mufique difpofés de diftance en diftance faifoie
retentir l'air de fons mélodieux ; les marches mil
taires, le bruit des tambours, le fon des trompette
le chant noble des prêtres, tour-à-tour entend
fans difcordance, fans confufion, animoient cet
marche triomphante de l'éternel.

Bientôt plongé dans la plus douce extafe, d
penfées fublimes, mais mélancoliques, vinrent s'off
à moi. Cette France ma patrie, je la voyois, ap
puyée fur la religion, nous dire : étouffez vos puéri
querelles ; voilà l'inftant décifif qui va me donn
une nouvelle vie, ou m'anéantir à jamais. . .
Amour de la patrie tu parla sà mon cœur. . . Quo
des brouillons, d'infenfés ambitieux, de vils int
gans, chercheront par des voix tortueufes à dé

nir ma patrie; ils fonderont leurs fyftêmes deftruc-
teurs fur d'infidieux avantages; ils te diront : tu as
deux intérêts; & toute ta gloire, & toute cette
puiffance fi jaloufée de tes voifins, fe diffipera comme une légere fumée chafsée par le vent du midi. . .
Non, j'en prononce devant toi le ferment; que ma
langue défséchée s'attache à mon palais, fi jamais
j'oublie tes grandeurs & tes folemnités.

Que cet appareil religieux répandoit d'éclat fur
cette pompe toute humaine; fans toi, religion véné-
rable, ce n'eût été qu'un vain étalage d'orgueil;
mais tu épures & fanctifies, tu agrandis la grandeur
même; les rois, les puiffans du fiecle, rendent auffi
eux, par des refpects au moins fimulés, hommage au
roi des rois. . . Oui, à dieu feul appartient honneur,
empire, gloire. . . . Ces cérémonies faintes, ces
chans, ces prêtres revêtus de l'habit du facrifice,
ces parfums, ce dais, ce foleil rayonnant d'or & de
pierreries. . . Je me rappellois les paroles du pro-
phete. . . Filles de Jerufalem, votre roi s'avance;
prenez vos robes nuptiales & courez au devant de
lui; des larmes de joie couloient de mes yeux. Mon
dieu, ma patrie, mes concitoyens, étoient devenus
moi. . . .

Arrivés à Saint-Louis, les trois ordres s'affirent
fur des banquettes placées dans la nef. Le roi & la
reine fe mirent fous un dais de velours violet, femé
de fleurs de lis d'or; les princes, les princeffes, les

grands officiers de la couronne, les dames du palais, occupoient l'enceinte réservée à leurs majestés. Le saint-sacrement fut porté sur l'autel au son de la plus expressive musique. C'étoit un *ó salutaris hostia*. Ce chant naturel, mais vrai, mélodieux, dégagé du fatras d'instrumens qui étouffent l'expression; cet accord ménagé de voix, qui s'élevoient vers le ciel, me confirma que le simple est toujours beau, toujours grand, toujours sublime. . . Les hommes sont fous dans leur vaine sagesse de traiter de puéril le culte que l'on offre à l'éternel : comment voyent-ils avec indifférence cette chaîne morale qui unit l'homme à dieu, qui le rend visible à l'œil, sensible au tact. . . Monsieur Delafare, évêque de Nanci, prononça le discours. . . la religion fait la force des empires ; la religion fait le bonheur des peuples. Cette vérité, dont jamais homme sage ne douta un seul moment, n'étoit pas la question importante à traiter dans l'auguste assemblée; le lieu, la circonstance, ouvroient un champ plus vaste : l'évêque de Nanci n'osa ou ne put le parcourir.

Le jour suivant les députés se réunirent à la salle des menus. L'assemblée ne fut ni moins imposante, ni le spectacle moins magnifique que la veille. Le roi rappella les motifs qui l'avoient engagé à convoquer les états-généraux; il parla des fruits heureux que retireroit la nation d'un moyen si propre à remettre l'ordre dans les finances, à corriger les

abus; & à unir plus étroitement que jamais les François à leur roi. Chacun attendoit avec inquiétude
comment le roi s'expliqueroit fur la maniere de délibérer; mais le miniftre Necker n'étoit pas fâché
qu'il exiflât des femences de divifion entre les ordres,
afin de les balancer l'un par l'autre.

Le garde-des-fceaux dit, qu'en déférant à la demande de la double repréfentation, le roi n'avoit
pas prétendu changer l'ancienne forme des délibérations; que bien que celle par tête, ne produifant
qu'un feul réfultat, parût avoir l'avantage & faire
mieux connoître le vœu général; le roi vouloit que
cette nouvelle forme ne pût s'opérer que du confentement des états-généraux & avec l'approbation
de fa majefté. « Ce fera vous, meffieurs, ajouta
» Necker, qui chercherez d'abord à connoître l'im-
» portance, & le danger dont peut être pour l'é-
» tât que vos délibérations foyent prifes en commun
» ou par ordre. Que fi une partie de cette affemblée
» demandoit que la premiere détermination fût
» un vœu pour délibérer par tête, fur tous les ob-
» jets qui feront foumis à votre examen; il réfulteroit
» de cette tentative une fciffion, telle que la marche
» des états-généraux feroit arrêtée ou long-temps
» fufpendue, & l'on ne fauroit prévoir la fuite d'une
» pareille divifion. Tout prendroit au contraire une
» forme différente, tout fe termineroit peut-être
» par une conciliation agréable aux partis oppofés,

» fi les trois ordres commençant par fe féparer , les
» deux p emiers examinoient l'importante queftion de
» leurs priviléges pécuniaires ,. & fi , confirmant des
» vœux déja manifeftés dans plufieurs provinces, ils
» fe déterminoient d'un commun accord au noble
» abandon de ces avantages.

» C'eft alors qu'on jugera plus fainement une
» queftion qui préfente tant d'afpects différens. Vous
» verrez facilement que pour maintenir un ordre
» de chofes établi ; que pour ralentir le goût des
» innovations, les délibérations confiées à deux ou
» trois ordres ont de grands avantages : enfin, mef-
» fieurs, vous découvrirez fans peine toute la pureté
» des motifs qui engagent le roi à vous avertir de
» procéder avec fageffe à ces différens examens.
» En effet, s'il étoit poffible qu'il fût uniquement oc-
» cupé d'affurer fon influance fur vos déterminations,
» il fauroit bien appercevoir que l'afcendant du
» fouverain feroit un jour ou l'autre favorifé par
» l'établiffement général & conftant des délibérations
» en commun ; car dans un temps où les efprits ne
» feroient pas foutenus par une circonftance éclatan-
» te , on ne peut douter qu'un roi de France n'eût
» des moyens pour capter ceux qui par leur élo-
» quence & leurs talens paroîtroient devoir entraîner
» un grand nombre de fuffrages ». Necker ignoroit
fans doute que la popularité de l'homme public,
lorfqu'il n'a pas en main la force de la loi, lui

commande impérieusement ce que veut l'opinion dominante; qu'il faut qu'il s'y soumette en esclave, ou qu'il perde l'influance que son éloquence & ses talens pouvoient lui donner.

La maniere dont venoient de s'expliquer le garde-des-sceaux & le ministre Necker, annonçoit que l'on étoit loin de regarder la délibération par tête, comme une conséquence naturelle & nécessaire de la double représentation : mais le ministre & le garde-des-sceaux ne disoient point où, ni comment seroient vérifiés les pouvoirs des députés. On jetoit cette pomme de discorde entre les ordres; il eût été si facile de résoudre cette question, de prévenir les querelles qu'elle alloit faire naître. Le roi n'avoit qu'à indiquer une seconde assemblée générale, dont l'objet eût été de vérifier les pouvoirs des députés; certainement le roi étoit autorisé à connoître ceux que la nation avoit revêtus de sa confiance, & chargés de traiter de ses intérêts les plus chers avec lui. Une commission, composée de députés des trois ordres, auroit jugé, conjointement avec le garde-des-sceaux, les pouvoirs susceptibles de difficultés : au lieu de cette marche simple, on se contente de dire aux députés de remettre leurs pouvoirs au marquis de Bresé, grand maître des cérémonies : cette mesure ridicule fut même abandonnée; le grand maître de cérémonies ne demanda point les pouvoirs; aucun député ne les lui offrit. On vouloit se réserver un moyen

d'entraver la marche des états-généraux, & même
de les diſſoudre, ſi l'on s'appercevoit qu'ils tendiſſent
trop ouvertement à entreprendre ſur la prérogative
royale : car les mandats donnés par la plupart des
bailliages à leurs députés, inſpiroient à la cour de
juſtes craintes, & ne lui laiſſoient enviſager la tenue
des états que comme une criſe dangereuſe, dont
elle eût voulu être déja ſortie. On abandonna donc
les trois ordres à eux - mêmes ; loin de chercher à
les réunir, en leur montrant la néceſlité de céder
quelque choſe de leurs prétentions reſpectives, on
laiſſa les eſprits s'aigrir ; l'opinion ſe former ; on en-
tretint la nobleſſe dans ſon refus, tandis que Coſter,
ſecrétaire de Necker, exhortoit meſſieurs du tiers à
tenir bon, & les aſſuroit qu'ils ſeroient ſoutenus.

Retirés dans la ſalle qu'on nous avoit préparée,
notre premiere opération fut de nous conſtituer
chambre de la nobleſſe. Nous nommâmes un préſident & un ſecrétaire proviſoires. L'on s'occupa enſuite de la vérification des pouvoirs. On propoſa de
charger douze commiſſaires pris parmi les députés
les plus âgés. Ce fut là que commença le choc avec
la différence des intérêts & des opinions : les créatu-
res du miniſtre Necker, les jeunes colonels, les en-
thouſiaſtes d'une folle célébrité populaire, crierent
qu'il falloit vérifier les pouvoirs en commun. Il y
eut de longs & de violens débats ; une majorité de
cent quatre - vingt - trois voix contre quarante - ſix,

prononça que les pouvoirs des députés feroient vérifiés dans leurs chambres refpectives. Pendant que nous délibérions, meffieurs du tiers établis dans la falle qui avoit fervi à l'ouverture des états-généraux, feignoient d'attendre que nous vinfions les y joindre, & travailler en commun à la vérification de ces mêmes pouvoirs. Cette falle deftinée à l'affemblée générale des trois ordres, lorfqu'une circonftance marquante exigeroit leur réunion, ne devoit appartenir, ni fervir à aucun d'eux féparément. Le miniftre Necker, en y inftalant, par une politique perfide, meffieurs du tiers, fembloit les conftituer effentiellement états-généraux, & ne faire de la nobleffe & du clergé que deux branches du même tronc, qui ne pouvoient avoir de vie qu'autant qu'elles s'y raliroient, & qu'elles y demeureroient conftamment unies. Meffieurs du tiers recueillirent un autre avantage non moins précieux de leur permanence dans la falle des états. Cette falle étoit la feule qui, par fa grandeur, & par fa difpofition, permît de rendre les féances publiques. Une foule d'hommes de tout âge, de tout état, accouroient chaque jour de Paris & des environs de Verfailles. Ils fuivoient les délibérations, fe nourriffoient de tous les fentimens dont on vouloit les nourrir, adoptoient tous les principes qu'on vouloit leur faire adopter. Le peuple s'accoutuma bientôt à regarder la falle où s'affembloient meffieurs du tiers, comme le centre de la repréfentation nationale, & les députés qui y siégoient, comme les seuls députés qui méritassent sa confiance.

Les commissaires de la noblesse avoient à peine commencé leur travail, que l'on annonça une députation de messieurs du tiers. Ils venoient, dirent-ils, avertir messieurs de la noblesse, que l'ordre du tiers-état étoit dans l'inaction, attendant que l'ordre du clergé, & l'ordre de la noblesse, se rendissent dans la salle de l'assemblée générale, pour procéder en commun à la vérification des pouvoirs. Les commissaires répondirent que le président avoit ajourné la chambre de la noblesse, qu'ils lui rendroient compte, à sa rentrée, de la députation de messieurs du tiers. Le lundi suivant les commissaires après quelques détails sur le travail, auquel ils s'étoient livrés, parlerent de la députation qu'ils avoient reçue; la demande de messieurs du tiers excita de nouveaux débats. Les partisans du votement par tête prétendirent que tout ce qu'on avoit fait étoit illégal; que la chambre n'étant pas constituée, on n'avoit pu prendre aucun arrêté. — Messieurs, s'écria Freteau, je me crois obligé de vous prévenir que, dans la circonstance actuelle, il s'agit moins de s'occuper des droits politiques, que de notre véritable position. C'est ici la guerre des pauvres contre les riches; elle est déclarée, & si. . . . On intérompit Freteau qui peut-être eût dévoilé d'utiles vérités; on revint à la question des pouvoirs; une majorité de cent quatre - vingt - quinze voix décida que la chambre étoit fuffifamment conftituée, & qu'elle avoit le droit de procéder à la vérification de fes membres.

Cet arrêté étoit à peine rédigé, qu'une députation du clergé vint nous annoncer la demande que meſ.fieurs du tiers lui avoient faite, ainfi qu'à nous, de fe réunir dans la chambre commune, pour la vérification des pouvoirs. L'évêque de Saintes ajouta que le clergé uniquement occupé de maintenir l'union, & l'harmonie fi néceffaires aux importantes opérations des états - généraux, alloit nommer des commiffaires conciliateurs, afin d'arranger les diffé-rens qui pourroient furvenir entre les ordres. L'op-pofition furfit cette ouverture, & dit qu'il falloit auffi nommer des commiffaires conciliateurs. Mon-fieur Mulée de Bresé, député de Dijon propofa d'envoyer aux deux chambres du tiers & du cler-gé les arrêtés que nous avions pris la veille. Fre-teau répliqua que c'étoit attenter à l'intégrité des états - généraux, & à la pureté des droits, qui affure à tous, & à chacun des membres de l'af-femblée nationale, la faculté de voter fur les quef-tions importantes; que la chambre de la nobleffe n'avoit pu fe conftituer en l'abfence des députés de Paris, & de ceux de plufieurs provinces, lefquels s'étoient vus jufqu'ici dans l'impoffibilité de venir aux états - généraux, faute d'avoir été convoqués à

temps par les miniftres du roi ; que les conséquences
d'un pareil exemple lui paroiffoient d'une grande
importance pour la chofe publique, l'intérêt du roi
& celui du royaume ; que l'ordre du clergé & celui
du tiers n'étant pas conftitués, on ne pouvoit leur
communiquer officiellement aucun arrêté. Nous
voyons clairement que les membres de l'oppofition
ne cherchoient qu'à entraver la marche de la nobleffe, jufqu'à ce que les intrigues que l'on faifoit
jouer, l'arrivée des députés de Paris, l'admiffion de
ceux du Dauphiné leur fournit les moyens d'amener
la réunion. Malgré les efforts de l'oppofition, la
propofition de Monfieur Mulée de Bresé fut décrétée.
On envoya les deux arrêtés à meffieurs du tiers &
du clergé.

Il n'y avoit plus d'efpoir de revenir fur des arrêtés
communiqués fi folemnellement. Cette vérification
des pouvoirs en commun, fi bien calculée pour
amener le votement par tête feroit abandonnée ! oh
non ; les oppofans, voulant fe ménager une reffource,
ramenerent la motion des commiffaires conciliateurs.
On eut beau repréfenter que là où n'exifte point de
conteftation, befoin n'eft de gens pour concilier.
L'oppofition l'emporta, les commiffaires conciliateurs
pafferent à une majorité de cent quatre - vingt - dix
voix.

Cette petite victoire releva le courage de l'oppofition ; les oppofans conclurent qu'il fe préfenteroit

bientôt une difcution propre à donner lieu à l'emploi des commiffaires conciliateurs ; le votement par
tête ne leur parut pas entierement défefpéré. En
effet, il s'offrit le lendemain une occafion de recourir
aux commiffaires conciliateurs. Le bailliage d'Auxerre
avoit deux députations; l'édit réglementaire ne lui
en accordoit qu'une ; l'affaire regardoit néceffairement
les trois ordres; auffi l'oppofition ne manqua pas d'en
renvoyer d'une voix unanime la connoiffance aux
commiffaires conciliateurs. Il falloit ftatuer fi les
commiffaires jugeroient, ou s'ils ne feroient que rap-
porteurs; fi le rapport fe feroit dans chaque chambre
féparément par les commiffaires de fon ordre, ou
s'il fe feroit aux trois chambres affemblées en états-
généraux. Cette grande queftion divifa de nouveau
la chambre de la nobleffe. Les criailleries, les fub-
tilités recommencerent : quelque envie qu'eût l'oppofition que les commiffaires conciliateurs jugeaffent;
cette opinion fut démontrée fi extravagante, fi contraire aux principes, qu'ils n'oferent s'y arrêter. On
décida que les commiffaires ne feroient que rappor-
teurs : mais l'oppofition vouloit que le rapport fe fît
aux états - généraux affemblés dans les trois ordres;
jamais elle ne perdoit de vue le votement par tête;
elle favoit que la premiere réunion des chambres le
décideroit. L'oppofition fuccomba à la majorité de
cent quatre - vingt - dix voix.

Meffieurs du tiers fentirent qu'il fuffifoit de nous

abandonner à notre impétuofité naturelle; que les gens qui nous conduifoient nous emporteroient à des mefures violentes; ils réfolurent de demeurer dans une inertie totale, & d'éviter toute démarche & toute délibération tendante à les conftituer en ordre, ou chambre du tiers: ils fe bornerent à dire: — nous fommes des députés préfumés des communes de France; nous attendons que les députés préfumés de la nobleffe & du clergé viennent nous montrer leurs pouvoirs, & les foumettre à la vérification: c'eft alors feulement que les trois ordres réunis nous formerons les états-généraux. Mounier ajouta que ce parti étoit d'autant plus convenable que, d'après un propos que lui avoit tenu l'archevêque de Vienne, il favoit que le clergé étoit difposé à fe joindre aux communes : que dans tous les cas les membres de la députation du Dauphiné fe rendroient à la falle des états-généraux, & y préfenteroient leurs pouvoirs à la vérification.

Ces confidérations déciderent la conduite de mef-fieurs du tiers. Il falloit, avant de prendre une réfolution définitive, détacher le peuple de la nobleffe & du clergé; détruire peu-à-peu le refpect fuperftitieux que leur portoient les claffes inférieures, accoutumées à voir en eux des protecteurs toujours ardens à les fervir, & des confommateurs utiles : il falloit fur-tout perfuader aux artiftes, aux ouvriers, aux marchands, aux habitans des campagnes, que

leurs intérêts étoient les mêmes que ceux des bourgeois rentés des villes, des capitalistes, des agioteurs,
des avocats, des gens de justice. C'est à quoi messieurs du tiers travaillerent avec un zele infatigable,
& le succès étonnant qu'ils obtinrent, prouve qu'ils
avoient savamment calculé les moyens.

Cependant pour entretenir les bonnes dispositions
des nombreux habitués des tribunes, les harangueurs
proposoient les motions les plus violentes : ils vouloient que messieurs du tiers se déclarassent seuls la
nation ; qu'ils sommassent la noblesse & le clergé
de venir dans la salle des états ; que sur leur refus
ils procédassent à l'établissement de la constitution.
Ces partis extrêmes & déraisonnables n'offroient au
premier aspect qu'un ridicule orgueil : mais les gens
sensés gémissoient de ces divisions funestes ; divisions
qui aux yeux de l'homme d'état faisoient désespérer
qu'un peuple, uniquement occupé d'intérêts d'ordre
& de corps, produisît jamais rien de grand, rien
de bon, rien de vraiment utile.

L'opposition, ou comme on l'appelloit, la minorité
établit un club. Les membres qui la composoient s'y
rassembloient tous les jours, & convenoient de ce
qu'ils avoient à faire. Cet accord leur donnoit beaucoup d'avantages dans les délibérations : quel étoit
le but de la minorité ? l'amour du bien ; non.
A l'exception de quelques gentilshommes, de province, probes, mais entêtés des droits & des préro-

gatives de leur nobleffe ; prefque tous les membres qui compofoient la chambre ne fongeoient qu'à eux - mêmes. Les grands feigneurs avoient trop d'intérêt à maintenir les abus : les parlemens fe repentoient d'avoir forcé le roi de convoquer les états-généraux : ils voyoient que le peuple feul en profiteroit; & il eft fi doux de s'établir corps intermédiaire entre un roi qui tend au defpotifme, & une nation fatiguée de l'oppreffion, qui s'élance vers la liberté: l'on obtient l'eftime & l'amour du peuple, & fous le fpécieux prétexte de défendre fes droits, on acquiert une autorité illimitée. Plus on gagne fur le monarque, plus on devient cher à la nation : car le peuple, dans fa folle confiance, à des hommes qu'il regarde comme un autre lui - même, s'imagine bonnement être devenu libre, lorfqu'il n'a fait que changer de maîtres, & que fes chaînes font réellement plus lourdes & plus multipliées.

Mai
1789.

Le gouvernement ne vouloit point d'états, mais il avoit befoin d'argent. Les reffources étoient épuifées; plus de crédit, par conféquent plus d'emprunt. Necker & Calonne, dans leurs indifcrettes querelles, avoient levé le triple voile qui, jufqu'à ce jour, avoit caché aux yeux du peuple l'énorme & hideux coloffe du régime fifcal. L'effroi s'étoit emparé de toutes les claffes des citoyens. Tel étoit l'état des chofes : chaque parti s'obfervoit, calculoit fes moyens : l'homme vertueux ifolé au milieu de cette
multitude

multitude n'ofoit repofer fa confiance fur aucun de
ceux dont il étoit entouré. Les grands fe fervoient
du refpect qu'infpire l'habitude d'une vieille confidération pour dominer les fuffrages : quoiqu'intérieurement humiliés que le fimple gentilhomme ofât
marcher leur égal, l'orgueil moins fort que l'intérêt
fe replioit fur lui-même, & les dehors d'une politeffe devenue néceffaire, prenoient la place de la
morgue & de la hauteur. Quels étoient les moyens
qu'on employoit pour féduire des hommes neufs
dans le manège des cours? des diners où la douce
familiarité ne s'affit jamais à table avec les convives,
où le fafte & la bonne chere tenoient lieu de plaifir;
un étonnement fimulé du courage, du patriotifme,
des lumieres, de la nobleffe de province : elle fau-
veroit, difoit-on, la monarchie. Toute diftinction,
abolie en apparence, & maintenue dans la réalité;
ces petites faveurs, fi précieufes à la cour, d'entrer
au coucher du roi, au jeu de la reine, de fe préfenter chez les princes, accordées généralement aux
députés nobles; quelques phrafes infignifiantes que
le comte d'Artois affectoit de leur adreffer.

La maifon des Polignac étoit le foyer d'où par-
toient toutes les cabales, le centre où elles venoient
aboutir. Le comte d'Artois s'y montroit aux députés;
& tel noble que dans une autre circonftance on eût
repouffé avec dédain, fêté, careffé, admis à la
table du prince, s'en retournoit nourri des mêmes

fentimens qui animoient fa petite cour. Ces dehors n'étoient qu'un mafque deftiné au commun des députés: les plus favans dans l'art de l'intrigue, introduits aux fecrets mifteres du foir, avoient des conférences avec le prince. On leur prefcrivoit la marche qu'il falloit tenir, les moyens dont ils devoient fe fervir : mais dupes d'hommes dreffés à la fauffeté, tandis qu'ils facrifioient les vrais intérêts de la nobleffe, l'intérêt plus facré de la nation, on foulevoit contre eux & contre la nobleffe l'opinion publique. On vouloit rompre les états; on vouloit que la nation ne pût pas en attribuer la féparation aux gens qui la machinoient; on cherchoit à tout rejeter fur la nobleffe, à la rendre odieufe au peuple, à la fignaler comme l'ennemie du bien. C'étoit remporter une double victoire : car la nobleffe, à laquelle on n'avoit pas pardonné fon oppofition à l'établiffement de la cour pléniere, & à la deftruction des parlemens, avilie, détefiée, perdoit fa force trop heureufe de devenir l'inftrument paffif du defpotifme, & de fe mettre aux gages du miniftere.

D'Efprémenil, Bouthilier, Lacqueuille, fe chargerent de conduire la chambre de la nobleffe. Ils l'engagerent fans peine à commettre les fottifes auxquelles on la deftinoit. Il falloit auparavant la fubjuguer, ôter tout crédit aux hommes raifonnables, les rendre fufpects. Ces meffieurs propoferent un club; c'étoit, dirent-ils, le feul moyen de réfifter l'affociation de la minorité.

Le club établi, il se forma tout-à-coup une majorité fanatique. Tous répétoient comme des échos fideles les oui, les non, qu'on leur dictoit : la minorité fut atterrée : les gens sensés gémirent. Il s'exhaloit de temps-en-temps des murmures; alors on déclamoit avec emphase contre les usurpations du tiers; on parloit des intérêts de l'ordre, des élémens de la monarchie, des formes constitutionnelles, de la fermeté, de l'attachement aux principes, aux usages antiques.

Les femmes de la cour ont joué un rôle si singulier à cette époque de la révolution, qu'il est nécessaire de les faire connoître. Les femmes de la cour ne sont pas long-temps jolies; eh! comment, au milieu de l'agitation la plus continuelle, des plaisirs les plus fatigans, des occupations les plus insipides, des devoirs les plus minutieux, conserveroient-elles cette fraîcheur de teint, cette douce égalité d'ame, cet accord de tous les traits, cette mobilité de physionomie, qui tient à des nuances morales imperceptibles, bientôt effacées par l'habitude des passions fortes. Leurs yeux expriment l'orgueil ou l'effronterie; leur bouche ne s'ouvre point au rire naïf de l'ingénuité, au rire franc de la joie; elle s'ouvre quelquefois au sourire mordant du sarcasme. Le jeu seul les anime; ailleurs c'est l'indolence de l'ennui, l'apathie du désœuvrement.

Conduit chez le duc de. . . . je vis dans le maitre de la maifon l'affectation de la politeffe. Les femmes qui compofoient la fociété, placées fur une large ottomane, muettes, inoccupées, fembloient des figures arrangées dans un cadre pour former tableau. Je ne foupçonnai même pas dans leurs yeux l'apperçu phyfique de l'étranger provincial, qui entroit ou fortoit. Parloit-il ? naiffoit l'étonnement qu'il eût quelque chofe à dire : on étoit intérieure ment tenté de l'attribuer à un manque d'ufage. Montroit-il de l'efprit, des connoiffances? fuccédoit la ftupéfaction de la fottife orgueilleufe : venoit en fuite l'humiliation fecrete de fe voir, malgré les titres, le rang, les richeffes, forcé de fe mettre à fa véritable place.

Les femmes de la cour ont peu d'idées; elles n'ont pas un fentiment. Leur converfation fatigue, on ne fait que leur dire. Cependant fi on les con traint d'abandonner la puérile étiquette & les mi nutieux détails de la faveur, elles fe laiffent mener à des penfers plus étendus; elles s'y prêtent, s'y plaifent; mais elles rentrent bien vite dans la fphere monotone où elles exiftoient, fans imaginer qu'il y ait d'autres plaifirs, une maniere d'être plus propre à l'homme ; elles reprenent leurs poupées, s'en oc cupent comme de l'affaire la plus importante; ne reconnoiffent pas même l'homme qui leur a fait fentir qu'elles ont quelque chofe de plus qu'un nez, une bouche, des yeux, des fens ; en un mot qu'elles ont une ame.

Un defir extrême d'occuper de foi, ne fut-ce même que fa fociété, de petites jaloufies, de petites haines, de plus petits attachemens, l'ennui, un cœur vuide de toutes les affections de la nature, jeterent plufieurs femmes de la cour dans le parti populaire. Toujours dominées par leur caractere futile, elles traiterent une révolution, qui alloit décider du fort de la France, comme elles traitoient une intrigue, dont le but étoit de déplacer un miniftre ou d'avancer un amant. Affifes à leurs toilettes, plongées dans la moleffe de leurs boudoirs, elles dirent : c'eft une jolie chofe qu'une révolution! faifons une révolution. La galanterie eft l'arme favorite des femmes ; elle joua un grand rôle dans les guerres de la ligue & de la fronde : les femmes de la cour ne négligerent point ce puiffant moyen. Leurs amans étoient membres de la minorité de la nobleffe; c'étoit déja beaucoup : la rudeffe âpre, mais ferme & vigoureufe des députés des communes ne les effraya point. Un langage nouveau, des formes nouvelles, avoient au moins le mérite d'exciter la curiofité. Quel triomphe, pour l'amour-propre, de décider une délibération, d'animer, d'un gefte, d'un regard, un patriote parlant, à la tribune, le langage brûlant de la liberté! & puis n'étoit-ce rien, d'aller, de venir, d'avoir chez foi des conférences miftérieufes, d'y difcuter les grands intérêts de vingt-quatre millions d'hommes qui fe régénerent, de cabaler à Paris, de parler conftitution, d'affurer que l'on hait le defpotifme & fes agens?

Madame de Stæl, fille de Necker, devint une des plus zélées propagandiftes de la démocratie. Née avec de l'efprit, des fens très-actifs, une imagination vive, un grand amour de célébrité; entretiens fecrets, billets du matin, rendez-vous du foir, plaifirs, intrigues, elle fuffifoit à tout : on la trouvoit, à-la-fois, à Paris, à Verfailles, au fallon, au boudoir, toujours agiffante & vraiement infatigable. Mefdames de Luines, d'Aiguillon, de Lameth, de Caftelane, de Teffe ; de Coigni, eurent chacune leur emploi; elles donnoient des diners, affiftoient réguliérement aux séances de l'affemblée, cajoloient les députés patriotes, commandoient des brochures, échauffoient les tiedes, foutenoient ceux qui paroiffoient chanceler. Les converfations politiques remplacerent les converfations galantes & les anecdotes fcandaleufes; le mot de liberté fut dans toutes les bouches; l'envie de dominer dans tous les cœurs. La fociété devint une arene où l'on fe combatit fans égards & fans ménagémens : la différence des opinions fournit à des femmes qui fe haïffoient en fecret, un prétexte de fe haïr hautement. Toutes les affectations grimacées, de fenfibilité, de vertu, de bienfaifance, de religion, céderent au vrai naturel; les mafques tomberent; la laideur morale de quelques femmes parut à nud; l'on vit des monftres.

Meſſieurs du tiers, dont la marche, conſtamment
ſuivie & ſavamment combinée, ne perdoit pas un
inſtant de vue la réunion, n'eurent garde de ſe refuſer
aux voies de conciliation qu'offroit le clergé. Ils nous
envoyerent une ſeconde députation : mais ſoigneux
d'éviter tout ce qui pouvoit les conſtituer en ordre
du tiers-état, & tendre à reconnoître la nobleſſe
chambre délibérante, les membres qui compoſoient
la députation refuſerent de s'aſſeoir & de ſe couvrir.
Ils ne voulurent pas même employer le mot de
commiſſaire. « Target dit : que les députés des
» communes de France venoient de nommer des
» perſonnes chargées de ſe trouver aux conférences
» proposées par le clergé ; que ces perſonnes s'y ren-
» droient au jour qui ſeroit le plus convenable à meſ-
» ſieurs du clergé & à meſſieurs de la nobleſſe ».

D'Eſpremenil releva fortement l'expreſſion de députés des communes de France, ajoutant que cette
qualification étoit très-inconſtitutionnelle, & qu'il
la dénonçoit. On nomma des commiſſaires conciliateurs. Le choix de ces commiſſaires fait dans le
club, & moins motivé ſur la connoiſſance des talens que ſur la certitude du caractere le plus deſpote,
& de l'attachement le plus marqué aux opinions
ariſtocratiques, fit évanouir tout eſpoir de conciliation.
Cependant pour montrer au peuple que ce n'étoit
point le deſir de conſerver ſes priviléges pécuniaires,
qui engageoit la nobleſſe à rejeter la vérification

commune & le votement par tête, on chargea les commissaires conciliateurs d'annoncer à messieurs du tiers-état que la presque totalité des cahiers, dont étoient porteurs les députés de la noblesse, les autorisoient à voter la renonciation à tous les privileges pécuniaires, en matiere d'impôts, tels qu'ils seroient consentis par les états-généraux : que messieurs de la noblesse n'attendoient, pour rendre le décret solemnel de cette renonciation, que le moment où chaque ordre, délibérant librement, auroit fixé les bases de la constitution.

Les conférences commencerent : l'esprit de paix ne descendit point sur les commissaires : l'aigreur, les vaines subtilités, suppléerent aux raisons. On cherchoit moins à s'éclairer qu'on ne cherchoit à accabler son adversaire du poids de sa supériorité, qu'à faire un grand étalage de savoir. Les communes parloient au nom de la nation, réclamoient les droits imprescriptibles de l'homme : la noblesse s'isoloit, se renfermoit dans de vieux usages, alléguoit des formes des prérogatives qu'avoit proscrites l'opinion. Les rapports des commissaires respectifs, dans leurs chambres, augmenterent encore l'animosité. Ceux de la noblesse s'attribuoient la victoire : mais ni le public, ni la chambre de la noblesse, ni les communes, ni les commissaires eux-mêmes, ne le croyoient intérieurement.

Les commissaires de la noblesse fatigués des avantages, fans ceffe répétés, que remportoient fur eux les commiffaires du tiers-état, & ne pouvant, malgré les flagorneries de l'amour-propre, fe diffimuler leur infériorité, réfolurent de rompre des conférences défagréables, & de prononcer une fciffion fi marquée, qu'elle ne laifsât plus d'efpoir de retour. —— Il eft temps, dit le marquis de Bouthilier, que l'ordre de la nobleffe fe ralie à la conftitution ; il eft de fon devoir, dans le moment actuel, de donner l'exemple de la fermeté comme il a donné la preuve de fon défintéreffement. Je demande que la chambre déclare que la délibération par ordre, & la faculté d'empêcher, qui appartient divifement à chacun d'eux, font conftitutives de la monarchie, & que l'ordre de la nobleffe profeffera conftamment ces principes confervateurs du trône & de la liberté. D'Antraigues, de Pouilli, de Monteffon & de Lacqueuille, appuyerent fucceffivement la propofition de Bouthilier, en démontrerent l'urgence & la néceffité. Des objections s'éleverent : on dit qu'il n'étoit pas prudent de prononcer fur une queftion qui n'étoit pas agitée, dont celle de la vérification des pouvoirs n'étoit qu'un corrolaire : que le roi demandoit que l'on reprît les conférences interrompues : que toute voix de conciliation n'étant pas fermée, il ne falloit point y apporter de nouveaux obftacles. Ces raifons auroient pu paroître folides à plufieurs membres : d'Efpremenil tonna avec tant de force contre les innovations ambitieufes de meſſieurs du tiers, qu'il ramena la majorité à l'opinion du marquis de Bouthilier.

Cette bruſque déciſion produiſit l'effet le plus fâcheux. Meſſieurs du tiers ne garderent plus de meſure; ils ſouleverent de toutes parts l'opinion publique contre la nobleſſe, la repréſenterent comme l'ariſtocratie la plus dangéreuſe, la plus ennemie du bien; ils lui attribuerent l'inaction des états - généraux; ils allerent juſqu'à dire que la plupart des députés nobles ne vouloient point d'états; qu'ils étoient les agens du comte d'Artois & des Polignac.

Pour mieux confirmer ces aſſertions, & montrer hautement qu'ils étoient diſposés à ſaiſir tous les moyens propres à mettre en activité les états-généraux, meſſieurs du tiers arrêterent une députation ſolemnelle à meſſieurs du clergé. Cette députation, compoſée de vingt - quatre membres, ſe mit en marche, ſuivie d'une foule de peuple attendant, en ſilence dans la cour des menus, quel ſeroit le réſultat de cette éclatante démarche. Meſſieurs du tiers entrerent, avec tout le cérémonial d'uſage, dans la ſalle où le clergé tenoit ſes séances. Target porta la parole, & dit : « les communes de France, » meſſieurs, nous envoient vers vous; elles vous » conjurent par notre bouche, au nom du dieu de » paix & de l'intérêt national, de vous réunir à elles » dans la ſalle de l'aſſemblée générale, pour y opé-» rer la concorde & l'union ». Le clergé étonné d'une sommation à laquelle il n'étoit pas préparé, répondit qu'il alloit délibérer : messieurs du tiers se retirerent : mais une seconde députation revint, l'instant d'après, annoncer que les communes ne le veroient point la séance qu'elles n'eussent reçu la réponse du clergé.

La minorité de la noblesse avoit jusque là conservé les apparences de l'union. L'orgueil irrité, & l'esprit de vengeance, se joignirent aux intérêts qui la dirigeoient. Les membres de la minorité ne jouissoient d'aucune considération : il suffisoit que l'un d'eux hasardât quelque motion pour qu'elle fût rejetée avec dédain. Ils n'étoient pas les seuls qui eussent à se plaindre : l'autorité se trouvoit concentrée dans cinq ou six députés. D'Espremenil & Casalés s'emparoient de la parole, traitoient avec une hauteur insultante ceux qui n'adoptoient pas leurs opinions, proposoient les arrêtés les plus fous, les faisoient passer malgré toutes les réclamations : ce qui rendoit cette tyrannie encore plus odieuse, c'est que Casalès & d'Espremenil, étoient à peine nobles la veille de la convocation des états-généraux : sur quoi le marquis de Silleri disoit, plaisamment, que toute la noblesse de France étoit menée par quarante ans de noblesse.

Les députés de Paris venoient d'être admis : ils furent révoltés du despotisme qui regnoit dans la chambre : ils avoient des liaisons avec les capitalistes : par conséquent des intérêts différens de ceux de la noblesse : ils se réunirent à la minorité.

Cependant les courtisans triomphoient, la cabale
des Polignac commençoit à croire qu'il n'y auroit
point d'états généraux, on travailloit à la déclaration
qui devoit les casser, Necker étoit perdu ; il chercha les moyens d'amener les esprits à une conciliation. Le roi exigea que les conférences recommen-
çassent chez monsieur le garde-des-sceaux ; on
avoit point envie de se concilier ; & l'on ne se con-
cilia point. Cette tentative échouée, le roi, ou
plutôt Necker sous son nom, proposa une ouverture
de paix. Le projet ménageoit tous les intérêts ; il
réservoit les droits de l'ordre. Le club s'assembla :
d'Espremenil, Bouthilier, Casalès, haranguerent, le
plan fut rejeté. Il falloit en donner lecture à la chambre : le premier mouvement fut un transport d'enthousiasme. D'Espremenil & Casalès ne s'opposerent
point à ce développement d'un sentiment patriote ;
ils laisserent refroidir les cœurs : alors ils insinuerent
des réflections ; on donna un sens forcé à certains
mots ; on analysa le préambule ; on montra le votement par tête comme une suite inévitable de l'ad-
mission du plan. Les gens sages saisirent avidement
une voie honnête de sortir de l'embarras où l'on s'étoit
mis par trop de précipitation ; ils vouloient le bien ;
ils le vouloient sincérement : que pouvoient quelques
députés contre les intrigues, de toute espece, dont
nous étions environné? La raison parloit en vain:
elle n'étoit point écoutée. Les commissaires conci-

liateurs, ou plutôt Bouthilier, lut un arrêté, qu'il invita le préfident de foumettre à la difcuffion, comme très-propre à concilier les droits de l'ordre, avec les vues bienfaifantes du monarque. Tous les échos fe réunirent pour répéter que c'étoit le feul parti qui convînt dans la circonftance. Cette fois-ci les gens raifonnables l'emporterent ; l'arrêté de Bouthilier fut rejeté, & le plan du miniftre Necker admis avec de légers amandemens. Bouthilier & les commiffaires conciliateurs ne fe tinrent pas pour vaincus ; il y eut le foir un conférence fecrete chez la ducheffe de Polignac ; on rédigea au club un fecond arrêté, qu'on affura plus conciliant que le premier : c'étoit le plan lui-même avec des modifications ab- folument néceffaires : on le dit à ceux qui voulurent l'entendre : les uns le crurent, les autres feignirent de le croire ; & le fecond arrêté paffa.

Meffieurs du tiers virent, avec une fecrete joie, la faute que venoit de faire la nobleffe : nous prenions mal-adroitement fur nous l'odieux d'un refus. Le clergé, plus cauteleux, avoit accepté *le plan de con- ciliation propofé par le roi*. Meffieurs du tiers ne vouloient point ce plan : il rompoit leurs projets. Mais inftruits de nos délibérations, avant même qu'elles fuffent arrêtées, ils fentirent qu'il fuffifoit d'éloigner la décifion de cette affaire : notre impa- tience naturelle, l'impéritie de ceux qui nous me- noient, leur affuroient un fuccès complet.

La chambre du clergé, prefqu'entiérement com, posée de curés, déteſtoit également les évêques & la nobleſſe, & deſiroit en ſecret s'unir au tiers. Les évêques loin de chercher à ramener les curés par des égards, par des ſervices, & de tendre à ſe confondre avec eux, comme membres du même ordre, les tenoient à une diſtance humiliante : toujours montés ſur la morgue épiſcopale, ils affectoient des diſtinctions, exigeoient des reſpects, & avoient dans leur propre chambre un banc séparé. Necker ſouhaitoit ardemment la réunion. Cet homme, citoyen d'une petite république, ignorant nos mœurs, notre hiſtoire, ou l'ayant lue ſuperficiellement, n'ayant pas une idée nette de ce qu'on appelle monarchie, perſuadé que le mot roi entraîne l'exercice d'un pouvoir illimité, croyoit que l'unique oppoſition qu'il eût à craindre, dans ſes ſpéculations miniſterielles, venoit de la nobleſſe & du clergé : en effet eux ſeuls s'étoient opposés aux vues de l'archevêque de Sens Brienne, aux renverſemens projetés par le garde - des - ſceaux Lamoignon ; donc, ſelon Necker, la nobleſſe & le clergé ne ſe prêteroient jamais à l'abandon de leurs privileges pécuniaires, donc il falloit les y forcer.

L'archevêque de Vienne, bon homme, prêtre régulier, mauvais politique, parut propre à ſeconder les vues du miniſtre. On cajola l'archevêque, on exalta ſon zele pour le bien. Mounier gouvernoit l'ar,

chevêque de Vienne; & Mounier étoit dévoué à
Necker. Mounier étoit venu aux états-généraux avec
fa femme & fes enfans : or, comme difoit le
comte de Mirabeau, venir aux états-généraux avec
fa femme & fes enfans, qu'eft-ce autre chofe que
de donner deux anfes pour vous foulever. Necker
s'affocia à l'archevêque de Bourdeaux Champion,
homme ambitieux, intrigant : il lui montra, dans
une perfpective peu éloignée, la place de garde-des-
fceaux. Les évêques de Chartres, d'Autun, de Rhodès
fe joignirent aux deux archevêques, & travaillerent de
concert avec eux. Tout fe calculoit & fe décidoit
chez Necker. Ce miniftre, banquier, avoit conçu,
difoit-on, de vaftes projets : quels étoient ces projets?
trois emprunts fucceffifs de quatre-vingt millions,
une augmentation du bail des fermes, des extenfions
d'impôts, la confolidation de la dette publique, pour
fe ménager de nouveaux emprunts : c'étoit à ce but
nommé, par fes gagiftes, reftauration, regénération
de l'état, que fe bornoit le travail de fon génie:
c'étoit pour l'atteindre qu'il concouroit fans le favoir,
fans même s'en douter, aux renverfemens des lois
& de l'ancienne conftitution.

La minorité de la nobleffe entroit dans les vues
de Necker; les membres qui la compofoient fe
rendoient tous les jours chez lui ; Necker & le plus
grand nombre des membres de la minorité n'étoient
que des agens deftinés à fervir des deffeins plus

vaftes & plus profonds ; il exiftoit un comité fecret
où fe réuniffoient les principaux chefs de la révolution ;
on y recevoit indifféremment des députés des trois
ordres ; on étoit pas même difficile fur le choix : —
c'étoit, difoit-on, de fes gens que l'on ne fe per-
mettroit pas de voir ailleurs ; mais qui dans les
circonftances devenoient précieux : qu'on ne voudroit
pas avoir pour amis ; mais qu'il falloit employer
comme inftrumens. La confcience de l'homme public n'eft pas celle de l'homme privé.

Ce comité exerçoit une grande influance fur les
délibérations des trois chambres. Là fe préparoient
les événemens, fe concertoient les manœuvres employées dans les provinces pour agiter les efprits,
pour amener les infurrections. On répardoit en même
temps à Paris qu'il ne pouvoit y avoir d'états-
généraux que par la réunion des ordres : l'on montroit la banqueroute comme une fuite néceffaire de
leur défunion. Une multitude de Parifiens venoient
aux affemblées du tiers ; ils entendoient prononcer,
avec emphafe, je dirois hurler avec fureur, les mots
vagues de liberté, de patriotifme, de fouveraineté
du peuple. Ils fortoient ivres, ne refpirant, que haine,
que vengeance contre la nobleffe. Une foule de libelles incendiaires, colportés dans Paris, envoyés
dans les provinces, entretenoient & étendoient ces
difpofitions. On parloit, hautement, de renouveller
les horreurs de la Saint - Barthélemi, & d'effa-

cer de fur la terre une claffe d'ariftocrates & de tyrans.

Les chofes ainfi difposées, meffieurs du tiers décréterent une députation folemnelle à la nobleffe, & l'inviterent en général, & chaque membre en particulier, à venir dans la falle des états vérifier les pouvoirs en commun. Celui qui portoit la parole ajouta que l'appel des bailliages fe feroit dans une heure ; & que faute par la nobleffe de s'y préfenter, il y feroit procédé tant en abfence qu'en préfence. Ce coup hardi fut fuivi d'un coup plus hardi. Meffieurs du tiers annoncerent qu'ils alloient fe conftituer. Une multitude de Parifiens & d'habitans de Verfailles accoururent à la falle des états. La féance fut longue : l'abbé Siyès propofa de s'établir affemblée nationale. La queftion fut vivement agitée ; chacun apportoit une dénomination, la foutenoit avec opiniâtreté ; l'abbé Siyès l'emporta.

Meffieurs du tiers, devenus la nation, confoliderent la dette, abolirent les impôts, les recréerent pour la tenue des états feulement. La nobleffe ouvrit quelque voie de conciliation, parla du plan propofé par le roi, laiffa comprendre qu'elle l'accepteroit. Meffieurs du tiers fermes dans leur premiere démarche, & fentant toute leur force, éluderent la propofition de la nobleffe, & répondirent que l'affemblée nationale ne cefferoit d'inviter les députés de la nobleffe à fe réunir dans la falle commune ; qu'elle les recevroit avec joie ; & qu'elle ne défefpéroit pas de les y voir un jour.

La divifion augmentoit : le duc d'Orleans vota d'aller en corps fe faire vérifier à la chambre nationale. Ce prince indécis, & flottant entre fes terreurs & fes defirs en même temps qu'il foutenoit la minorité de la nobleffe dans fes projets, qu'il intriguoit à Paris & répandoit l'argent pour forcer la réunion, entretenoit des intelligences avec les Polignac, & promettoit fur fon honneur à monfieur le comte d'Artois qu'il ne pafferoit point au tiers. Cependant prefsé de fe déclarer il fallut parler : l'effort qu'il venoit de faire, fur lui-même, caufa dans lui un fi étrange mouvement qu'il fe trouva mal : l'on vit avec furprife, en lui adminiftrant des fecours, par le grand nombre de gilets mis l'un fur l'autre, dont il étoit vêtu, jufqu'où s'étoient étendues fes craintes, & jufqu'où l'aviliffoit fon peu de courage. La motion du duc d'Orleans fut rejetée, mais elle eut quatre-vingt voix : c'étoit un premier effai. La minorité réfolue d'opérer la réunion, même par les moyens les plus violens, fentit qu'il n'étoit pas temps de fe déclarer : le clergé attendoit en filence le parti que prendroit la nobleffe. La divifion étoit encore plus forte dans la chambre du clergé que dans celle de la nobleffe. Les archevêques de Vienne de Bourdeaux, les évêques de Chartres, d'Autun, de Coutances, de Rhodès, cabaloient. Quelques curés portèrent leurs pouvoirs à la vérification ; d'autres fuivirent cet exemple ; tous furent accueillis avec tranfport, célébrés dans les journaux, & nommés à Paris pafteurs patriotes. L'archevêque de Bourdeaux affuré de la majorité du clergé parla plus ouvertement, & propofa de fe rendre dans la falle nationale. La cour ne pouvant fe diffimuler que les petits moyens employés pour divifer les ordres, alloient amener la réunion, & tourner contre leurs propres auteurs, réfolut la diffolution des états. Il étoit néceffaire d'éloigner le roi de Verfailles, de le fequeftrer de Necker & des miniftres qui lui étoient attachés. On arrangea un voyage de Marli : la mort de monfieur le dauphin fervit de prétexte. Là, on s'enipara de l'efprit du monarque : on lui remontra qu'il étoit temps d'arrêter les entreprifes inouies du tiers : que bientôt il ne lui refteroit plus que le nom de roi. Le cardinal de la Rochefoucault & l'archevêque de Paris coururent fe jeter au pied du roi, le fupplierent d'empêcher la ruine du clergé & de protéger la religion. Le parlement envoya une députation fecrete & propofa des moyens de fe paffer d'états. Le garde-des-fceaux parla avec force. La reine & le comte d'Artois fe joignirent au garde-des-fceaux. On perfuada au roi qu'il étoit aisé de contenter le peuple ; qu'il fuffifoit d'une déclaration propre à remplir le vœu des cahiers ; que la nobleffe & le haut clergé l'accepteroient avec reconnoiffance. Tous étant définitivement arrêté, un ordre du roi annonça une séance royale, & suspendit les états sous prétexte d'arrangemens à faire à la salle. On s'imaginoit empêcher le tiers de se rassembler, & prévenir les

17 Juin 1789.

arrêtés de ses délibérations. Cette démarche imprudente ne servit qu'à hâter le triomphe du tiers. Monsieur Bailli, président, & deux secrétaires se présenterent, à neuf heures du matin, à la salle des états ; ils la trouverent gardée par des soldats suisses. L'officier montra ses ordres ; les secrétaires dresserent procès-verbal & se retirerent. Bailli indiqua l'assemblée dans le jeu de paume de la rue Saint-François. Les députés s'y rendirent. La séance fut tumultueuse: on finit par arrêter que « l'assemblée nationale appellée à fixer la constitution du royaume, opérer
» la régénération publique, maintenir les vrais prin-
» cipes de la monarchie, rien ne pouvoit empêcher
» qu'elle ne continuât ses délibérations, & ne con-
» sommât l'œuvre important pour lequel elle étoit
» réunie, dans quelque lieu qu'elle fût forcée de
» s'établir ; & qu'enfin par-tout où ses membres
» se réuniroient, là feroit l'assemblée nationale ; que
» tous les députés prêteroient à l'heure même le ser-
» ment de ne jamais se séparer, & de se rassembler
» par-tout où les circonstances l'exigeroient, jus-
» qu'à ce que la constitution du royaume & la ré-
» génération de l'ordre publique fussent établies ».

Les députés prêterent le serment. Uune foule

immenfe de peuple attaché aux fenêtres, répandu dans les rues, fit retentir l'air d'applaudiffemens. Verfailles, Paris, la France entiere, admirerent le courage, le patriotifme, de meffieurs du tiers. Le roi revint de Marly. Necker offrit un nouveau plan : Necker n'étoit plus le maître du confeil ; on y avoit appellé le comte d'Artois, les princes de Condé, de Conti ; on s'en tint à la déclaration du garde-des-fceaux.

Tout annonçoit la chûte du miniftre ; il chercha à la prévenir : car malgré ce que Necker dit lui-même de fon défintéreffement, de fon peu d'ambition, malgré ce qu'en publient fes gagiftes, jamais miniftre ne tint autant à fa place. Il falloit retarder la féance royale, fe ménager des reffources ; Necker y réuffit. Il alloit, dit-il, travailler un fecond plan qui réuniroit tous les fuffrages. La cour donna dans le piege : Necker gagna un jour, & fut s'en fervir avec beaucoup d'habileté. Ce retard fit chercher un moyen d'empêcher meffieurs du tiers de s'affembler : on crut qu'il fuffiroit de leur fermer l'entrée du jeu de paume de la rue Saint-François. Le comte d'Artois envoya dire au maître du jeu, qu'il joueroit à la paume le lendemain : cet homme intimidé, & à qui l'on avoit durement reproché fa condefcen-dance, prévint meffieurs du tiers qu'il ne pourroit pas leur prêter fa falle pour tenir leur féance. Cette petite niche d'écolier tourna encore à la confufion

de ceux qui l'employerent : meſſieurs du tiers demanderent l'égliſe de Saint - Louis. Le curé Jacob,
quoiqu'attaché à la cour, n'oſa la refuſer : meſſieurs
du tiers y ouvrirent leur séance : cent ſoixante curés,
précédés des archevêqus de Vienne, de Bourdeaux,
des évêques de Rhodès, d'Autun, de Chartres, de
Coutances, entrerent aux acclamations d'un peuple
nombreux. L'archevêque de Vienne, que l'archevêque
de Bourdeaux mettoit, avec adreſſe, toujours en
avant, annonça que le clergé venoit ſe ſoumettre à
la vérification commune : deux députés nobles, du
Dauphiné, ſe préſenterent & furent acceuillis avec
les mêmes tranſports. Ainſi ce jour, adroitement obtenu par le miniſtre, opéra la réunion des ordres.

La séance royale ſe tint le jour ſuivant. Necker
refuſa de s'y trouver : ſon abſence fut une cenſure
amère de la déclaration. La cour montra dans cette
affaire une puſillanimité, une incertitude incroyables,
& prouva, par le peu d'uſage qu'elle fit de la force,
que la force, quand on ne ſait pas l'employer, eſt
une arme inutile & même dangereuſe, parce qu'elle
eſt la meſure de la foibleſſe du caractere de ceux
qui la déploient inutilement.

La séance royale offrit l'odieux appareil d'un lit
de juſtice. Des ſoldats & des gardes - du - corps environnoient la ſalle des états : tout autour du trône,
fut morne ſilencieux. La déclaration ne contenta perſonne. Le roi parla plutôt en deſpote qui commande,

qu'en monarque qui difcute, avec les repréfentans du peuple, les intérêts d'une grande nation. Des *je veux* fouvent répétés choquerent des hommes fatigués de la fervitude, impatiens de conquérir la liberté. La féance finie la nobleffe & le clergé fe retirerent : meffiéurs du tiers demeurerent dans la falle. Le grand maître des cérémonies leur porta l'ordre de fortir : — allez dire à ceux qui vous envoient, s'écrie le comte de Mirabeau, que nous fommes ici par la volonté du peuple, & que nous ne quitterons nos places que par la puiffance des baïonnettes : le grand maître court rendre compte au roi : ce prince déja las du rôle qu'on lui a fait jouer, & à qui tout cela dans le fond étoit très-indifférent, répond que fi meffieurs du tiers ne veulent pas quitter la falle, il n'y a qu'à les y laiffer. N'ofant donc employer la force, on a recours à un moyen puéril. On envoie une trentaine d'ouvriers armés de marteaux, fous prétexte de remettre la falle dans fon ancien état, qui, détendant & retendant des tapifferies, démontant & remontant des boiferies, cognent, recognent : on efpere que ce bruit & la confufion d'un pareil déménagement, forceront meffieurs du tiers de lever la féance & de s'en aller. Meffieurs du tiers demeurerent impaffibles & continuerent la délibération. Ils décréterent qu'ils perfiftoient dans les arrêtés pris au jeu de paume & à l'églife de Saint-Louis ; ils déclarerent la per-

fonne de chaque député facrée, inviolable, & pro-
noncerent le titre d'infame, de traître à la patrie,
fur quiconque oferoit attenter à la liberté d'un députe.
Les grands, les miniftres, les confeillers d'état, témoins de ces vigoureufes réfolutions, reftoient frappés d'un étonnement ftupide : habitués à ramper
au feul mot d'ordre du roi, cette mâle réfiftance
étoit pour eux un attentat, facrilege.

La déclaration du garde - des - fceaux ôtoit beaucoup à la nobleffe, mais elle ôtoit encore plus à fes
ennemis : elle confervoit aux nobles le droit de former dans l'état un ordre diftinct : cette prérogative
plus apparente qu'utile, défendue avec tant d'opiniâtreté, les confoloit des facrifices réels que l'on
exigeoit d'eux. Les députés de la nobleffe fe rendirent au château; le duc de Luxembourg les mena chez monfieur le comte d'Artois : la nobleffe
lui devoit la séance royale; il étoit jufte de l'en
remercier. Le comte d'Artois reçut les députés avec
fa politeffe & fes manieres gracieufes accoutumées;
il parla modeftement de ce qu'il avoit fait. Les députés allerent enfuite chez monfieur : ce prince politique & timide refufa de les recevoir. On propofa
de monter chez la reine : ce n'étoit pas à elle que
l'on avoit le moins d'obligation. La reine fortit dans
le fallon de jeu; elle tenoit madame par la main;
elle portoit le jeune dauphin fur fon bras. Tableau délicieux d'une mere ! douce expreffion de la

nature ! La reine préfenta monfieur le dauphin aux
députés ; leur difant, avec beaucoup de grace, qu'elle
le donnoit à la noblefle, qu'elle lui apprendroit à
la chérir & à la regarder comme le plus ferme
appui du trône.

Tandis que la noblefle triomphoit au château,
Necker, renfermé avec fes confidens, calculoit les
moyens de prévenir fa chûte : il avoit annoncé fa
démiffion. Meffieurs du tiers, confternés, rempliffoient les appartemens ; madame Necker & madame
Stæl, fondant en larmes, recevoient leurs adieux,
les embraffoient, fe laiffoient embraffer. Cette fcene
produifit l'effet qu'on en attendoit. Une députation
vint, au nom de la capitale, folliciter le miniftre de
ne pas abandonner la France défolée : des hommes,
ramaffés autour du contrôle général, crioient que
la retraite de monfieur Necker perdroit le royaume ;
qu'il n'y auroit point d'états ; que les ariftocrates,
mot de ralliement pour défigner les nobles, alloient
enfin opprimer la nation.

Cependant la foule croiffoit ; la reine allarmée de
ce mouvement envoya quérir Necker ; il paffa dans
le cabinet du roi ; il y eut une explication ; Necker
promit de refter. Le peuple s'étoit porté en grand
nombre au château. Le duc du châtelet fit remarquer à Necker cette multitude répandue dans les
cours, & lui confeilla de fe retirer par la terrafle. —
Non, répondit Necker, il faut bien me montrer au

peuple : il fe rendit à pied au contrôle général au
milieu des cris de vive monfieur Necker. Tout-
à-coup un homme traverfe la foule, fe jette aux
pieds de Necker, s'écrie : monfeigneur reftez-
vous? — oui mes enfans, en fe tournant avec une
fenfibilité hypocrite vers le peuple, oui je refte : à
ces mots les cris de vive monfieur Necker recom-
mencent; une troupe de gens, payés pour jouer cette
parade, fe mettent à courir les rues de Verfailles,
portant des torches allumées, & le nom de Necker,
dans un tranfparent couronné de fleurs; la populace
fe rallie autour de cet étendard; on allume des feux
de joie; on tire des fusées; Verfailles retentit des
cris de vive monfieur Necker.

Le miniftre, plus fort que jamais, exigea qu'on
eût aucun égard à la déclaration du garde-des-fceaux,
& qu'on laifsât aller les chofes. Il étoit sûr du but
auquel elles tendoient. La noblefse & le clergé s'affemblerent dans leurs chambres : l'archevêque de
Bourdeaux propofa de nouveau la réunion : le cardinal de la Rochefoucault, l'archevêque de Paris,
plufieurs évêques & quelques curés, combattirent
la motion de l'archevêque de bourdeaux, & dirent
qu'il falloit opiner fur la déclaration du roi : alors
cent foixante curés & fept évêques, fe leverent &
fe rendirent dans la falle des états.

La noblefse n'étoit pas plus d'accord entr'elle. On
voulut s'occuper de la déclaration du roi. La mi-

norité fufcita mille difficultés, fit naître mille obftacles. — « Allons au tiers, s'écrie Lalli-Tolendal,
» portons lui nous-même cette communication de
» pouvoirs que le roi nous invite à lui porter, &
» que notre premiere délibération foit fur la séance
» de hier. . . . Meffieurs, il eft une force de
» chofes qui l'emporte fur celle des perfonnes ; une
» grande révolution eft commencée, rien ne l'em-
» péchera ; il ne tient qu'à la nobleffe d'y concourir
» & de s'y affigner une place d'honneur ». — « Vous
» venez d'entendre, reprend avec véhémence d'Ef-
» premenil, une grande révolution eft commen-
» cée. . . . & c'eft dans la chambre même de la
» nobleffe qu'on ofe nous l'annoncer, qu'on nous
» invite de nous y joindre : non, meffieurs, notre
» devoir eft de conferver la monarchie que des
» factieux veulent détruire ».

Tout le monde s'agitoit. Les paffions diverfes,
les intérêts perfonnels, perçoient, dans les difcours,
dans les geftes, dans l'expreffion animée des figures :
on décida de fe former le foir en bureaux, d'y
difcuter la déclaration du roi : elle fut acceptée.

Necker n'avoit plus qu'un pas à faire pour amener
cette réunion fi defirée. Il n'en prévoyoit pas les
funeftes conséquences. Uniquement occupé de fe
maintenir dans fa place, d'obéir à fa propre ambition, à celle de fa femme, de fa fille, goûtant
d'avance les plaifirs de fe venger de fes ennemis &

de former tranquillement ſes emprunts, l'avenir à
à l'aſpect du préſent diſparoiſſoit devant ſon étroit
génie.

L'archevêque de Paris tenoit au clergé non‑réuni.
Ce prélat jouiſſoit d'une grande conſidération ; l'im‑
portance de ſon clergé, ſa conduite ſage, meſurée,
ſes mœurs régulieres, ſes immenſes charités pendant
le rude hiver de mil ſept cent quatre‑vingt‑neuf,
le rendoient cher à ſon dioceſe. Tant que l'arche‑
vêque ſoutiendroit la minorité du clergé, il donneroit
à cette cauſe l'apparence de la juſtice. Necker n'avoit
point oublié le voyage de l'archevêque à Marly. On
réſolut d'uſer de violence, & de forcer l'archevêque
à la réunion. On ameuta le peuple de Verſailles ;
on manda les brigands ſoudoyés de Paris : cette
foule réunie attaqua l'archevêque au ſortir de la
ſéance, le chargea d'injures groſſieres, le pourſuivit
juſqu'à ſon hôtel, caſſa ſes vitres. Les chefs entre‑
rent la fureur dans les yeux, & mille imprécations
à la bouche : ils exigerent que l'archevêque leur
remît ſes pouvoirs, l'obligerent de ſigner une pro‑
meſſe de ſe rendre à la ſalle des états. L'archevêque
ſe préſenta le jour ſuivant à la vérification commune.
Monſieur Bailli, alors préſident de l'aſſemblée, ajou‑
tant l'ironie à l'outrage, l'aſſura qu'il ne manquoit
que cette couronne à ſes vertus.

Ce qui reſtoit du clergé n'inquiétoit point Necker ;
il ſavoit qu'il l'ameneroit facilement à la réunion ;

aussi répondit-il froidement, le lendemain de cette scene affligeante, à un député de la noblesse qui gémissoit de cette dégradation morale du caractere François : *tel est le peuple, il ne considere rien !* & cela dans l'espoir d'effrayer la noblesse. En effet, si le peuple n'avoit pas respecté, dans l'archevêque de Paris, le double caractere de pasteur & de député, il respecteroit encore moins les députés nobles : à l'appui de ces réflections, si naturelles, on parloit ouvertement de massacrer les membres de la majorité de la noblesse : on marqua leurs maisons.

Les membres de la minorité s'étoient secrétement engagés d'abandonner l'ordre, aussi-tôt que la majorité du clergé seroit réunie. Necker jugea le moment favorable. Le comte de Clermont-Tonnerre & quarante-six députés se rendirent à la salle du tiers : ils écrivirent au président de la noblesse pour lui faire part de la résolution qu'ils avoient prise, lui témoignant leurs regrets de se séparer d'un corps qui leur seroit toujours cher : le bien général du royaume ne leur avoit pas permis de balancer.

Les menaces faites à la noblesse ne produisant pas l'effet qu'on en attendoit, le ministre & ses agens changerent de marche, & travaillerent à inspirer à la reine, au roi & aux Polignac, les mêmes sentimens de terreur qu'ils n'avoient su inspirer à la noblesse. Cent mille hommes venoient, disoit-on, de Paris mettre le feu au château, égorger la nobleffe : ces bruits femés avec art, foutenus de la préfence de deux ou trois mille gens foudoyés répandus autour de la falle des états, vomiffant un torrent d'injures & de menaces contre les membres de la majorité de la nobleffe, épouvanterent la cour. Le peuple de Verfailles, foulevé par les difcours incendiaires dont on alimentoit fa rage, parloit avec fureur de la réfiftance de la nobleffe, s'emportoit, fans ménagement, contre la reine, contre le comte d'Artois, contre les Polignac. On défignoit le jour du maffacre. Le confeil montra au roi la néceffité d'une prompte réunion. Necker indifférent, en apparence, à ces mouvemens, en étoit l'ame. Le roi perfuadé qu'on ne pouvoit plus retarder, fans fe mettre au hafard de tout perdre, envoya quérir le duc de Luxembourg, préfident de la nobleffe. La reine, monfieur, monfieur le comte d'Artois, étoient dans le cabinet du roi; la reine répandoit des larmes; les princes paroiffoient confternés : le roi remit au duc de Luxembourg une lettre pour la nobleffe; il l'invitoit à céder aux circonftances, l'appelloit fa fidelle nobleffe : le comte d'Artois engagea perfonnellement le duc de Luxembourg à faire tous fes efforts pour décider la réunion. Ce prince avoit beaucoup de crédit fur l'ordre; il s'étoit montré fort attaché aux intérêts de la nobleffe; il étoit affable, honnête; & quoique ces démonftrations fuffent calculées, elles avoient féduit les gentilshommes de provinces, peu verfés dans le manege des cours,

Nous étions inquiets : nous favions la conférence du duc avec le roi. Cependant, je puis le dire, & c'eft une juftice que j'aime à rendre à la nobleffe, c'étoit moins fon intérêt perfonnel qui la touchoit, que cet attachement inviolable & facré qu'elle a toujours eu pour fon roi & pour fa patrie. La nobleffe eût facrifié avec joie fes droits fes privileges, mais elle vouloit fauver le roi; & la fuite a prouvé que fes craintes étoient fondées.

Tandis que chacun fe livre à fes réflections, je m'approche de monfieur de Lafayette que je connoiffois à peine, & dont j'étois encore moins connu : — que va-t-on faire, lui dis-je ? Monfieur de Lafayette me regarde, & n'appercevant aucune décoration il me croit député des communes, ou l'un des nobles pafsés le vingt-fix : — nous vous en enverrons encore quelques-uns aujoud'hui, me répond il à voix baffe. — Ce n'eft pas cela que je vous demande, c'eft le parti qu'il nous convient de prendre dans les circonftances où nous nous trouvons? Alors, me confidérant de nouveau avec ce regard incertain qui, fous un dehors de profondeur, diffimule les détours de la fauffeté ou l'embarras de la fottife, monfieur de Lafayette paroît fortir d'une profonde rêverie : — pardon je penfois à autre chofe ; je n'ai pas entendu votre queftion, & il me quitte.

Monfieur de Lafayette étoit demeuré dans la chambre de la noblesse, ainsi que le prince de Poix, le duc de Liancour, le vicomte de Noailles, Charles Lameth, & quelques autres nobles; mais c'étoit d'accord avec la minorité, pour y semer la division, pour y ourdir des intrigues, pour y espionner ce qui s'y faisoit, en instruire les communes, & opérer plus sûrement la destruction de l'ordre.

Le duc de Luxembourg entra triste, abattu; il perdoit tout à la réunion : sa qualité de président de la noblesse lui donnoit un libre accès auprès du roi, de la reine & des ministres : ses liaisons avec le comte d'Artois, son crédit dans la chambre de la noblesse, le rendoient important. Le duc s'étoit livré à de flatteuses espérances : cette réunion renversoit ses hauts projets : plusieurs membres parlerent pour la réunion : d'autres s'éleverent contre cette proposition avec plus de véhémence que de jugement. Cependant une partie de la noblesse s'obstinoit à demeurer : cette opiniâtreté inutile eût entraîné des suites funestes : le roi les craignoit : il avoit expressément recommandé qu'il ne restât pas un seul noble; c'étoit en lui l'appréhension d'une ame bonne, qui prévoyoit que le refus de se réunir, exposeroit ceux qui le prononceroient à la fureur d'une populace fanatique : les esprits étoient peu susceptibles de ces craintes; l'idée qu'il y avoit des dangers à courir irritoit les courages, exaltoit encore le sentiment énergique de l'honneur, si puissant sur la noblesse Françoise.

Françoise. La feule confidération capable de modé-
rer cette fougue, étoit l'affligeante pensée qu'un refus expofoit le roi & la famille royale. L'agitation
des efprits étoit extrême : le vicomte de Noailles
alloit & venoit, affuroit les nobles de province que la
réunion ne feroit que momentanée, qu'ils ne devoient
pas s'en alarmer, que l'on faifoit avancer des troupes,
que dans quinze jours les chofes changeroient ; &
e vicomte de Noailles étoit un des plus zélés partifans de la révolution ! C'eft ainfi que la cour trahie,
par ceux fur lefquels elle auroit dû le plus compter,
voyoit fes projets dénoncés aux communes, avant
même qu'elle les eût arrêtés définitivement.

Le duc de Luxembourg alla rendre compte au
roi de ce qui fe paffoit. Le roi le chargea d'une
feconde lettre, encore plus preffante que la première.
Il difoit à la nobleffe que le falut de l'état & fa
fûreté perfonnelle dépendoient de la réunion. ——
Meffieurs, s'écrie le marquis de Saint - Simon, en
élançant au milieu de la falle, « le roi nous dit
que fa vie eft menacée, courons au château, for-
mons lui un rempart de nos corps ». Ce généreux
mouvement fut faifi avec enthoufiafme ; le duc de
Luxembourg repréfenta les conféquences de cette démarche imprudente, l'embarras qu'elle cauferoit
au roi, la fituation pénible où il fe trouveroit, placé
pour ainfi - dire entre le peuple & la nobleffe. —— Il
n'eft pas ici queftion de délibérer, ajouta le duc de

Luxembourg, il s'agit de fauver le roi & la patri
La perfonne du roi eft en danger! qui de nou
oferoit héfiter un feul inftant? A ces mots tous l
levent tumultueufement, la minorité du clergé f
joint à la majorité de la nobleffe, les députés d
deux ordres ayant à leur tête le cardinal de I
Rochefoucault & le duc de Luxembourg, leu
préfidens, entrent en filence dans la falle des éta

LIVRE II.

Premiers travaux de l'Assemblée Constituante. — Le Roi fait avancer des Troupes. — Renvoi de Necker & des Ministres. — Insurrection de Paris. — Prise de la Bastille. — Incertitude de la Cour. — Le Roi vient à l'Assemblée.

LA cour revenue de sa frayeur, se repentit bientôt de la facilité avec laquelle elle s'étoit prêtée à la réunion. L'intention des communes étoit connue, ce qu'elles avoient fait annonçoit ce qu'elles vouloient faire. La nouvelle constitution soutenue de toutes les opinions, fortifiée de toutes les volontés, alloit acquérir une force à laquelle nul abus ne résisteroit. La cour savoit que la noblesse & le haut clergé saisiroient avec empressement l'occasion de dissoudre des états qui méditoient leur ruine ; mais on avoit besoin de forces capables de contenir Paris, de séparer l'assemblée, & de faire accepter la déclaration du vingt-trois juin. La plupart des députés nobles vouloient quitter l'assemblée ; ils prétendoient que des mandats impératifs les lioient à l'opinion par ordre. Il étoit nécessaire de les retenir jusqu'à ce que l'on eût négocié

avec tous : en effet la retraite de la nobleffe devoit
être générale, motivée des violences employées
pour contraindre les deux ordres à la réunion. La
retraite partielle de quelques députés nobles eût af-
foibli la majorité de la nobleffe. On dit à ceux
qui parloient de s'en aller, que les chofes changeroient, que l'on faifoit avancer des troupes, qu'il
falloit diffimuler encore quelque temps; & pour
montrer que l'on étoit loin d'approuver ce qui
s'étoit paffé, on convenoit de l'illégalité de la réunion, on louoit, en particulier, chaque député de
fa fidélité à fes mandats, on vantoit la réfiftance,
courageufe & ferme, qu'il avoit opposée aux entreprifes du tiers; la nobleffe avoit fait, dans ces circonftances délicates, tout ce qu'il étoit poffible de
faire; le roi s'étoit conduit avec foibleffe; mais les
miniftres étoient vendus à Necker, & n'agiffoient
que d'après fes vues. Tout fembloit favorifer les
projets de la cour : beaucoup de députés des communes, fatigués de l'efprit deftructeur, qui perçoit
dans l'affemblée, étoient difposés à fe prêter à ce
qu'on exigeoit d'eux. Les autres députés, intimidés
par des menaces ou féduits par des promeffes,
n'euffent opposé qu'une foible réfiftance; & fi quelque homme courageux fe fût obftiné dans un refus,
on eût déployé contre lui toute l'autorité d'un roi
defpote, & l'on eût puni comme rebelle, le député fidele qui réclamoit les droits de la nation!

Cependant trente régimens marchoient fur Paris. Le prétexte étoit la tranquillité publique; l'objet réel, la diffolution des états. Necker étoit trop intéreffé à la tenue de ces mêmes états, pour fe prêter aux vues de la cour; peu aimé du roi, haï de la reine, des princes, des Polignac, il n'avoit pour lui que le peuple & l'affemblée. Des difficultés fans ceffe renaiffantes retarderent la marche des troupes; les vivres ne fe fournirent point; l'argent ne fe délivra qu'avec la plus grande parcimonie.

Le maréchal de Broglie chargé du commandement de l'Ifle-de-France, établit fon quartier général au château. Une foule d'officiers fupérieurs lui compofoient un brillant état-major. Jamais commandant ne reçut de fi grands pouvoirs; tout lui fut foumis, même les gardes-du-corps; & devant l'intérêt commun, tout intérêt de corps & d'individu difparut.

Une partie de la majorité de la nobleffe continuoit à s'affembler chez le duc de Luxembourg. Là, on proteftoit contre la réunion, on invoquoit les mandats, on frappoit de nullité les décrets de l'affemblée nationale, on créoit des prétextes à fa prochaine diffolution. Ces manœuvres, divulguées aux yeux de la France entiere, réunirent les efprits à l'affemblée nationale. La falle des états devint, pour tous les François, une patrie commune. L'affemblée étoit avertie de chaque mouvement, inftruite de chaque penfée; le defpotifme trahi par ceux mêmes qui

tiroient de lui, & leur éclat & leur fubfiftance, de-
meura feul au milieu de fes agens. La reine, le comte
d'Artois, les princes, les courtifans, les miniftres,
les évêques, les nobles, entourés d'efpions, de domeftiques infideles, fuivis jufque dans l'intimité de
la confiance, jufque dans le repos de la nuit, n'expri-
merent pas un fentiment, ne marquerent pas un
gefte, qui ne fût rapporté. Alors naquit cette haine
violente contre la nobleffe & contre le clergé; les
communes fentirent que ces deux corps attachés au
defpotifme comme à leur aliment, repoufferoient
la liberté, & s'efforceroient de lui fubftituer une
brillante fervitude. Elles dirent : nous feuls nous ferons
la révolution : réfolues de vaincre toutes les réfiftances, la perte de la nobleffe fut jurée.

Pendant que ces intrigues s'ourdiffoient à la cour,
voyons ce que faifoit l'affemblée. L'affemblée nationale compofée des trois ordres repréfentoit réellement la fouveraineté du peuple. Quelques députés
membres de la nobleffe & du haut clergé, remirent
fur le bureau des déclarations, & s'appuyant de leurs
mandats, protefterent ne pouvoir opiner par tête.
Ces foibles obftacles ne retarderent point la marche
de l'affemblée. Elle décréta que le refus de quelques
membres n'enchaînoit point fon activité; & pré-
voyant fes grands deftins, elle déclara que les bailliages n'avoient pu donner, à leurs repréfentans, des
mandats impératifs ni reftreindre leurs pouvoir

L'affemblée nomma fes officiers. Le duc d'Orleans fut porté à la préfidence. Les communes lui devoient cette marque de reconnoiffance. Le duc peu propre à parler en public, au deffous de toute place qui demande de la dignité, refufa : on nomma l'arche-êque de Vienne, à qui les communes avoient autant d'obligations qu'elles en avoient au duc lui-même. On prit les fecrétaires parmi les députés qui avoient le plus contribué à la réunion. On établit trente bureaux pour faciliter le travail : la France vit avec joie qu'on alloit enfin s'occuper de cette régénération de l'état, fi vivement defirée & fi long-temps attendue.

L'affemblée chercha dans le peuple un appui contre la cour. Des émiffaires fecrets, répandus dans tous les quartiers de Paris, dénoncerent les projets du miniftere. La France, difoient-ils, alloit devenir de nouveau la proie des courtifans, des nobles & des prêtres. Ce joug réimpofé par la force, feroit plus lourd, plus accablant que jamais. Le monarque dégagé de fes promeffes, rentrant, par la diffolution des états, dans la plénitude du pouvoir, ne connoîtroit d'autre borne à fes volontés, que les bornes incommenfurable de fes fantaifies bizarres & mobiles.

Les capitaliftes & les rentiers, plus intéreffés à la tenue des états, & fur-tout à la confolidation de la dette publique, effrayés à la vue d'une banque-route inévitable, fe réunirent à l'affemblée comme

à une unique & commune espérance. Ils employerent
à la soutenir, les puissans moyens que donnent
beaucoup d'argent, un grand crédit, & des relations
étendues. Paris, cette ville agitée par toutes les passions, mue par tous les intérêts, peuplée d'hommes, ayant tout à espérer & n'ayant rien à craindre
d'une révolution, fut le point central d'où partirent
les mouvemens. La cour, habituée à voir Paris trembler sous un lieutenant de police, & sous une garde
de huit cents hommes à cheval, ne soupçonna pas
une résistance. Elle ne prévit rien, ne calcula rien
ne songea pas même à s'assurer des soldats dont elle
vouloit faire l'instrument de ses desseins.

Le régiment des gardes-françoises, devoit nécessai-
rement avoir une grande influance dans la con-
jončture où se trouvoient les choses ; les révolutionnaires travaillerent à le gagner. Les gardes-fraçoises
pleins de respeċt pour la mémoire du maréchal de
Biron, leur ancien colonel, avoient desiré que le
duc de Biron, son neveu, lui succédât. Les liaisons
du duc de Biron avec le duc d'Orleans le rendirent
suspeċt. Son peu de conduite, ses excessives dépenses
le dérangement de ses affaires, furent le motif apparent ou réel qui lui donna l'exclusion. La cour
nomma le duc du Châtelet. Ce duc étoit colonel
du régiment du roi. Il conserva ce régiment : la
cour, dont la folle maxime étoit d'entasser les places
& les dignités sur une même tête, écouta les ri-

dicules propofitions du duc, qui, fous prétexte d'é-
conomie, cachoit les grands avantages qui réfultoient
pour lui de cette réunion. Le duc du Châtelet, minutieux, dur, hautain, étoit moins propre qu'un
autre à remplacer le maréchal de Biron. Le duc
peu aimé dans le régiment du roi, fut bientôt dé-
tefté dans le régiment des gardes. Les agens de la
révolution profiterent de ces difpofitions favorables;
ils les feconderent avec de l'argent, du vin, des filles.
Ils n'eurent pas de peine à triompher de la fidélité
chancelante des gardes-françoifes; on parvint à leur
montrer une défection coupable comme une entreprife légitime.

L'affemblée ne négligea point les provinces. Des
correfpondances multipliées les inftruifoient de ce qui
fe paffoit. Des agens adroits & fûrs, fe rendirent
dans les villes, parcoururent les campagnes, échauf-
ferent les efprits, concerterent des infurrections,
peignirent les projets de la cour des plus noires couleurs,
la nobleffe & le clergé s'oppofant à la réforme d'abus
dont eux feuls profitoient. Ils refufent, ajoutoit-on,
de partager le fardeau des impôts, d'abandonner
leurs odieux & injuftes privileges; ils machinent
fourdement la diffolution des états. Ces moyens mé-
nagés avec art amenoient chaque jour une foule
d'adreffes & d'adhéfions. Ce concert unanime de
toutes les parties de l'empire releva le courage des
communes; elles prirent l'énergie du fénat de Rome

dans les temps difficiles de la république. La France animée d'un même esprit, devint une immense forum, où les grandes questions du gouvernement se traitoient en présence de vingt-cinq millions de citoyens.

Les choses ainsi disposées, le comte de Mirabeau dit que l'assemblée étoit environnée de troupes; qu'on en faisoit venir de toutes parts; que l'on formoit des camps au Champ-de-Mars, à Sèves, à Saint-Denis; qu'il y avoit de nombreux trains d'artillerie; qu'il étoit important d'arrêter une adresse au roi, pour lui demander l'éloignement des troupes. La motion de Mirabeau fut reçue avec de vives acclamations. L'assemblée le chargea de rédiger l'adresse: le président, à la tête d'une députation, alla la porter au roi : —— le roi répondit, que personne n'ignoroit les désordres & les scenes scandaleuses qui s'étoient passées à Paris & à Versailles, sous ses yeux & sous ceux des états-généraux; qu'il étoit nécessaire qu'il fît usage des moyens qui étoient en sa puissance, pour remettre & maintenir l'ordre dans la capitale, & dans les environs; que c'étoient les motifs qui l'avoient engagé à faire un rassemblement de troupes autour de Paris; que le président pouvoit assurer l'assemblée qu'elles n'étoient destinées qu'à réprimer, ou plutôt à prévenir de nouveaux désordres, à maintenir l'exécution des lois, à protéger même la liberté des délibérations; toute contrainte doit en être bannie, de même que tout tu-

multe doit en être écarté. Il n'y avoit que des gens
mal-intentionnés, qui puſſent égarer le peuple ſur les
vrais motifs des meſures de précaution qu'il prenoit:
ſi pourtant la préſence néceſſaire des troupes, dans
les environs de Paris, cauſoit de l'ombrage, le roi
ſe prêteroit, ſur la demande des états-généraux, à
les transférer à Noyon ou à Soiſſons : alors il ſe
rendroit lui-même à Compiegne, pour maintenir
la communication qui doit avoir lieu entre l'aſſemblée & lui.

L'aſſemblée déméla facilement le piege qu'on lui
tendoit. Elle eût perdu ſes moyens en s'éloignant de
Paris. Renfermée entre deux camps, elle ſe fût trouvée à la merci de la cour. L'aſſemblée peu contente
de la réponſe du roi inſiſta pour le renvoi des troupes, & déclara qu'elle renouvelleroit ſa demande juſqu'à ce qu'elle eût obtenu ce renvoi.

Les troubles continuoient à Paris. Les agens de la
faction ne ceſſoient d'agiter le peuple. Ils augmentoient l'effroi que répandoit l'approche des troupes ;
ils en exagéroient le nombre, parloient de l'immen-
ſité des préparatifs, des nombreux trains d'artillerie,
des grilles à boulets rouges. Ils faiſoient remarquer
que la plupart des régimens qui compoſoient l'armée étoient des régimens étrangers : —— l'intention
de la cour, ajoutoient-ils, n'eſt pas douteuſe; on
veut s'emparer de Paris, maſſacrer les citoyens,
livrer le Palais-Royal au pillage ; c'eſt le prix avec

lequel on eſt convenu de payer les ſoldats Allemands.
Alors on déclarera la banqueroute ; les infortunés Pariſiens ruinés, ou égorgés, ſeront ſoumis en eſclaves
à l'autorité arbitraire d'un miniſtere dur, tyrannique,
& abandonnés aux fureurs d'une femme vindicative
& irritée. Ils finiſſoient par inviter les bons citoyens
à faire le ſerment de défendre l'aſſemblée nationale,
monſieur Necker, monſieur le duc d'Orleans, & à
venir ſigner cet engagement au café de Foy. Le comte de Mirabeau diſoit hautement à tous les députés
que ſi l'on vouloit être libre, il falloit opérer un grand
changement à la cour, & élever monſieur le duc
d'Orleans à la place de lieutenant général. Il aſſuroit
ceux qui lui demandoient ſi le duc d'Orleans approuvoit ce projet, que ce prince lui avoit répondu ſur
cela des choſes très-aimables. Mirabeau s'ouvroit davantage avec ſes amis : remarquant un jour l'attachement de Mounier au roi & à la monarchie : —
mais bon homme que vous-êtes, reprit Mirabeau,
d'un ton d'impatience, avec tout votre eſprit vous
n'êtes qu'un ſot. Je veux un roi comme vous. Qu'im-
porte que ce ſoit Louis XVI ou Louis XVII ? qu'avons
nous beſoin du bambin pour nous gouverner ? A ces
diſcours, ſi propres à exciter les eſprits, on joignit
des diſtributions d'argent, bien plus propres encore
à donner de nombreux partiſans aux agens de la
révolution.

Tranquille, en apparence, au milieu des différens

mouvemens qui l'environnoient, l'affemblée nat'onale
pourfuivoit fes travaux. L'exceffive cherté des grains
méritoit toute fa follicitude. Le pain, quoique de
la plus mauvaife qualité, fe vendoit quatre fols la
livre. L'affemblée établit un comité des fubfiflances.
Ce comité commença fon travail ; mais environné de
ténébres qu'on épaiffiffoit autour de lui, il ne put
adopter aucun plan. Necker remit un mémoire ; il
y parloit de lui, & des frais confidérables que le
gouvernement avoit faits en approvifionnemens. Lorfque l'on demanda au miniftre les preuves de fes calculs, il répondit qu'il en communiqueroit au roi,
& refufa les éclairciffemens néceffaires à la marche
du comité. Mounier lut un projet de conftitution.
Je le rapporte ici, afin de montrer l'influance qu'il
dut avoir fur l'opinion, & combien il contribua à
rendre l'affemblée chere au peuple.

« Tout gouvernement a pour unique but le main-
» tien des droits des hommes : d'où il fuit que pour
» rappeller conftamment au but propofé, la confti-
» tution doit commencer par la déclaration des droits
» naturels & imprefcriptibles de l'homme. Le gou-
» vernement monarchique étant propre à maintenir
» ces droits a été choifi par la nation Françoife. Il
» convient fur-tout à une grande fociété ; il eft né-
» ceffaire au bonheur de la France. La déclaration des
» principes de ce gouvernement fuivra donc immé-
» diatement la déclaration des droits de l'homme,

« Il réfulte de l'établiffement de la monarchie,
» que la nation pour affurer fes droits à concédé au
» monarque des droits particuliers. La conftitution
» déclarera d'une maniere précife les droits de l'un
» & de l'autre. Il faut commencer par déclarer les
» droits de la nation Françoife. Il faut enfuite dé-
» clarer les droits du roi. Les droits du roi & de
» la nation n'exiftent que pour le bonheur des in-
» dividus qui la compofent. Ils conduifent à l'exa-
» men des droits des citoyens.

» La nation Françoife ne pouvant être individuel-
» lement réunie pour exercer fes droits, elle doit
» être repréfentée. Il faut donc énoncer le mode de
» fa repréfentation & les droits de fes repréfentans.
» Du concours du pouvoir de la nation & du roi
» réfultent l'établiffement & l'exécution des lois. Ain-
» fi, l'on examinera d'abord comment les lois feront
» établies, enfuite l'on examinera comment les lois
» feront exécutées.

» Les lois ont pour objet, l'adminiftration géné-
» rale du royaume, les actions des citoyens & les
» propriétés. L'exécution des lois qui concernent
» l'adminiftration générale, exige des affemblées pro-
» vinciales & des affemblées municipales. Il faut
» donc examiner quelle doit être l'organifation des
» affemblées provinciales, & quelle doit être l'or-
» ganifation des affemblées municipales. L'exécution
» des lois qui concernent les propriétés & les actions

» des citoyens néceffite le pouvoir judiciaire. Il faut
» donc déterminer comment il doit être confié. Il
» faut déterminer enfuite fes obligations & fes limi-
» tes. Pour l'exécution des lois & la défenfe du royau-
» me, il faut une force publique. Il s'agit donc de
» déterminer les principes qui doivent la diriger ».

Mounier ne vouloit pas que la déclaration des
droits de l'homme parût féparément; il vouloit la
placer en forme de préambule à la tête des articles
conftitutionnels, afin de prévenir les fauffes conféquences que l'on pourroit déduire d'une déclaration
des droits, ifolée & fondée fur des principes abftraits
de métaphyfique : d'ailleurs, ajoutoit Mounier, en
n'arrêtant pas définitivement la déclaration des droits,
jufqu'au moment que l'on aura achevé l'examen des
articles de la conftitution, on confervera l'avantage
de combiner plus exactement ce qui doit entrer dans
l'exposé des principes & être accepté comme conféquence.

Mounier obferva qu'il feroit infiniment dangereux
de confier à un comité le foin de rédiger un plan
de conftitution, & de faire enfuite juger ce plan
dans quelques séances; qu'il ne falloit pas mettre ainfi
au hafard de délibérations précipitées le fort de vingt-
cinq millions de citoyens; qu'il falloit difcuter dans
les bureaux les différens articles de la conftitution,
établir un comité de correfpondance, qui fe réuniroit
à certaines heures pour comparer les opinions & pré-

parer une conformité de principes; que les articles conftitutionnels ayant entre eux une liaifon intime, on ne pouvoit en arrêter un feul avant d'avoir mûrement réfléchi fur tous; que pour faciliter aux membres de l'affemblée les moyens de s'éclairer mutuellement, il fe tiendroit chaque femaine trois séances générales, dans lefquelles on difcuteroit les objets foumis à la délibération des bureaux.

Ce plan fage obvioit aux inconvéniens d'une délibération irréfléchie; cet avantage incontestable le fit rejeter dans la fuite, quoiqu'on parût, pour le moment, l'adopter avec enthoufiafme. Mais un reproche fondé, que l'on ne peut s'empêcher de faire à Mounier, c'eft de n'avoir point affez réfléchi au danger de placer un grand peuple parvenu à ce degré de civilifation, qui exalte tous les efprits, développe toutes les paffions, ifole tous les intérêts; un peuple corrompu, chez lequel l'exceffive inégalité des fortunes, fait que le plus grand nombre de citoyens n'a point de patrie & ne fauroit en avoir: de placer, dis-je, ce peuple hors de toutes les lois repreffives, de le reporter dans l'état de nature & dans l'enfance des fociétés, pour lui donner une conftitution étrangere à celle fous laquelle il a vécu pendant quatorze cents ans : fans examiner fi ce peuple eft fufceptible d'une pareille conftitution : s'il n'eft pas tombé dans cet état de dégénération fociale, où il ne peut comporter qu'un gouvernement

jufte,

juste, modéré, mais ferme, actif, capable de comprimer cette fermentation fourde qui tend à la diffolution du pacte focial : fans examiner fi la conftitution que l'on veut donner à ce peuple, convient à fes mœurs, à fa fituation politique, au milieu d'autres peuples parvenus au même degré de civilifation & de corruption que lui. Un reproche que l'on ne peut s'empêcher de faire à Mounier, c'eft de n'avoir pas affez réfléchi que le deblayement total des anciens principes, des anciennes habitudes des anciens préjugés, alloit remettre momentanément dans une ordre de chofes où il n'exiftoit pas de lois, une multitude d'hommes vivant d'intrigues, de vices, n'ayant pas même la moralité du caractere primitif de l'homme de la nature, d'hommes contenus jufqu'alors avec peine par une police vigilante. Mounier devoit favoir que l'intervalle au remplacement des anciennes lois, quelque court qu'on le fuppofât, ouvriroit un vafte champ à toutes les ambitions, un but probable à toutes les fpéculations & à tous les calculs du crime. Il falloit donc, en embraffant la totalité de la conftitution de l'empire, n'en préfenter les développemens que d'une maniere fucceffive; en forte que le peuple vît uniquement des réformes, là où on lui donnoit réellement une conftitution; qu'en obéiffant aux nouvelles lois, il crût être encore régi par les anciennes : car les lois ont befoin d'une longue habitude de refpect, fans

Tome I.

blables à ces familles illuftres; leur origine doit fe
perdre dans la nuit des fiecles. Il ne falloit pas annoncer une nouvelle conftitution; il falloit rétablir celle
qui exiftoit en France depuis quatorze cents ans,
la dégager des abus fous lefquels elle étoit encombrée,
la réformer dans les points que la différence des
temps & des circonftances exigeoient que l'on chan-
geât, fuivre la marche que traçoient les mandats;
ils étoient l'expreffion de la volonté générale : la
conftitution fe fût établie d'après les bafes du comité,
elle n'eût rencontré aucun obftacle, tout fût demeuré
dans l'ordre. Mais les philofophes, les intrigans, les
ambitieux, vouloient une révolution; ils vouloient
réalifer, les uns leurs infensés fyftêmes, les autres
les vaftes efpérances qu'ils avoient conçues.

Bouche propofa de créer deux comités. L'un
prendroit connoiffance des impôts & des penfions,
fe feroit remettre par les miniftres les états & les
borderaux néceffaires à cet objet, l'autre reconnoîtroit
l'état actuel du tréfor public. Freteau appuya la
motion de Bouche. Il parla contre l'arbitraire des
cotes d'impofition, contre la tyrannie des capitai-
neries, contre le tort que la multitude du gibier
caufe aux fermiers & aux propriétaires.

Les agens de la révolution avoient fenti les avantages qu'ils pourroient tirer d'une déclaration des
droits de l'homme. Il étoit effentiel d'en pofer les
bafes principales, d'avertir ainfi le peuple & les non-

propriétaires des nouveaux droits qu'on alloit leur
créer. Monfieur de Lafayette dit que plufieurs membres de l'affemblée venoient, dans leurs difcours,
d'infifter fur la néceffité de s'occuper immédiatement
de la conftitution. Quoiqu'il fût privé, par fes inftructions, du bonheur de voter dans l'affemblée, il
pouvoit, il devoit d'autant plus y donner fes opinions,
que d'après le plan de travail que propofoit le comité
de conftitution, fes commettans auroient le temps
d'y être repréfentés. Ce plan fi juftement applaudi,
ajouta monfieur de Lafayette, préfente la néceffité
d'une déclaration des droits de l'homme comme le
premier objet de votre attention : en effet, foit que
vous offriez fur - le - champ à la nation cette énon-
ciation de vérités inconteftables, foit que vous pen-
fiez que ce grand chapitre, de votre ouvrage, ne doit
pas en être ifolé, il eft conftant que vos idées doivent
d'abord fe fixer fur une déclaration qui renferme les
premiers principes de toute légiflation ; & quelque
fimples, quelque communs, que foient ces principes,
il fera fouvent utile d'y rapporter les difcuffions de
l'affemblée. Je vois deux utilités pratiques dans une
déclaration des droits ; il eft néceffaire de rappeller
les fentimens que la nature a gravés dans le cœur de
chaque homme. Ces fentimens prennent une nouvelle
force lorfqu'ils font généralement reconnus ; leur
développement eft d'autant plus intéreffant, que pour
qu'une nation aime la liberté, il fuffit qu'elle la con-

noiſſe, & pour qu'elle ſoit libre, il ſuffit qu'elle
veuille l'être. Il eſt également néceſſaire d'exprimer
des vérités d'où découlent toutes les inſtitutions, &
qui, dans les travaux des repréſentans de la nation,
ſeront un guide fidele qui les ramenera toujours à
la ſource du droit naturel ſocial; mais une déclaration des droits s'arrête, ou le gouvernement prend
une modification certaine & déterminée, telle qu'eſt
en France la monarchie. Renvoyant donc à un autre
travail l'organiſation du corps légiſlatif & la ſanction
royale, qui en fait partie, je crois devoir déſigner
d'avance le principe de la diviſion des pouvoirs. Une
déclaration des droits ne peut avoir d'autre mérite
que la vérité & la préciſion : elle doit être ce que
tout le monde ſait, ce que tout le monde ſent. Cette
idée ſeule à pu m'engager à eſquiſer une rédaction,
que je prie l'aſſemblée de renvoyer à l'examen des
bureaux. « La nature a fait les hommes libres &
» égaux. Les diſtinctions néceſſaires à l'ordre ſocial
» ne ſont fondées que ſur l'intérêt général.

» Tout homme naît avec des droits inaliénables,
» impreſcriptibles; tels ſont, la liberté de ſes opi-
» nions, le ſoin de ſon honneur & de ſa vie, le
» droit de propriété, la diſpoſition entiere de ſa
» perſonne, de ſon induſtrie, de toutes ſes facultés, la
» communication de ſes penſées par tous les moyens
» poſſibles, la recherche du bien - être, la réſiſtance
» à l'oppreſſion. L'exercice des droits naturels n'a

» de bornes que celles qui en affurent la jouiffance
» aux autres membres de la fociété.

» Nul homme ne peut être foumis qu'à des lois,
» confenties par lui ou par fes repréfentans, anté-
» rieurement promulguées & légalement appliquées.

» Le principe de toute fouveraineté réfide dans la
» nation ; nul corps, nul individu, ne peut avoir
» une autorité qui n'en émane exprefsément.

» Tout gouvernement a pour unique but le bien
» commun ; cet intérêt exige que les pouvoirs, légifla-
» tif, exécutif & judiciaire, foient diftincts, définis,
» & que leur organifation affure la repréfentation
» libre des citoyens, la refponfabilité des agens &
» l'impartialité des juges.

» Les lois doivent être claires, précifes, uniformes
» pour tous les citoyens ; les fubfides librement con-
» fentis &, proportionnellement répartis ; & comme
» l'introduction des abus, & le droit des généra-
» tions qui fe fuccedent, néceffitent la revifion de
» tout établiffement humain, il doit être poffible à
» la nation d'avoir, dans certains cas, une convoca-
» tion extraordinaire de députés, dont le feul objet
» foit d'examiner & de corriger s'il eft néceffaire les
» vices de la conftitution ».

Cependant la cour, pleine de confiance dans les
forces dont elle croyoit s'être affurée, réfolut de
commencer fes opérations. Necker s'étant préfenté
à la porte de la chambre où fe tenoit le confeil, le

comte d'Artois alla au devant de lui, lui ferma le paffage, & lui montrant le poing d'un air de fureur; — où vas-tu traître d'étranger ? eft-ce ta place au confeil fichu bourgeois ? retourne-t-en dans ta petite ville, ou tu ne périras que de ma main! A cette indécente apoftrophe, Necker recule un pas en arriere, fe tient droit, ne répond pas un mot, & entre dans la chambre du confeil. Necker reçut le lendemain l'ordre de quitter le royaume; il alloit fe mettre à table; il dina tranquillement : fon dîner fini, il monta dans fa voiture, & prit la route de Saint-Ouen, après avoir dit quelques mots à voix baffe à monfieur de Latouche, chancelier de monfieur le duc d'Orleans, qui partit à l'inftant même pour Paris.

Les autres miniftres donnerent leur démiffion. Le roi les remplaça par des hommes, depuis long-temps, odieux au peuple, & dont les principes defpotiques étoient connus. Lagalaifiere, eut les finances; le duc de Lavauguyon, les affaires étrangeres; Breteuille, le département de Paris; Foulon, la guerre. Mais avant que d'aller plus loin, voyons quels étoient les principaux perfonnages.

Le comte de Mirabeau dominé, à-la-fois, par toutes les paffions même les plus contraires, par un génie ardent, inquiet, avide de plaifirs, de mouvemens, d'intrigues, étoit venu aux états-généraux précédé de la renommée que donnent de grands talens & de plus grands vices. Accusé de lâcheté, convaincu d'efcroqueries, audacieux, entreprenant, capable de tout, prêt à vendre fon ami, fa maîtreffe, fon roi, fon dieu s'il en eût cru un, perdu de dettes, & de dettes déshonorantes; on l'avoit vu efpion des miniftres de France dans les cours étrangeres, efpion des princes étrangers auprès des miniftres de la cour de France, fe faifant payer des uns & des autres, les trahiffant tous également! C'eft ainfi qu'il avoit compofé des libelles contre fes protecteurs, contre fes amis, contre fes parens; non par haine, mais par une immoralité de caractere, par une ignorance totale de convenance, de vertu, de devoir, qui ne lui montroit dans l'amitié trahie, dans la confiance violée, qu'une marchandife de débit, un trafic utile.

Mirabeau avoit calculé la force des liens fociaux; il les avoit appréciés ce qu'ils font pour un ambitieux, & il s'étoit mis au large jufque dans fa confcience. Jugeant les hommes d'après fon propre cœur, il les claffoit tous parmi les fots ou parmi les frippons: aux uns il parloit de liberté, de patrie : il préfentoit aux autres des efpérances brillantes, mais honteufes, ne leur diffimuloit point le prix qu'il falloit les payer. Gourmandant le peuple, ou le flattant felon les circonftances, il fut toujours le contenir, & lui imprimer pour fa perfonne & pour fes opinions un refpect fuperftitieux. Timide dans les hafards ordinaires de la vie, il déployoit dans les grandes occafions

la hardieffe du crime qui s'eft affuré de fes moyens.
Les obftacles l'irritoient & ne l'arrêtoient point. Doué
d'une grande facilité à concevoir, fon imagination
tourmentoit fa penfée. Delà, ce défaut de plan dans
fes vues, ce peu de fuite dans fes idées; ces contra-
dictions avec lui - même; cette indifcrétion qui ne
lui permettoit de rien taire, lorfqu'irritant à - propos
fon orgueil, on lui préfentoit comme invincibles, ou
comme faciles à détruire, les obftacles qui s'oppo-
foient à fes deffeins. Une femme de beaucoup d'efprit comparoit, dans une fociété nombreufe, l'adreffe
de Mirabeau, fur le renvoi des troupes, avec celle
que préfentérent les communes d'Angleterre à Charles Ier. Hé bien madame, répodit Mirabeau avec un
air fatisfait, Cromwel n'a - t - il pas illuftré fa famille?

Mirabeau ne fecoua jamais entiérement les préjugés
ni les habitudes de fon enfance; il tint toujours à
la nobleffe & à la monarchie. — Croyez - vous,
difoit - il à quelques nobles, que fi j'euffe été député
de la nobleffe, elle eût dégringolé fi promptement?
Mirabeau fe montra l'ennemi des miniftres; il fut
le plus zélé défenfeur du miniftere! Sa haine contre
le defpotifme ne s'eténdoit point fur la royauté;
car il attendoit plus des rois, qu'il n'attendoit des
peuples; & les places du gouvernement ne lui fembloient defirables, qu'autant qu'elles conferent un
grand pouvoir, & qu'elles menent à de plus grandes
richeffes.

Mirabeau joignoit aux talens naturels, qui font les orateurs, une étude réfléchie de l'art oratoire. Il savoit que l'homme de génie parle encore plus aux sens qu'il ne parle à l'esprit : aussi son geste, son regard, le son de sa voix, tout, jusqu'à sa manière de se mettre & d'arranger ses cheveux, étoit calculé sur une connoissance approfondie du cœur humain. Son éloquence rude, sauvage, mais rapide, animée, remplie de métaphores hardies, d'images gigantesques, maîtrisoit les délibérations de l'assemblée. Son style dur, rocailleux, mais expressif, abondant, gonflé de mots sonores, semblable à un fort marteau entre les mains d'un artiste habile, façonnoit à ses volontés des hommes qu'il ne s'agissoit pas de convaincre, qu'il falloit étourdir, subjuguer. Mirabeau leur imprimoit toutes les formes, tous les mouvemens, toutes les passions.

Sans rejeter les manœuvres & les ressources de l'intrigue, Mirabeau s'y prêtoit en homme supérieur qui la souffre par complaisance. Alliant avec franchise à sa gloire ceux qu'il lui étoit utile d'allier à ses projets, il avoit l'art de les intéresser à ses succès, parce qu'ils pouvoient souvent les regarder comme leur propre ouvrage. Exempt de cette petite jalousie de la médiocrité qui veut tout faire, il employoit les écrits propres à seconder ses vues ; il en abandonnoit l'honneur à ceux qui les lui avoient communiqués ; leur permettoit de dire : c'est moi qui ai fait ce plan,

qui ai dreſſé ce mémoire ; & les aſſocioit ainſi à
ſes triomphes dans la tribune, en les y faiſant pour
ainſi-dire monter avec lui. Les faits le feront mieux
connoître, paſſons à un autre.

Lally - Tolendal reçut de l'auteur de la nature une
ame tendre & des paſſions douces. Nourri de ver-
tueuſes chimeres, il croyoit les hommes bons, il
eſpéroit les rendre heureux. L'ambition démeſurée,
la baſſe cupidité, les intrigues coupables, étoient
étrangeres à ſon cœur. Il n'imaginoit pas les hommes auxquels il s'étoit aſſocié. La tête ſanglante de
ſon pere, ſans ceſſe préſente à ſes yeux, le jeta
dans le parti de la révolution. Il déteſtoit également
le deſpotiſme des miniſtres & le deſpotiſme des parlemens, mais il vouloit un roi & une monarchie:
il vouloit que l'honneur, la fortune, la vie des citoyens, ne dépendiſſent plus du caprice, des intérêts
ſecrets, des paſſions haineuſes, d'un miniſtre ou
d'un juge. Lally aimoit la gloire ; il ſe perſuada
qu'il obtiendroit ce qu'elle a de plus flatteur, en
travaillant à la liberté de ſa patrie. Lally deſiroit voir
la France riche, puiſſante au dehors, gouvernée
au dedans par des lois propres à aſſurer le bonheur
de tous. Peut - être, parmi ceux qui ont le plus
contribué à la révolution, Lally eſt - il le ſeul qui
puiſſe avouer ſes motifs. Lally étoit admirateur de
Necker ; l'admiration dans un ame ſenſible produit
l'enthouſiaſme. L'éloquence de Lally douce & facile,

son geste noble, l'accent persuasif & flatteur de sa
voix, auroient dû lui donner une grande prépondé-
rance dans l'assemblée : mais Lally parloit à des
hommes tourmentés d'une longue & jalouse envie,
à des hommes ne respirant que le sang, n'aspirant
qu'à des dépouilles. Tant que l'assemblée, incertaine
de son sort, éprouva des craintes, Lally la trouva
docile : à peine avec son secours eût - elle renversé
les obstacles qui s'opposoient à l'exécution de ses
desseins, qu'oubliant les services de Lally, elle ne vit
qu'un ennemi, dans un homme qui refusoit de seconder ses fureurs. Lally éprouva le sort de tous les
gens qui ont des intentions droites, mais qui n'ont
point calculé la marche rapide d'un peuple livré à
lui-même ; ils se flattent de l'arrêter lorsqu'il s'écarte
du but qu'ils veulent lui faire atteindre ; ils sont
entraînés par la foule, & ils se trompent toujours
sur les événemens ; Lally se trompa comme eux ;
il fut calomnié, il perdit son influence dans l'assemblée. Le voile qui lui avoit caché le gouffre profond,
où alloit s'engloutir & le roi & la monarchie, se leva
tout - à - coup ; l'affreuse journée du six octobre,
acheva de dessiller ses yeux ; il frémit d'horreur,
gémit, mais trop tard, des maux qu'il avoit préparés.
Désespérant de la chose publique, il quitta sans
retour une assemblée dans laquelle il ne pouvoit plus
faire le bien, & dont il eût rougi de partager les
crimes.

Clermont - Tonnerre né avec de l'efprit, du talent, de l'ambition, une grande facilité à tout entreprendre, une plus grande facilité à fe rebuter, pareffeux, infouçiant, difficile à fixer, chimérique, ne voyant le defpotifme que dans l'abus du pouvoir, & non dans la nature du pouvoir même, s'imagina, bonnement, qu'il lui feroit facile d'allier la liberté politique de la nation avec l'autorité conftitutionnelle du monarque, & la liberté indéfinie de l'individu avec le caractere extrême du François, porté naturellement à la licence. Eloquent, précis, lorfqu'infpiré par le fujet, fon génie dominoit fa pensée & captivoit fon imagination; s'élançant alors aux conceptions les plus vaftes, mais ne faififfant jamais les rapports fecondaires; mauvais politique; ne connoiffant les hommes que dans les fociétés de Paris, les chofes que par l'opinion de Paris; s'attachant, dans l'exécution, aux moyens les plus bizarres, les moins propres à le conduire au but.

Clermont - Tonnerre mécontent de la cour, parce qu'il n'y étoit rien, aimoit cependant le roi & l'état. Il vouloit une révolution pour le plaifir de faire une révolution; travailloit à la décider fans en prévoir les fuites; efpéroit la conduire, & fe rendre néceffaire. Il n'alla point au delà de l'intrigue; il ne conçut pas même un plan de gouvernement; flatté d'être chef de parti, & d'occuper la petite renommée de Paris, il crut avoir tout fait en engageant la minorité de la nobleffe à fe réunir aux communes, & en forçant la cour à rappeller Necker & les miniftres exilés.

Clermont - Tonnerre regardoit Necker comme un grand homme ; cette opinion donne la mefure exacte de fon jugement ! Imitant fon modele, il fe livra ainfi que lui à une guerre de plume toujours défavorable à l'homme public. Le génie ne perd point en de vaines difcuffions un temps defliné à agir ; du moment qu'on s'abaiffe à defcendre dans l'arene, on eft forcé de s'y mefurer avec les gens les plus vils ; le peuple s'habitue à juger les combattans. Le véritable homme d'état, femblable à l'être - fuprême, fe rend inacceffible dans fes conceptions.

Clermont - Tonnerre ne fut ni conferver la confiance du peuple, ni acquérir la confiance de la cour : flottant entre les deux partis, voulant les balancer l'un par l'autre, il finit par les mécontenter également. Clermont - Tonnerre, foit défaut de tact, foit préfomption de fes forces, s'obftina à lutter contre l'opinion publique, dans un temps où cette opinion dominant les efprits, rejetoit avec fureur & les fyftêmes, & les hommes qui tendoient à une opinion contraire. Il échoua ; fes efforts pour fe relever ne firent que rendre fa chûte plus complette. Abandonné des royaliftes, qui foupçonnoient fa bonne foi, pourfuivi par les démocrates, qui l'accufoient de trahifon, feul au milieu d'une grande nation, froiſsé de tous les chocs, il ſentit qu'il étoit tempt d'abandonner cette lutte inégale. Il ne parut plus à la tribune & tomba dans le plus profond oubli.

La nouvelle du renvoi de Necker, excita dans Paris une commotion générale. Les révolutionnaires ſaiſiſſant une occaſion, qu'ils attendoient avec impatience, réſolurent de conſommer leur grande entrepriſe. Tout concouroit à favoriſer leurs projets; le peuple ſourdement travaillé étoit diſpoſé à recevoir les impreſſions qu'on voudroit lui donner; la diviſion de Paris en ſoixante diſtricts, diviſion imaginée par Necker lors de la nomination des électeurs, pour influer plus facilement ſur les choix, devenoit une circonſtance propre à faciliter les opérations des révolutionnaires : en effet, quoique les fonctions des électeurs euſſent ceſsé, ils exiſtoient toujours implicitement, formoient un corps raſſemblable, repréſentant la commune de Paris; ils étoient les véritables commettans des députés de cette ville, les organes de ſes volontés; ils entretenoient une correſpondance ſuivie avec l'aſſemblée nationale. Il étoit donc aiſé de réunir les électeurs, d'appeller les citoyens dans leurs diſtricts. Paris n'étoit plus comme autrefois une ville peuplée d'individus iſolés, dépourvus de moyens de communiquer enſemble, ne ſachant où ſe rallier, où ſe concerter, où prendre à la majorité des voix une délibération unanime. Necker avoit créé un point de réunion; huit cents mille citoyens, jadis inconnus l'un à l'autre, indifférens aux intérêts l'un de l'autre, venoient d'acquérir tout-à-coup un intérêt commun, & pouvoient à l'inftant même fe réunir & former une unité numérique.

Les principaux agens de la révolution s'étant affemblés au Palais-Royal, dont ils avoient fait le centre de leurs opérations, comme le lieu le plus propre à imprimer tous les mouvemens à la multitude. Camille-des-Moulins monte fur une table, & dit: — citoyens, « il n'y a pas un moment à perdre; » j'arrive de Verfailles. Monfieur Necker eft renvoyé! » Ce renvoi eft le tocfin d'une Saint-Barthelemi » de patriotes! Ce foir même, tous les bataillons » Suiffes & Allemands fortiront du Champ-de-Mars » pour nous égorger! Il ne nous refte qu'une ref- » fource, c'eft de courir aux armes! » Les agens de la révolution applaudiffent avec tranfport à la propofition de Camille-des-Moulins. Un bruit confus qu'il faut s'armer, que c'eft le feul moyen de prévenir les intentions perfides des nouveaux miniftres, circule de bouche en bouche. Camille-des-Moulins profite de cette difpofition favorable; & dans la vue d'augmenter encore l'impreffion fubite qu'a fait fon difcours, il feint d'appréhender les fuites de fa hardieffe & de fon zele pour les intérêts du peuple; il promene un œil inquiet fur la foule qui l'environne; & comme s'il eût apperçu tout-à-coup un grand danger, il s'écrie : le fignal eft donné; voici les ef-

pions & les fatellites de la police qui me regardent
en face; mais je ne tomberai point vivant entre
leurs mains! à ces mots tirant deux piftolets de fes
poches, il les montre au peuple; & fe mettant à
la tête de quelques agens de la revolution : — ini-
tez - moi, citoyens? venez défendre vos vies, celles
de vos femmes & de vos enfans! Les révolutionnaires fortent en pouffant de grands cris, & fe partagent les travaux de cette importante journée. Les
uns, à la tête de quelques brigands, vont incendier
les barrieres & chaffer les commis deftinés à la per-
ception des droits d'entrée. Les autres parcourent
les théatres de la capitale, ordonnent de fermer les
fpectacles. Ils fe tranfportent en fuite au cabinet de
Curtius; prennent les buftes de Necker & du duc
d'Orleans; les affublent de longs crêpes noirs, pour
marquer l'état de difgrace de ces deux idoles du
peuple : car on avoit répandu à deffein que le duc
d'Orleans étoit exilé. Les buftes font portés en triomphe dans les rues de Paris. Des hommes apoftés
obligent les paffans de fe découvrir; l'un d'eux dit
au peuple : *n'eft - il pas vrai que vous voulez que ce*
prince foit votre roi, & que cet honnête homme foit
fon miniftre? quelques perfonnes répondent : nous le
voulons. Le cortege fuit les Boulevards, les rues
Saint - Martin, Saint - Denis : quartiers remplis de
peuple. Les révolutionnaires engagent un détachement
des gardes - françoifes à les accompagner, afin de
donner

donner plus de pompe à cette marche triomphale, &
de montrer au peuple que les feules troupes qui auroient pu s'oppofer à l'exécution de leurs deffeins, partageoient le fentiment général. La nouveauté du fpectacle, cet efprit d'imitation, fi puiffant fur le François,
attire une multitude de gens de tout état, de tout
fexe. Arrivés à la place Vendôme, un détachement
de royal - allemand & de royal - lorraine fe préfente
pour diffiper l'attroupement. Les révolutionnaires
vouloient une émeute ; ils attaquent à coups de pierres
les dragons de royal - lorraine. Plufieurs bourgeois
font blefsés. Le prince de Lambefc, à la tête de
royal-allemand, fe porte à la place Louis XV ; le peuple
avançoit toujours ; le prince de Lambefc, féparé de fa
troupe, fe jette le fabre à la main dans le jardin des
Tuileries. L'effroi devient général ; hommes, femmes,
enfans, fe précipitent les uns fur les autres, s'efforcent de gagner les iffues, croyant à chaque inftant
voir fondre fur eux les cavaliers du prince de Lambefc. Le peuple dans cette circonftance délicate conjure les gardes - françoifes de le fecourir. Ils fe joignent aux révolutionnaires, chargent les foldats d
royal - allemand : ceux - ci fans chefs, ne recevant
point d'ordres, n'oppofent aucune réfiftance. Les
gardes - françoifes marchent à la place Louis XV dans
e deffein d'en déloger les dragons de royal-lorraine.

Tandis que ceci fe paffe aux Tuileries, Camille-
des - Moulins & quelques agens de la révolution

Tome I.

Juin
1789.

reviennent au Palais-Royal en criant que les foldats Allemands égorgent les citoyens ; ils invitent le
peuple à s'armer. Le duc d'Orleans, trop lâche pour
fe déclarer le chef de la révolution, tant qu'il y
auroit le moindre danger à courir, avoit fa voiture
toute attelée dans la premiere cour : c'eft en vain que
le peuple implore fon afiſtance : il fe hâte de fuir à
Verſailles, en difant à ceux qui le preffent de les
protéger : —— *mes amis il n'y a qu'un moyen, c'eſt
de prendre les armes*. . . Les révolutionnaires courent à l'hôtel de Ville, & répandent l'alarme de tous
côtés ; la populace enfonce les boutiques des armu-
riers, s'arme de tout ce qui tombe fous fa main ; les
bourgeois fe renferment précipitamment dans leurs
maiſons, la plupart ignoroient la cauſe du tumulte ;
ils s'imaginoient que l'armée du maréchal de Broglie
entrée dans Paris, y mettoit tout à feu & à fang.

Cependant les électeurs & les officiers municipaux
s'affemblent à l'hôtel de Ville. Les uns agens de la
révolution & prévenus des deffeins des révolutionnaires ; les autres étrangers à ces manœuvres, mais
effrayés d'une émeute qui femble menacer les perfonnes & les propriétés. Le tocfin fonnoit dans toutes
les églifes, la nuit approchoit ; une troupe de bri-
gans, armés de fabres & de fufils, portant à la main
des torches allumées, parcouroient les rues, menaçant d'incendier les principaux hôtels : ces mouvemens
avoient pour but de jeter l'effroi dans l'ame des
bourgeois, & d'autoriſer la nomination d'un comité

capable de réduire en fyftême l'infurrection paffagere
de la populace. On forma ce comité de quatorze
électeurs, & de quelques officiers municipaux, connus
par leur attachement à Necker & au parti d'Orleans.
Monfieur de Fleffelles fut nommé préfident ; fes liaifons avec la cour le rendoient fufpect ; on fe promit
de veiller fur fes démarches & d'épier fes actions.
Cet heureux fuccès en donnant aux révolutionnaires
des efpérances légitimes, augmenta leurs inquiétudes
fur les fuites d'une révolte fi manifefte ; ils fentirent
qu'ils n'avoient plus de mefures à garder, & que
leur fûreté perfonnelle dépendoit d'une entiere réuffite ;
s'étant concertés avec Mirabeau, & les principaux
membres de l'affemblée nationale, ils arrangerent
leur plan.

La difgrace & le départ de Necker, cauferent la
même furprife & la même indignation à Verfailles
qu'elles avoient caufées à Paris. Plufieurs députés fe
réunirent dans la falle des états : on propofa de
délibérer fur le renvoi de Necker : le peu de membres qui fe trouvoient préfens, l'abfence du préfident
de l'affemblée, la réflexion de l'abbé Grégoire que
la féance étoit indiquée au lendemain, firent rejeter
toute délibération : le jour fuivant les députés fe rendirent de grand matin à la falle des états. Tous
paroiffoient diverfement affectés, felon les intérêts,
les paffions, les efpérances diverfes. Les agens de la
révolution, tantôt réunis en groupes, tantôt répandus

dans les différentes parties de la salle, suivant qu'il leur importoit de se concerter ou d'agir, exagéroient les craintes, s'emportoient contre la cour, contre les nouveaux ministres. Les gens sages étrangers à l'intrigue, mais imbus de bruits sinistres, & alarmés des desseins de la cour, qu'on leur assuroit tendre à la conquête de Paris, à la dissolution de l'assemblée au massacre des citoyens, gémissoient sur des événe-mens dont ils ne prévoyoient qu'une issue funeste, & gardoient un silence morne & pensif. Le plus grand nombre des députés s'agitoit tumultueusement. On entrevoyoit sur les visages une inquiétude sombre, un air farouche, une fureur concentrée, qui perçoit à travers les efforts employés pour la contenir. Les partisans de la cour cachoient leur joie sous des dehors indifférens; ils étoient venus à la séance pour voir le tour que prendroient les délibérations, pour jouir de leur triomphe & de l'humiliation de l'assem-blée; ils la croyoient atterrée; ils ne doutoient pas qu'elle n'acceptât la déclaration du vingt-trois juin, & que les états séparés, les choses ne reprissent leur ancien cours; tant ces hommes, sans prévoyance, s'aveugloient sur leur propre foiblesse.

Mounier ouvrit la séance. Je rapporterai son dis-cours; il est nécessaire de suivre dans les détails la marche d'une révolution, dont les annales du monde n'offrent aucun exemple.

« Messieurs, le roi vous appelle pour anéantir les

» abus, & ils semblent de plus en plus s'augmenter.
» Personne n'oubliera le fameux prononcé de hier, à
» jamais célébré par l'exil du plus vertueux des
» ministres! » Certainement le roi à le droit de
choisir les personnes qu'il admet à ses conseils; mais
la nation ne trahiroit-elle pas la nation, ne man-
querions nous pas à la dignité de cette assemblée, si
dans un moment aussi funeste nous gardions le silence?
Pourrions-nous oublier combien le ministre que l'on
vient d'éloigner a servi la patrie par ses vertus? combien il a mérité la confiance du souverain? combien
ses avis ont été salutaires dans des momens d'orage?
C'est ici vraiment que nous aurions besoin de son zele,
pour arrêter une incendie, que des ministres perfides
provoquent par un appareil menaçant, & qu'ils font
prendre au roi pour éloigner la guerre civile, toutes
les mesures qui en nécessiteroient en quelque sorte
les approches.

Dans une crise aussi violente, nous devons inter-
céder pour le rappel de l'homme vertueux que l'on
a si indignement exilé. Nous devons déclarer au roi,
que les ministres actuels n'auront jamais la confiance
de la nation. Cependant, messieurs, pendant que
nous nous occupons de cette délibération, nous ne
devons pas retarder la constitution : aucun malheur
ne peut égaler celui de n'en avoir aucune, & aucun
avantage ne sauroit nous indemniser! C'est la constitution que les ministres veulent écarter, c'est la

G 3

conftitution qu'ils veulent attaquer ; mais leurs efforts feront vains. Je ne puis ici me préferver d'une réflexion bien trifte, le péril accroît de moment en moment, les troupes fe raffemblent de toutes parts, les menaces n'exalteront que trop votre courage ! c'eft pour cela que nous devons agir avec une fage lenteur. Cette conftitution qui doit exifter pour nous, comme pour les générations futures, ne doit pas être le fruit d'un moment d'effervefcence. Le plus grand fléau qui puiffe affliger un peuple, c'eft d'avoir de mauvaifes lois, de mauvais principes & une mauvaife conftitution.

Meffieurs, nous ne pouvons avoir qu'un feul intérêt, un feul but, vers lequel doivent tendre tous nos efforts, & furmonter tous les obftacles pour l'atteindre. C'eft la félicité commune. Je propofe de faire une adreffe au roi avec une députation ; nous lui déclarerons que nous ne pouvons avoir de confiance que dans les quatre miniftres difgraciés ; que ceux qui les remplaceront ne la mériteront jamais ; que les dangers qui réfultent de l'approchement des troupes font confidérables : enfin que l'affemblée ne peut confentir à une honteufe banqueroute.

A ces derniers mots, des battemens de mains, des acclamations bruyantes, ou plûtôt des cris de fureur, éclaterent de toutes parts. Les révolutionnaires étoient les plus ardens à propager le délire ; occupés en apparence de la difgrace de Necker, qu'ils auroient eux - mêmes provoquée deux mois plus tard, ils voyoient, avec une joie fecrete, l'affemblée concourir, fans le favoir, à la réuffite de leurs projets.

L'avocat Target répéta d'une voix forte & fonore, mais en termes différens, ce que venoit de dire Mounier. Il obtint les mêmes applaudiffemens. Lally-Tolendal, s'avançant d'un air trifte au milieu de l'af-femblée, demanda la parole. Son attachement connu pour Necker, la conformité de fes principes avec ceux de ce miniftre, la profonde douleur dont il paroiffoit pénétré, lui donnoient des droits à l'atten-tion; (il fe fit un grand filence.)

« Meffieurs, c'eft une fuite funefte des excès où
» fe portent les ennemis du bien public, que la
» modération des bons citoyens femble prefque
» devenir coupable, & fe trouve forcée, malgré
» elle, de fortir des mefures qu'elle s'étoit prefcrites.
» Si un retour fur foi - même étoit permis, lorfqu'il
» faut perdre le fentiment de fon exiftance dans
» celui d'une calamité générale, je prendrois tous
» les membres de cette affemblée à témoin de l'ef-
» prit de paix & de juftice, qui préfide, j'ofe le dire,
» à tous mes difcours, quelque part & dans quel-
» que temps qu'ils aient été tenus. J'efpere ne pas m'en
» écarter même aujourd'hui, malgré la vive émotion
» que je reffens : mais quelque foit le jugement
» qui m'attend, calomnié ou non calomnié, c'eft ici le
» moment où il faut s'abandonner à fa confcience ! »

Laſſy préſenta ſucceſſivement le tableau de l'état
du royaume au mois d'août mil ſept cent quatre-
vingt-huit, jour du rappel de Necker, & celui de
l'état du royaume au douze juillet mil ſept cent
quatre-vingt-neuf, jour du renvoi de ce miniſtre.

« Au mois d'août mil ſept cent quatre-vingt-
» huit, le roi étoit trompé dans ſa confiance, les
» lois étoient ſans miniſtres, & vingt-cinq millions
» d'hommes ſans juges; le tréſor public ſans fonds,
» ſans crédit, ſans moyens, une banqueroute géné-
» rale prête à ruiner & à déshonorer la nation,
» l'autorité ſans reſpect pour la liberté des particuliers,
» & ſans force pour maintenir l'ordre public, le
» peuple ſans autre reſſource que les états-généraux,
» mais ſans eſpérance de les obtenir, ſans confiance
» dans les promeſſes même du roi, parce qu'il s'ob-
» ſtinoit à croire que les miniſtres d'alors en élude-
» roient toujours l'exécution. A ce fléau politique,
» la nature étoit venue joindre les ſiens; le ravage
» & la déſolation étoient dans les campagnes, la
» famine ſe montroit déja de loin & menaçoit une
» partie du royaume! C'eſt dans ces triſtes circonſtan-
» ces que le cri de la vérité eſt parvenu juſqu'au
» roi; qu'il s'eſt rendu au vœu de ſon peuple; qu'il
» a rappellé un miniſtre que le peuple demandoit;
» & ſur-le-champ la juſtice a repris ſon cours,
» le tréſor public s'eſt rempli, le crédit a reparu,
» le nom d'infame banqueroute n'a pas même été

» prononcé, les prifons fe font ouvertes, & ont
» rendu à la fociété les victimes qu'elles renfermoient,
» les révoltes femées dans plufieurs provinces, fe font
» bornées à des émeutes paffageres, appaisées par
» la fageffe & par l'indulgence, les états - généraux
» ont été annoncés, perfonne n'a plus douté de leur
» convocation, le nom du roi a été couvert de
» bénédictions : le temps de la famine eft arrivé ;
» des travaux immenfes, des mers couvertes de
» vaiffeaux, toutes les puiffances de l'europe follici-
» tées, les deux mondes mis à contribution pour
» notre fubfiftance, plus de quatorze cent mille
» quintaux de farine & de grains importés parmi
» nous, plus de vingt - cinq millions fortis du tréfor
» royal, une follicitude active efficace, perpétuelle,
» appliquée à tous les jours, à tous les inftans, à
» tous les lieux, ont écarté ce fléau.

» Enfin, malgré les obftacles fans nombre, les
» états - généraux ont été ouverts. . . . Les états-
» généraux ont été ouverts! . . . Que de chofes,
» meffieurs, font renfermées dans ce peu de mots !
» que de biens faits y font retracés! comme la re-
» connoiffance de la génération préfente & de la
» génération future vont s'y attacher à jamais !

» Un projet de conftitution tracé par une main
» exercée, conçu par un efprit fage & par un cœur
» droit, attache tous les efprits & tous les cœurs.
» C'eft dans cet inftant, c'eft après tant d'obftacles

» vaincus, au milieu de tant d'efpérances & de be-
» foins, que des confeillers perfides enlevent au plus
» jufte des rois fon ferviteur le plus fidele, & à
» la nation le miniftre citoyen en qui elle avoit
» mis fa confiance! Ce n'étoit pas affez, trois mi-
» niftres animés des mêmes fentimens que lui, de la
» même fidélité, du même patriotifme, font frappés
» de la même difgrace! C'étoit encore trop peu; cet
» homme qui depuis un an s'étoit facrifié pour le
» royaume, on le préfente au roi comme un criminel
» qui doit être banni du royaume ! . . . Mais quels
» font fes accufateurs? ce ne font pas les parlemens
» qu'il a rappellés; ce n'eft pas fûrement le peuple
» qu'il a nourri; ce ne font pas les créanciers de l'état
» qu'il a payés; ce ne font pas les bons citoyens dont
» il a fecondé les vœux. . . . Moi je l'ai vu accufer,
» tour-à-tour, d'ébranler le trône, & de rendre le
» roi defpote; de facrifier le peuple à la nobleffe & de
» facrifier la nobleffe au peuple. J'ai reconnu dans
» cette accufation le partage des hommes juftes &
» impartiaux, & ce double reproche m'a paru une
» double louange. Je me rappelle encore que je l'ai
» entendu appeller du nom de factieux. Membres
» des communes, qu'une fenfibilité fi noble préci-
» pitoit au devant de lui le jour de fon dernier triom-
» phe, ce jour, où après avoir craint de le perdre,
» vous crûtes qu'il vous étoit rendu pour plus long-
» temps, lorfque vous l'entouriez, lorfqu'au nom du

» peuple, dont vous êtes les augustes représentans,
» au nom du roi dont vous êtes les sujets fideles,
» vous le conjuriez de rester toujours le ministre de
» l'un & de l'autre, lorsque vous l'arrosiez de vos
» larmes vertueuses. Ah ! dites si c'est avec un visage
» de factieux, si c'est avec l'insolence d'un chef de
» parti, qu'il recevoit tous ces hommages, tous ces
» témoignages de vos bontés ? Vous disoit-il, vous
» demandoit-il autre chose que de vous confier au
» roi, que de chérir le roi, que de faire aimer au roi
» les états-généraux ? Membres des communes répon-
» dez, je vous en conjure ? & si ma voix ose publier
» un mensonge, que la vôtre s'éleve pour me confon-
» dre ! Et sa retraite, messieurs, sa retraite, avant hier,
» à-t-elle été celle d'un factieux ? ses serviteurs les
» plus fideles, ses amis les plus tendres, sa famille
» même a ignoré son départ ! il a laissé en proie aux
» inquiétudes tout ce qui l'approchoit, tout ce qui
» l'intéressoit ! on a passé une nuit entiere à le cher-
» cher de tous côtés. Doutez-vous, messieurs, que je
» n'adhere à la motion que vient de faire monsieur Mou-
» nier ? ah ! je la signerois de mon sang ! Mais je crains
» bien que la religion du roi ne soit éclairée trop
» tard, que la perte qu'il a faite, ainsi que la France,
» ne soit irréparable : je crains bien que celui qui
» a été deux fois méconnu, deux fois calomnié,
» deux fois rendu suspect au monarque vertueux,
» mais trompé, qu'il servoit de son cœur comme de

» fon génie, que celui qui fuit à-préfent comm
» un profcrit fur les routes de ce royaume, qu'il
» fait fleurir pendant fon premier miniftere, qu'il
» a fait fubfifter pendant le fecond, & pour lequel
» il a facrifié fon repos, fa fortune, fa fanté, ne nous
» foit à jamais enlevé ».

La perfpeſtive d'un refus de Necker, en fuppofant
que le roi accueillît la demande de l'affemblée, pa
rut faire une forte impreffion fur le plus grand
nombre des députés.

» Les dangers qui menacent le royaume, s'écrie
» brufquement le comte de Virieu, font fans doute
» à leur plus haut degré. Le roi a convoqué les
» états-généraux pour travailler à la régénération de
» l'état; fes généreufes intentions étoient fecondées
» par des miniftres vertueux, qui n'ont jamais craint
» de lui préfenter les vérités utiles à fa gloire & à
» à fon bonheur, comme à celui de la nation. Les
» vrais amis du trône & de la patrie ont marqué
» trop d'affeſtion pour le bien public, pour ne
» pas devenir l'objet de la haine des méchans, qui
» craignent la réforme des abus & les fuccès de
» l'affemblée nationale. Leurs calomnies ont fini par
» les priver de la confiance du monarque. La plus
» violente émotion s'eft élevée dans le peuple, &
» tout annonce les plus grands malheurs!

» Les miniftres pervers, fuivent toujours les mi-
» niftres vertueux qu'ils ont fait rejeter. Les mé-

» chans, feuls font intéresés à repouffer les miniftres
» honnêtes; & lorfqu'ils ont eu la force de les dé-
» truire, ils ont celle de fe fubftituer à eux. Ainfi
» leur entrée dans le miniftere eft un crime; puif-
» qu'ils privent le roi de fideles ferviteurs, & la
» nation d'amis & de bienfaicteurs : mais pour fou-
» tenir ce crime, ils ont befoin de crimes nouveaux,
» ils font payer à la nation, par de longs malheurs,
» par une dure oppreffion, l'affection qu'elle marquoit
» à leurs prédéceffeurs. Ainfi lorfque les mains pures,
» que le roi eft obligé d'employer pour diftribuer à
» fes peuples fa juftice & fes bienfaits, font rem-
» placées par des mains impures, l'alliance qui doit
» fubfifter entre le trône, & la nation femble fe
» relâcher.

» Meffieurs, le fang coule ! . . . . Cette nuit; cette
» nuit même, cette nuit funefte a été une nuit de
» violence & de fang ! Trifte préfage, trifte com-
» mencement des maux qui menacent la France !
» Or, dans cet état des chofes, les repréfentans de
» la nation peuvent - ils garder un coupable filence ?
» non; ils doivent à la vérité; ils doivent à leur
» fidélité, à leur amour pour le roi; ils doivent à
» la confiance dont leurs commettans les ont hono-
» rés, de montrer au roi le criminel abus que l'on
» fait de fa faveur. . . . renouvellons, confirmons,
» confacrons ces glorieux arrêtés pris le premier du
» mois dernier; réunifons nous à cette réfolution

» célebre, prife le vingt du même mois, qui atta-
» che, fans retour, une partie de cette affemblée
» l'accompliffement de nos devoirs communs, Jurons
» tous. . . . oui tous les ordres réunis, d'être fidèles
» à ces illuftres arrêtés, qui feuls aujourd'hui peuvent
» fauver le royaume. . . . A ces cris, à ces nom-
» breux applaudiffemens, qui manifeftent vos vœux,
» puis-je héfiter plus long-temps? oui j'y ferai
» fidele! je m'y réunis de toutes les puiffances de
» mon ame; jamais, jamais je ne me féparerai de
» vous, que quand nous aurons rempli l'impor-
» tante tâche qui nous eft prefcrite! Nous ferons
» trembler les coupables qui voudroient faire perdre
» à la France le fruit de cette noble affemblée ».

Ce difcours véhément, prononcé d'un ton plus
véhément encore, acheve de monter les efprits. Un
cri général s'éleve de toutes parts; le ferment eft
prononcé. Ce n'étoit pas fans raifon; la réunion forcée
& humiliante de la majorité de la nobleffe & de la
minorité du clergé, faifoit craindre aux communes
que les deux ordres ne profitaffent d'une occafion
fi favorable de fe féparer : mais la minorité de la
nobleffe connoiffoit trop les difpofitions de la majorité; elle favoit que cette majorité, ni l'ordre entier
de la nobleffe de France, ne lui pardonneroient
jamais la défection du vingt-fept juin; défection
qui avoit véritablement opéré la deftruction de l'ordre. La minorité de la nobleffe craignoit autant une

séparation que les communes pouvoient la craindre; elle étoit bien éloignée de la favoriser & même de s'y prêter.

Le silence & le calme s'étant un peu rétablis, l'abbé Grégoire demanda la parole, & développa, dans un discours écrit, les principes incendiaires que nous lui avons vu depuis afficher dans l'affaire des Colonies & lors de l'évasion du roi. L'archevêque de Vienne ne put s'empêcher de dire qu'il s'étonnoit d'entendre sortir de la bouche d'un ministre de paix des cris de guerre & de meurtre; il rappella l'abbé Grégoire à la modération qui convenoit à son état: de violens murmures, partis en même temps de tous les côtés de la salle, apprirent à l'archevêque qu'il n'y avoit rien de modéré à attendre de l'assemblée nationale, & qu'elle partageoit les fureurs du curé Grégoire.

Guillotin lut une pétition des électeurs de Paris; ils demandoient le rétablissement de la garde-bourgeoise. Quelques députés trouvoient de grands inconvéniens à armer un peuple agité par toutes les passions, divisé par tous les intérêts. C'est le seul moyen, répondoient les agens de la révolution, d'apporter un prompt remede aux maux qui affligent Paris; les citoyens s'égorgent, le sang coule, on incendie les hôtels, le Palais-Bourbon est menacé! Ces nouvelles alarmantes, répandues coup sur coup avec affectation, ne laissoient pas aux esprits le temps de se rasseoir, & de délibérer froidement,

L'archevêque de Vienne fe rendit chez le roi, lui
repréfenta la fituation alarmante où fe trouvoit le
royaume, le danger de voir naître fucceffivement
dans les autres villes les mêmes troubles qui exiftoient
dans la capitale, la néceffité de rétablir la tranquillité
à Paris, en éloignant promptement les troupes, &
en créant une milice-bourgeoife qui, fans alarmer
les citoyens, les protégeroit contre les perturbateurs
du repos public. L'archevêque de Vienne ajouta que
l'affemblée nationale reconnoiffoit le droit qu'avoit
fa majefté de régler fon confeil; mais qu'il ne pouvoit lui diffimuler que le changement des miniftres
étoit la première caufe des troubles actuels.

» J'ai déja fait connoître, répondit le roi, mes
» intentions fur les mefures que les défordres de
» Paris m'ont forcé de prendre; c'eft à moi feul
» de juger de leur néceffité; je ne puis à cet égard
» apporter aucun changement. Quelques villes fe
» gardent elles-mêmes, l'étendue de la capitale ne
» permet pas une furveillance de ce genre. Je ne
» doute pas de la pureté des motifs qui porte l'af-
» femblée à offrir fes fervices dans cette circonftance
» affligeante: votre préfence ne feroit aucun bien à
» Paris: elle eft néceffaire à Verfailles pour l'accé-
» lération de vos importans travaux, dont je ne ceffe
» de vous recommander la fuite ».

La cour avoit paru jufqu'alors tranquille fpectatrice des mouvemens de Paris. Les troupes poftées

au Champ-de-Mars, à Saint-Denis, à Sèves, à Saint-Cloud, demeuroient dans l'inaction. On eût dit que les nouveaux ministres, assurés du succès, laissoient marcher l'insurrection, & vouloient autoriser le déploiement des mesures de rigueur qu'ils étoient résolus d'employer ; ils regardoient la situation de Paris comme l'effet d'une émeute passagere ; ils ne doutoient pas qu'à l'approche des troupes le peuple tremblant ne le dispersât, que les chefs consternés ne vinssent implorer la clémence du monarque. Cependant le tocsin sonnoit dans toutes les églises ; les boutiques étoient fermées ; les rues pleines de gens armés ; les uns courant en furieux de maisons en maisons, ne parlant que de meurtre, d'incendie, de pillage ! les autres marchant avec des tambours, des trompettes, & ayant à leur tête des soldats du régiment des gardes. Une partie de ce peuple se porta aux prisons de la Force & du Châtelet, mit en liberté les prisonniers ; elle se répandit ensuite dans les différens quartiers de la ville, annonçant le dessein de piller les hôtels des seigneurs & des gens riches.

Les révolutionnaires tournerent l'attention du peuple sur la maison des Lazaristes de la rue Saint-Denis. On dit qu'il y avoit de grands magasins de farine dans cette maison. Le peuple y courut ; brisa les meubles ; maltraita les religieux ; s'enivra de vin, de liqueurs ; enleva les farines, & les conduisit à la halle au bled. Une autre partie du peuple força le

garde meuble de la couronne ; s'empara des piques,
des fabres , des épées, des fufils, qui y étoient dépofés.

Les farines recueillies dans la maifon des Lazariftes,
engagerent le peuple à vifiter tous les couvens de Paris.
Les révolutionnaires feconderent les recherches ; ils fa-
voient combien il eft important d'affurer les fubfiftances. On prit les bleds deftinés à la nourriture de
religieux. Ce foible fecours devint peu néceffaire. Le
habitans de la campagne, profitant de l'incendie de
barrieres, amenerent une grande quantité de comefti-
bles : Paris fe trouva dans l'abondance.

Le comité permanent fentit la néceffité d'établi
quelque ordre au milieu d'un défordre qui menaço
également les perfonnes & les propriétés. Il décré
qu'il demeureroit affemblé, afin de toujours corref-
pondre avec les diftricts , & de donner les ordres qu
néceffiteroient les circonftances : paffant aux moyen
de contenir la populace, & de repouffer les attaque
de la cour, il invita les citoyens à former une garde
bourgeoife, capable de déjouer les projets des ge
mal-intentionnés, & de veiller à la fureté publique

Le comité communiqua ces deux arrêtés aux foixan
te diftricts. Plufieurs bourgeois armés vinrent fe pré
fenter à l'hôtel de Ville. Le comité leur donna pou
commandant monfieur de la Salle, électeur. Chaqu
diftrict eut ordre de lever une compagnie de milice
bourgeoife. Les citoyens allerent en foule fe fair
infcrire ; mais la plupart étoient fans armes, & de

mandoient qu'on leur en fournît. Le comité savoit qu'il y avoit un amas d'armes considérable aux Invalides. La proximité de ce poste, avec les troupes campées au Champ-de-Mars, le décida de s'en emparer avant que la cour l'eût mis en état de défense. On marcha donc vers les Invalides; & pour prévenir le pillage, on joignit au peuple des détachemens de gardes-françoises & de milice-bourgeoise. Le commandant somma monsieur de Sombreuille de livrer les canons & les armes qui étoient dans l'hôtel; déja le peuple impatient escaladoit les murs, franchissoit les fossés : monsieur de Sombreuille, voyant l'impossibilité de résister à une multitude furieuse, & n'appercevant au champ-de-Mars aucun mouvement pour venir à son secours, fit ouvrir les portes. Le peuple se saisit des canons, des sabres, des épées, des fusils; il revint au Palais-Royal traînant les canons, & portant en triomphe les armes qu'il avoit enlevées. Les canons furent posés à l'entrée des fauxbourgs, au château des Tuileries, sur les quais, sur les ponts. On s'étoit emparé d'un bateau chargé de poudre. La vue de plusieurs voitures de farine, qui arriverent en même temps, acheva de rassurer le peuple, & de le confirmer dans la résolution de repousser, par la force, les troupes que l'on se disposoit à faire marcher conte lui. Le comité détacha de nombreuses patrouilles, avec ordre d'arrêter & de désarmer les vagabonds. Quelqu'un proposa une marque distinctive propre à faire reconnoître les bons citoyens. Les révolutionnaires arborerent la cocarde mêlée de blanc, de bleu & de rouge : c'étoit la livrée du duc d'Orleans ; & ce ne fut pas fans deffein qu'ils choifirent ce figne de ralliement à une faction dont le chef timide n'attendoit que le moment favorable de fe montrer. Le comité plaça des gardes à toutes les portes de la ville. On arrêtoit ceux qui tentoient de fortir, & ceux qui vouloient entrer. On faififfoit les armes, l'argent, la vaiffelle. Une foule de gens attachés à la cour, de femmes, de meres de familles, effrayées du défordre qui régnoit dans Paris, croyant, à chaque inftant, voir tomber la vengeance du monarque, fur une ville coupable, cherchoient à fe fauver avec leurs effets les plus précieux : on les forçoit de retourner dans leurs maifons comme des otages qu'il étoit important de conferver.

Les nouvelles de ce qui fe paffoit à Paris, portées à l'affemblée nationale, remplirent de joie les agens de la révolution, & releverent le courage des plus timides. La délibération continuoit fur la réponfe du roi ; elle prit, tout à coup, un caractere plus prononcé. Les opinions flottántes fe réunirent. L'affemblée, forte de Paris, voulant lier pour toujours cette grande ville à fes intérêts, par les intérêts même de fes habitans, rendit à l'unanimité cet arrêté fameux qui, dans les circonftances, étoit une véritable déclaration de guerre.

« L'assemblée nationale, interprete des sentimens
» de la nation, déclare que monsieur Necker ainsi
» que les autres ministres, qui viennent d'être éloignés
» emportent avec eux son estime & ses regrets ;
» déclare, qu'effrayée des suites funestes que peut
» entraîner la réponse du roi, elle ne cessera d'in-
» sister sur l'éloignement des troupes extraordinai-
» rement rassemblées près de Paris & de Versailles,
» & sur l'établissement des gardes-bourgeoises.

» Déclare de nouveau qu'il ne peut exister d'in-
» termédiaire entre le roi & l'assemblée nationale ;
» que les ministres, les agens du pouvoir civil &
» militaire de l'autorité, sont responsables de toutes
» les entreprises contraires aux droits de l'assemblée ;
» que les ministres actuels, les conseillers de sa ma-
» jesté, de quelque rang & de quelque qualité qu'ils
» puissent être, ou quelques fonctions qu'ils puissent
» avoir, sont personnellement responsables des mal-
» heurs présens, ou de tous ceux qui peuvent arriver ;
» que la dette publique ayant été mise sous la
» sauve - garde de l'honneur & de la loyauté Fran-
» çoise, & la nation ne refusant point d'en payer
» les intérêts, nul pouvoir n'a le droit de prononcer
» l'infame mot de banqueroute ; nul pouvoir n'a le
» droit de manquer à la foi publique, sous quelque
» forme & dénomination que ce puisse être. Enfin,
» l'assemblée déclare qu'elle persiste dans ses précé-
» dens arrêtés, & notamment dans ceux des dix-

» neuf, vingt, vingt-trois juin dernier ; & la pré-
» fente délibération, fera remife au roi par le préfident
» de l'affemblée nationale, & publiée par la voie de
» l'impreffion. L'affemblée, de plus, déclare que le
» préfident écrira à monfieur Necker & aux autres
» miniftres, qui ont été éloignés, pour les informer
» du décret qui les concerne. L'affemblée décrete
» pareillement qu'elle continuera fes féances, & qu'il
» reftera toujours dans la falle un nombre confidéra-
» ble de députés, pour être à portée d'être inftruits
» de tous les événemens, & de faire avertir les
» députés abfens, felon que l'exigeront les cir-
» conftances ».

L'archevêque de Vienne alla préfenter au roi
l'arrêté de l'affemblée. Le roi répondit qu'il en exa-
mineroit le contenu. Ces vigoureufes réfolutions
étonnerent la cour, mais elles ne lui firent pas abandonner fon plan : elle en remit lexécution au lendemain. Il n'étoit plus temps ; le fort de la France,
lié déformais au fort de l'affemblée, ne laiffoit au
peuple que le choix de la liberté ou du plus pefant
defpotifme.

L'archevêque de Vienne repréfenta que fon grand
âge ne lui permettoit pas de remplir les pénibles
fonctions de préfident ; il demanda que l'on nommât
un vice-préfident, capable de le remplacer lorfque
fes forces épuifées, ne répondant point à fon zele,
l'empêcheroient de continuer la féance. Tout étoit

concerté, & la demande de l'archevêque & l'homme
fur lequel le choix devoit tomber. Le marquis de
Lafayette obtint la majorité des fuffrages; il dit
que dans un autre moment il rappelleroit fon in-
fuffifance & la fituation particuliere où il fe trouvoit;
mais que la circonftance étoit telle, que fon premier
fentiment, étoit d'accepter avec tranfport l'honneur
que lui faifoit l'affemblée, & d'exercer avec zele,
fous fon refpectable préfident, les fonctions qu'on
lui confioit; comme fon premier devoir étoit de ne
fe féparer jamais des efforts de fes courageux collegues
pour confolider la liberté publique.

La plupart des députés pafferent la nuit dans la
falle des états; moins dans la vue de délibérer, & de
continuer la séance, que pour fe mettre à couvert
des entreprifes de la cour. Plufieurs avoient reçu des
avis fecrets qu'on devoit les arrêter; ils penferent,
avec raifon, que le fanctuaire de la repréfentation
nationale feroit pour eux un afyle affuré; & que la
cour n'oferoit violer, fi ouvertement, la majefté & la
liberté du peuple François.

Cependant l'infurrection prenoit à chaque inftant
une marche plus grave. La milice - bourgeoife fe
formoit avec rapidité : le comité & les diftricts s'occupoient fans relâche des moyens de foutenir l'attaque
des troupes du maréchal de Broglie. Le comité
voulut connoître l'état des fubfiftances. Il manda le
lieutenant de police. Ce magiftrat affura que la ville

étoit approvifionnée pour quinze jours. Cette affurance calma les inquiétudes : l'arrivée d'un convoi de
bled, deftiné aux troupes campées au Champ - des
Mars, acheva de tranquillifer fur cet objet important.

Le comité fongea à fe rendre maitre de la Baftille.
Ce pofte donnoit des moyens d'attaquer Paris avec
avantage. On dit au peuple qu'il y avoit à la Baftille
un grand amas d'armes & de munitions ; qu'il étoit
aifé du haut de fes remparts de foudroyer la ville ;
que l'on n'avoit rien fait pour la sûreté de Paris, &
pour la liberté des citoyens, tant que la Baftille feroit
au pouvoir des miniftres. Le peuple fe porta en foule
à l'hôtel de Ville, & demanda à grands cris le fiege
de la Baftille. L'entreprife étoit hafardeufe : le comité
dans l'incertitude du fuccès, voulant rejeter fur la
cour l'odieux d'une réfiftance meurtriere, & montrer
au peuple combien il defiroit éviter l'effufion du fang
François, envoya une députation, qu'il chargea
d'annoncer à monfieur Delaunay, gouverneur de la
Baftille, les craintes & le vœu du peuple, & de
l'engager à remettre cette forterefle entre les mains
de la ville. Monfieur Delaunay promit de ne point
tirer fur le peuple ; il écrivit même aux curés de
Saint - Paul & de Sainte - Marguerite, les invita à
tranquillifer le peuple, à le porter à la paix ;
mais il répondit à la demande de remettre la Baftille entre les mains de la ville, qu'il ne pouvoit
difpofer d'une place que le roi lui avoit confiée ; qu'il

fe défendroit fi on l'attaquoit : la garnifon de la Baftille n'étoit composée que de deux compagnies d'invalides ; on l'avoit renforcée le matin même d'un détachement de cinquante fuiffes du régiment de Salis. On foupçonnoit que les parifiens pourroient tenter une attaque : la force naturelle de la place, le peu de reffource des Parifiens pour entreprendre un fiege, la facilité du fecours, la crainte de caufer des inquiétudes au peuple, empêcherent monfieur de Befinval, commandant fous le maréchal de Broglie, d'y faire paffer des forces plus confidérables.

Le comité permanent envoya quelques détache-mens de milice-bourgeoife, & une compagnie de gardes-françoifes, inveftir la Baftille du côté de la porte Saint-Antoine. Il fit fuivre immédiatement une feconde députation, qui demanda à parler au gouverneur, annonçant qu'elle apportoit de nouvelles propofitions. Monfieur Delaunay fit baiffer le premier pont. La députation fut admife. Le peuple fe mê-lant avec les députés fe jeta en foule fur le pont. Monfieur Delaunay crut qu'on cherchoit à le fur-prendre, & fous prétexte de pourparler de paix, à s'introduire dans le château. Il fit fubitement lever le pont, & ordonna d'écarter le peuple à coups de fufils ! A l'inftant mille cris de fureur & de trahifon s'élevent parmi le peuple : l'attaque recommence, trois compagnies de gardes-françoifes arrivent avec du canon, elles font reçues aux acclamations du peuple. Le siege devient plus régulier, le premier pont & tout l'avancé font emportés sans résistance. Monsieur Delaunay arbore le drapeau blanc, offre de remettre la place. Les hurlemens de la multitude, le bruit du canon & de la mousqueterie, empêchent d'entendre les propositions du gouverneur. L'attaque continue; mais les assiégés ne se défendent plus : le feu cesse entiérement. Le désordre regnoit parmi la garnison : personne ne commandoit, personne n'obéissoit : monsieur Delaunay couroit de poste en poste, demandoit la clef des poudres, menaçoit de se faire sauter. Un officier suisse passe, par le trou d'un creneau, un grand bâton au bout duquel est attaché un papier écrit : un des assiégeans pose une planche sur le parapet, le sieur Maillard s'avance, prend le papier, le donne au sieur Elie, officier du régiment de la reine, qui commandoit l'attaque de ce côté. On lit ces mots dictés par le désespoir : *nous avons vingt milliers de poudres, nous ferons sauter la garnison & tout le quartier si vous n'acceptez pas la capitulation.* Nous l'acceptons, foi d'officier, s'écrie le sieur Elie, baissés vos ponts : on baisse le petit pont; les nommés Hulin, Maillard & Humbert, s'élancent dessus, entrent dans l'intérieur du château. Ils trouvent les suisses & les invalides rangés sur deux lignes, leurs fusils posés contre la muraille. Hulin, Maillard & Humbert, abattent le grand pont : un soldat invalide ouvre la porte : le peuple se précipite dans la premiere cour, fe jette fur les invalides, maffacre ceux qu'il rencontre! Delaunay retiré dans la derniere cour, n'ayant pas fu fe défendre & ne fachant pas mourir, attendoit en tremblant ce que l'on décideroit de fon fort. Hulin & Maillard l'arrêtent prifonnier. Le peuple l'arrache de leurs mains, le traîne hors de la Baftille; les uns le faififfent par les cheveux, d'autres lui préfentent la pointe de leurs épées, s'efforcent de l'en percer! — Ah! meffieurs, dit douloureufement Delaunay, en regardant Hulin & Maillard, vous m'aviez affuré que vous ne m'abandonneriez pas! reftés avec moi jufqu'à l'hôtel de Ville; & s'adreffant au fieur Elie, qui avoit reçu la capitulation : — eft-ce là ce que vous m'aviez promis? Ni Hulin, ni Maillard, ni Elie, n'étoient plus les maîtres de contenir le peuple. La fureur alloit toujours croiffant. On entoure Delaunay, on le frappe au viffage, on le perce de coups! Il ne ceffoit de crier : mes amis tuez-moi, tuez-moi vite, ne me faite pas languir! La rage du peuple n'étoit pas encore affouvie. Il fe livre à tous les excès qu'infpire la vengeance. Il cede enfin aux inftances, mille fois répétées, du malheureux Delaunay! On le mene fur les marches de l'hôtel de Ville; là on lui coupe la tête, on la met au bout d'une pique, le peuple promene dans les rues ce figne atroce de fa victoire!

Monfieur Defolmes-Salibrai, major de la Baftille,

venoit d'être conduit à l'hôtel de Ville. Cet homme, vertueux, humain, étoit aussi chéri des prisonniers que monsieur Delaunay en étoit haï. Le peuple l'enleve à ses gardes : le jeune marquis de Pelport, qui avoit éprouvé, pendant une détention de cinq ans, les soins généreux, & la bonté compatissante du major, tente vainement de le dérober à la fureur du peuple. Il atteste l'humanité, la douceur du major ; il parle des obligations qu'il lui a, de celles que lui ont tous les prisonniers renfermés à la Bastille. Le peuple n'écoute rien, & demande à grands cris la mort du major ! Ce brave militaire, touché de l'action généreuse du marquis de Pelport, lui dit avec un sang-froid héroïque : — jeune homme, qu'allez-vous faire ? vous périrez, & vous ne me sauverez pas ! En effet, le peuple écarte avec violence le marquis de Pelport, massacre le major, sa tête sanglante est placée au bout d'une pique, & ce second trophée est porté au Palais-Royal !

Le lieutenant de roi & l'aide-major avoient été tués avant d'arriver à la place de Greve. Le peuple encore plus avide de sang, par ces premieres exécutions, veut la mort de vingt-deux invalides, & de onze soldats suisses du régiment de Salis. Un membre du comité leur dit : — vous avez fait feu sur vos concitoyens, vous méritez d'être pendus, & vous le serez sur-le-champ ! Le peuple applaudit cet arrêt, il se prépare à l'exécuter ! Les gardes-françoises, touchés du fort de leurs anciens compagnons d'armes, follicitent leur grace avec tant d'inftances, que le peuple ni les comités n'ofent la refufer.

Il manquoit une victime. Fleffelles, prévôt des marchands, attaché par fa place même aux intérêts de la cour, n'avoit pas eu la prudence de refufer le dangereux honneur de préfider le comité de l'hôtel de Ville : peut - être bâtiffoit - il dans fa penfée un fyftême flatteur de fortune & de crédit. Il eft certain que Fleffelles n'agiffoit pas de bonne foi ; qu'en paroiffant concourir aux vues du comité, & feconder les Parifiens dans leurs projets de défenfe, il cherchoit fourdement à les faire échouer. Plufieurs lettres interceptées avoient donné des foupçons : une lettre trouvée dans la poche de monfieur Delaunay les changea en certitude. Fleffelles y difoit : j'amufe les Parifiens avec des cocardes & des promeffes ; tenez bon jufqu'au foir vous aurez du renfort. A la vue de cette preuve convaincante de trahifon, Fleffelles balbutie quelques mots. — Sortez, lui dit un membre du comité, vous êtes un traître ! C'étoit un arrêt de mort ! Fleffelles defcend l'efcalier. Un homme l'arrête, lui préfente fon piftolet, en difant : tu n'iras pas plus loin ! Fleffelles chancelle, tombe, le peuple fe jette fur lui, le perce de mille coups, fa tête, mife au bout d'une pique, va de nouveau réjouir l'œil avide de fang des habitués du Palais-Royal !

La lettre de monfieur de Fleffelles annonçoit une attaque. Le comité envoi des détachemens de milice occuper les poftes qui peuvent la favorifer. Un danger commun réunit tous les efprits, concentre tous les intérêts. Hommes, femmes, enfans, prêtres, religieux, travaillent avec une égale ardeur à fe mettre en défenfe. Les uns ouvrent de larges foffés, d'autres forment des barrieres ; on enleve les pavés ; les femmes les tranfportent au haut des maifons, & s'en font une arme terrible contre les foldats ennemis qui tenteroient de pénétrer dans la ville ! Les ferruriers fabriquent de longues piques ; les plombiers fondent des balles & des lingots. On place des fentinelles au haut des tours, on les charge de donner l'alarme à l'approche des troupes. Paris femble un immenfe attelier, un camp formidable, où chacun occupé à fe préparer au combat, mais plein de confiance & de courage, paroît moins craindre qu'attendre avec impatience & defirer l'attaque de l'ennemi.

Ces mefures prifes, le comité, defireux de conferver l'union qui regnoit entre l'affemblée nationale & la ville de Paris, & fentant la néceffité d'agir de concert, nomma deux députés qu'il chargea d'inftruite l'affemblée de l'état des chofes. Ces deux députés, après un long détail du fiege de la Baftille, communiquerent à l'affemblée un arrêté du comité permanent, qui portoit que le comité entretiendroit une correspondance journaliere avec l'assemblée nationale; qu'il la supplioit de vouloir bien peser dans sa sagesse, le plus promptement qu'il lui seroit possible, les moyens d'éviter à Paris les horreurs de la guerre civile. Monsieur de Lafayette répondit que l'assemblée nationale, pénétrée des malheurs publics, ne cessoit de s'occuper jour & nuit des moyens de les prévenir; que dans ce moment même son président, à la tête d'une députation nombreuse, étoit chez le roi, & lui portoit les instances les plus vives pour l'éloignement des troupes.

La cour étoit résolue d'agir cette même nuit. Les régimens de royal-allemand, & de royal-étranger avoient reçu ordre de prendre les armes. Les hussards s'étoient portés sur la place du château; les gardes-du-corps occupoient les cours. A ces préparatifs menaçans, la cour joignit un air de fête qui, dans la circonstance, ajoutoit l'insulte à la cruauté. Le comte d'Artois, les Polignac, mesdames, madame & madame d'Artois, se rendirent sur la terrasse de l'orangerie. On fit jouer la musique des deux régimens. Les soldats, auxquels on n'avoit pas épargné le vin, formerent des danses : une joie insolente & brutale éclatoit de toutes parts : une troupe de femmes, de courtisans, d'hommes vendus au despotisme, regardoient cet étrange spectacle d'un œil satisfait, & l'animoient par leurs applaudissemens! telle étoit la légéreté ou plutôt l'immoralité de ces hommes,

qu'assurés à ce qu'ils croyoient du succès, ils se
livroient à un insultant triomphe. L'assemblée nationale offroit un aspect bien différent, un calme
majestueux, une contenance ferme, une activité
sage & tranquille, tout annonçoit les grands intérêts dont elle étoit occupée, & le danger de la
chose publique. Ce n'étoit point ignorance des desseins
de la cour. L'assemblée savoit qu'au moment même
de l'attaque de Paris, les régimens de royal-étranger
& les hussards devoient environner la salle des états,
enlever les députés que leur zele & leur patriotisme
avoient désignés pour victimes, & en cas de résistance employer la force. Elle savoit que le roi
devoit venir le lendemain faire accepter la déclaration
du vingt-trois juin, & dissoudre l'assemblée : que
déja plus de quarante mille exemplaires de cette
déclaration étoient envoyés aux intendans & aux
subdélégués, avec ordre de la publier & de l'afficher
dans toute l'étendue du royaume.

Mais l'assemblée étoit décidée à s'exposer aux plus
grandes violences, plutôt que de consentir à cet acte
illégal, & de trahir ainsi la confiance de la nation,
en sacrifiant les droits du peuple à sa propre sûreté.

Cependant l'assemblée n'étoit pas sans ressources.
La moindre entreprise tentée contre elle fût devenue
le signal d'un massacre, qui auroit pu envelopper le roi
lui-même & toute la famille royale. Un peuple
nombreux, dans le sombre & farouche silence d'un

abattement

abattement prêt à fe changer en fureur, entouroit la falle des états; inquiet des mouvemens qu'il appercevoit autour de lui, il erroit çà & là, n'attendant qu'un mot pour fe porter à toutes les extrémités du défefpoir.

On favoit confufément ce qui fe paffoit à Paris. Les couriers avoient beaucoup de peine à parvenir jufqu'à Verfailles. Les poftes de Sèves de Saint-Cloud, gardés par deux régimens, interceptoient les communications. Il arrivoit néanmoins de temps-en-temps quelque courier qui, avant que d'être introduit dans l'affemblée, fatisfaifoit l'impatiente curiofité du peuple. L'affemblée recevoit tout; écoutoit tout; envoyoit au roi députations fur députations. Ces députations, compofées de cinquante membres, traverfoient en filence le long efpace qui féparoit du château la falle des états : le peuple s'ouvroit avec refpect fur leur paffage. L'air compofé, févere même, des députés, montroit le courage inébranlable de l'affemblée : arrivés aux poftes, occupés par les huffards & par les gardes-du-corps, ils perçoient avec peine les nombreux efcadrons qui couvroient la place d'armes & les cours du château. On les introduifoit chez le roi; & à leur retour leurs regards & leur maintien contriftés annonçoient au peuple qu'ils n'avoient rien obtenu.

Une feconde députation fut chargée de porter au roi le procès-verbal du fiege de la Baftille, & l'arrêté du comité permanent. On proposa de mander les miniftres à la barre, & d'exercer contre eux cette redoutable refponfabilité prononcée la veille. — Il nous faut des têtes, s'écria le comte de Mirabeau, qu'on faffe venir le maréchal de Broglie! La feconde députation alloit fe mettre en marche, lorfque l'archevêque de Vienne rentra, à la tête de la premiere députation, & fit part à l'affemblée de la réponfe du roi.

« Je me fuis fans ceffe occupé, difoit Louis XVI, » de toutes les mefures propres à rétablir la tran- » quillité dans Paris. J'avois en conféquence donné » ordre au prévot des marchands & aux officiers » municipaux de fe rendre ici pour concerter avec » eux les difpofitions néceffaires. Inftruit depuis de » la formation d'une garde-bourgeoife, j'ai donné » des ordres à des officiers généraux de fe mettre » à la tête de cette garde, afin de l'aider de leur » expérience, & de feconder le zele des bons » citoyens. J'ai également ordonné que les troupes, » qui font au Champ-de-Mars, s'écartent de Paris. » Les inquiétudes que vous me témoignez, fur les » défordres de cette ville, doivent être dans tous les » cœurs, & affectent vivement le mien ».

Cette réponfe marquoit l'incertitude de la cour, & combien elle étoit difpofée à céder. L'affemblée, réfolue de pouffer fes avantages, demanda à grands cris que la feconde députation partit. Elle fut admife fur - le - champ. — Meſſieurs, dit le roi, vous déchirez mon cœur de plus en plus par le récit que vous me faites des malheurs de Paris. Il n'eſt pas poſſible de croire que les ordres qui ont été donnés aux troupes en ſoient la cauſe. Vous ſavez la réponſe que j'ai faite à votre premiere députation, je n'ai rien à y ajouter. Meſſieurs Dormeſſon & Duport, arrivés à l'inſtant même de Paris, confirmerent la priſe de la Baſtille, & la mort de meſſieurs de Fleſſelles & Delaunay. Pluſieurs députés vouloient qu'on envoyât une troiſieme députation au roi, & qu'on inſiſtât ſur l'éloignement total des troupes: — non, répondit Clermont - Tonnerre, laiſſons leur la nuit pour conſeil; il faut que les rois, ainſi que les autres hommes, achetent l'expérience.

Monſieur de Lafayette obſerva qu'il étoit preſſant de congédier les députés du comité : on les introduiſit dans la ſalle. Monſieur de Lafayette leur dit que l'aſſemblée nationale, profondément affectée des malheurs qu'elle n'avoit que trop prévus, ne ceſſoit de demander au roi la retraite entiere des troupes aſſemblées extraordinairement dans la capitale & aux environs; qu'elle avoit envoyé deux députations au roi ſur cet objet; qu'elle faiſoit part aux électeurs des deux réponſes qu'elle avoit reçues; qu'elle renouvelleroit demain les mêmes démarches, & les feroit plus preſſantes encore s'il étoit poſſible; qu'elle les répéteroit & tenteroit de nouveaux efforts juſqu'à

ce qu'ils euffent eu le fuccès qu'elle avoit droit d'at
tendre de la juftice de fa réclamation, & du cœur
du roi, lorfque des impreffions étrangeres n'en ar-
rêteroient pas les mouvemens.

C'étoit le moment de frapper le coup décifif, &
d'élever, felon le projet des révolutionnaires, le duc
d'Orleans à la place de lieutenant général du royaume.
On n'étoit convenu qu'à l'inftant même de l'annonce
de la prife de la Baftille, le duc fe préfenteroit à la
porte du confeil, qu'il s'y feroit introduire; que là,
peignant avec force l'état défefpéré des affaires,
il offriroit fa médiation; en obfervant que, pour
réuffir dans cette négociation importante, il lui falloit
le titre & l'autorité de lieutenant général du royaume;
fans quoi il lui étoit impoffible de rien entreprendre.
Le duc, au lieu de fuivre fes inftructions, parvenu
à la porte du confeil, n'ofa pas y entrer. Il en attendit la fin; & toujours mené par fes terreurs pufillanimes, il fe borna à demander au roi la permiffion
de paffer en Angleterre, fi les événemens prenoient
une tournure fâcheufe.

La féance s'ouvrit le lendemain à huit heures.
Plufieurs députés lurent des projets d'adreffe. Le
bouillant Mirabeau, fe levant tout-à-coup, &
interrompant cette longue fuite de phrafes infignifiantes, s'écria: — « Monfieur le préfident, dites au
» roi que les hordes étrangeres, dont nous fommes
» inveftis, ont reçu hier la vifite des princes & des

» princesses, des favoris & des favorites, & leurs
» caresses, & leurs exhortations, & leurs présens.
» Dites-lui que, toute la nuit, ces satellites étrangers,
» gorgés de vin & d'or, ont prédit, dans leurs
» chants impies, l'asservissement de la France; &
» que leurs vœux brutaux invoquoient la destruction
» de l'assemblée nationale. Dites-lui que, dans son
» palais même, les courtisans ont mêlé leurs danses
» au son de cette musique barbare, & que telle
» fut l'avant-scène de la Saint-Barthélemi! Dites-
» lui, que ce Henri dont l'univers bénit la mé-
» moire, celui de ses aïeux qu'il affectoit de vouloir
» prendre pour modele, faisoit passer des vivres
» dans Paris révolté, qu'il assiégeoit en personne;
» & que ses féroces conseillers font rebrousser les
» farines que le commerce apporte dans Paris affamé
» & fidele! »

La députation sortoit, lorsque le duc de Liancourt
annonça que le roi alloit se rendre à l'assemblée.
La nuit s'étoit écoulée au château dans l'agitation &
dans l'incertitude. Les conseils s'étoient multipliés.
Les ministres insistoient pour que l'on fît agir les
troupes; mais, outre les suites funestes que pouvoit
entraîner ce moyen violent, dont le succès étoit fort
incertain, Louis XVI répugnoit à une mesure capable d'occasionner l'effusion du sang François. Le duc
de Liancourt profita de la facilité que sa charge
lui donnoit d'approcher du roi; il saisit un moment

où Louis XVI, feul, livré à lui-même, repaffoit triftement dans fon efprit les différens partis qu'on lui propofoit de prendre. Le duc de Liancourt lui expofa, avec franchife, la fituation alarmante de Paris; il lui repréfenta l'influance de la capitale, les progrès de l'efprit public, le peu de fonds que l'on pouvoit faire fur l'obéiffance & fur la fidélité des troupes, les dangers que le roi couroit, ainfi que la famille royale, fi l'on s'obftinoit à fuivre les confeils perfides des miniftres; & s'adreffant au comte d'Artois, qui venoit d'entrer avec monfieur : *prince, votre tête eft profcrite! j'ai lu l'affiche de cette terrible profcription!* Monfieur appuya fortement le duc de Liancourt. Louis XVI, décidé par ces confidérations, encore plus par fon propre cœur, confentit de venir à l'affemblée.

L'annonce de l'arrivée du roi produifit des effets différens, felon les intérêts des divers partis. D'abord un mouvement général de furprife : cette premiere impreffion fit place à des fentimens plus partagés & plus réfléchis. Les gens bien-intentionnés, raffurés fur les craintes que leur avoient caufées les préparatifs de la cour, s'abandonnerent à des mouvemens d'amour & de reconnoiffance pour le roi. Les Orleaniftes immobiles, & muets, furent frappés d'un étonnement ftupide. D'Orleans, Siyés & Latouche, retirés dans un des coins de la falle, fembloient fe reprocher mutuellement de n'avoir pas prévu cette

démarche, & de ne l'avoir pas dévancée par une entreprife décifive. Leur conversation animée, l'altération
de leurs traits, leurs regards, leurs geftes, peignoient
& leurs regrets & leur irréfolution. Les députés qui
tenoient à l'ancien régime, & qui favorifoient fe-
crétement les vues de la cour, révoltés d'une con-
defcendance qu'ils traitoient de foibleffe, reconnurent,
avec douleur, que le roi les abandonnoit. Flufieurs
membres des communes, dont l'orgueil & la jaloufie
n'étoient pas fatisfaits, malgré cet éclatant triomphe,
paroiffoient fâchés de ne pouvoir pouffer plus loin
l'humiliation du trône.

On mit en délibération comment on recevroit le
roi ; & l'on agita férieufement la queftion s'il feroit
permis aux députés de témoigner, par le cri François : vive le roi, la fenfibilité dont les pénétroit la
démarche franche & bonne du monarque. Plufieurs
députés s'oppoferent à toute marque d'approbation.
L'évêque de Chartres cita ce paffage d'un fermon
de monfieur de Beauvais, évêque de Senez : *le filence
des peuples eft la leçon des rois.* Pendant cette
difcution, Louis XVI entra, fans gardes, accompagné
de monfieur & de monfieur le comte d'Artois. Les
nombreux fpectateurs, les députés, eux - mêmes,
oubliant les froids calculs de la vanité, entraînés par le
vif & inné fentiment d'amour pour fes rois, non
encore éteint alors dans le cœur des François, firent retentir les voûtes de la falle de cris, mille fois
répétés, de vive le roi.

Louis XVI, debout, dit : « messieurs, je vous
» ai assemblés pour vous consulter sur les affaires
» les plus importantes de l'état; il n'en est point de
» plus instante, & qui affecte plus spécialement
» mon cœur, que les désordres affreux qui regnent
» dans la capitale! Le chef de la nation vient,
» avec confiance, au milieu de ses représentans leur
» témoigner sa peine, & les inviter à trouver les
» moyens de ramener l'ordre & le calme. Je sais
» qu'on a donné d'injustes préventions; je sais qu'on
» a osé publier que vos personnes n'étoient pas en
» sûreté. Seroit-il donc nécessaire de rassurer sur
» des récits aussi coupables, démentis d'avance par
» mon caractere connu? hé bien, c'est moi qui me
» fie à vous! aidez-moi, dans ces circonstances
» fâcheuses, à assurer le salut de l'état; je l'attends
» de l'assemblée nationale. Le zele des représentans
» de mon peuple, réunis pour le salut commun,
» m'en est un sûr garant; &, comptant sur l'amour
» & la fidelité de mes sujets, j'ai donné ordre aux
» troupes de s'éloigner de Paris & de Versailles. Je
» vous autorise & vous invite à faire connoître mes
» dispositions à la capitale ».

Ce discours fut écouté au milieu des acclamations,
& des cris de vive le roi. — « Sire, répondit l'ar-
» chevêque de Vienne, l'amour de vos sujets, pour
» votre personne sacrée, semble contredire, dans ce
» moment, le profond respect dû à votre présence;

» fi pourtant un fouverain peut être mieux refpeƈté
» que par l'amour de fes fujets. L'affemblée na-
» tionale reçoit, avec la plus vive fenfibilité, l'affu-
» rance que votre majefté lui donne de l'eloignement
» des troupes raffemblées, par fes ordres, dans les
» murs de la capitale & dans les environs de Ver-
» failles. Elle fuppofe que ce n'eft pas feulement
» un éloignement à quelque diftance, mais un renvoi
» dans les garnifons, dont elles font forties, que
» votre majefté accorde à fes defirs.

» L'affemblée nationale m'ordonne, en ce mo-
» ment, de rappeller quelques-uns des arrêtés aux-
» quels elle attache la plus grande importance. Elle
» fupplie votre majefté de rétablir la communi-
» cation libre entre Paris & Verfailles; &, dans
» tous les temps, une communication, immédiate
» & facile, entr'elle & votre majefté. Elle follicite,
» avec inftance, l'approbation de votre majefté pour
» une députation qu'elle defire envoyer à Paris:
» dans la vue, & dans l'efpérance, qu'elle contri-
» buera beaucoup à ramener l'ordre & le calme
» dans votre capitale. Enfin, elle renouvelle fes re-
» préfentations, auprès de votre majefté, fur les
» changemens furvenus dans la compofition de votre
» confeil. Ces changemens font une des principales
» caufes des troubles qui nous affligent, & qui ont
» déchiré le cœur de votre majefté ».

Louis XVI reprit que, fur la députation de l'affem-

blée nationale à Paris, on connoiſſoit ſes intentions
& ſes deſirs ; qu'il ne refuſeroit jamais de communi-
niquer avec l'aſſemblée nationale, toutes les fois
qu'elle le jugeroit néceſſaire. Cette aſſurance, ſi poſitive, acheva de diſſiper les défiances : l'aſſemblée
toute entière ſe leva comme un ſeul homme, &
ſortit pour accompagner le roi.

Un peuple immenſe attendoit, avec inquiétude,
quelle ſeroit l'iſſue de cette démarche inattendue.
Lorſque le peuple apperçut Louis XVI, au milieu
des députés, les tranſports éclaterent de toutes
parts ; l'air retentit des cris de vive le roi. Les
citoyens & les députés, mêlés ſans diſtinction d'ordres,
entouroient Louis XVI, en béniſſant cette heureuſe
réunion, du roi à ſon peuple, ſi deſirée ; ſeule
capable de prévenir les maux qui menaçoient la
France.

Louis XVI marchoit à pied entre monſieur &
monſieur comte d'Artois : ſa marche étoit retardée
par la foule qui ſe preſſoit ſur ſon paſſage. Un
délire univerſel avoit remplacé cet air morne, ce
ſombre ſilence qui, la veille, annonçoit l'effrayante
criſe du déſeſpoir. Les gardes - du - corps, les ſuiſſes,
les gardes - françoiſes, rangés en bataille ſur la place
d'armes, partageoient l'ivreſſe générale. Les drapeaux
flottant dans les airs, le bruit des tambours, des
trompettes, des timbales, le chant vif & animé
des fanfares, des marches militaires, les cris de vive

le roi, vive la nation, donnoient à cette entrée pacifique du monarque, du peuple & des députés, l'apppareil d'un triomphe national !

La reine n'étoit pas sans appréhenfion fur le fuccès d'une démarche que la néceffité des circonflances l'avoit feule forcée de permettre. Le bruit des cris mille fois répétés de vive le roi ayant diffipé fes craintes, elle fortit fur le grand balcon, tenant monfieur le dauphin dans fes bras & la petite madame par la main. Ses regards, attendris, fe portoient alternativement fur fon fils & fur la multitude répandue dans l'avenue & dans les cours du château. Madame, madame comteffe d'Artois, madame Elifabeth, mefdames, tantes du roi, occcupoient les deux côtés du balcon. On entrevoyoit encore fur les vifages un refte de contrainte mélée à la joie de cet heureux accord. Tandis que chacun s'abandonne aux réflexions, qui naiffent en foule d'un fpectacle fi nouveau, le comte de Seran, gouverneur des enfans de monfieur le comte d'Artois, amene les ducs d'Angoulême & de Berry : ils s'approchent de la reine, lui baifent la main : la reine les embraffe, & penche vers eux fon fils, avec un fentiment profond de cette grande journée : les deux jeunes princes, fans pénétrer dans l'arriere penfée de la reine, n'écoutant que la naïve fenfibilité de leur âge, ferrent le dauphin contre leur fein, & l'embraffent à plufieurs reprifes. La petite madame

cède à l'émotion que lui caufe cette image touchante,
elle paffe fa tête fous le bras de fa maman, & joint
fes careffes enfantines à celles des deux princes, fes
coufins. Tableau délicieux ! que ma plume s'effor-
ceroit vainement de rendre ; mais dont mon cœur
fentit tout le charme, & que je n'oublierai jamais !
Le roi arrivé au milieu de cette fcene intéreffante,
mille cris d'amour l'appelloient fur le balcon ; il y
parut, & entendit les bénédictions du peuple : recom-
penfe flatteufe des facrifices qu'il venoit de faire
à la nation.

LIVRE III.

Rappel de Necker & des Miniftres exilés. — Louis XVI
va à l'Hôtel de Ville. — Le Comte d'Artois &
fes Enfans fortent du Royaume. — Mort de
Foulon & de Berthier. — Pillages, incendies. —
Arrivée de Necker. — Son entrée à Paris. —
Soulévement général. — Formations des Munici-
palités — Décrets du quatre Août. — L'Affemblée
établit des Comités. — Chûte de l'ancien Gouver-
nement. — Premier Rapport du Comité de
Conftitution. — Violens débats.

LES députés nommés pour porter à Paris la nouvelle du renvoi des troupes, partirent au bruit des
acclamations des habitans de Verfailles. Arrivés à
la place Louis XV, une nombreufe efcorte les ac-
compagna jufqu'à l'hôtel de Ville. Des cris de vive
la nation, vive les députés, s'éleverent de toutes parts.
Le peuple célébroit fon triomphe, & il le célébroit
avec tranfport. La place de Greve fe trouva couverte d'une multitude de citoyens; les uns armés,
les autres fans armes; mais tous également empreffés

de jouir de la vue des députés : chacun vouloit entendre les paroles de paix qu'ils apportoient.

Le marquis de Lafayette annonça que le roi étoit venu au milieu des représentans de la nation, fans gardes, accompagné de monfieur & de monfieur comte d'Artois. Il lut le difcours du roi; il parla des témoignages d'amour, & de fenfibilité, que les représentans de la nation avoient donné au monarque, en le reconduifant tous enfemble au château. Le peuple répondit, à monfieur de Lafayette, par des cris de vive le roi & l'affemblée nationale. Lally - Tolendal s'adreffant alors aux électeurs, & à la foule qui rempliffoit l'hôtel de Ville : — meffieurs, nous venons vous apporter la paix de la part du roi & de l'affemblée nationale. Vous êtes généreux ; vous êtes François ; vous aimez vos femmes, vos enfans, votre patrie. Il n'y a plus de mauvais citoyens. Tout eft calme, tout eft paifible. Nous avons admiré l'ordre de votre police, de vos diftributions, le plan de votre défenfe. Maintenant la paix doit renaître. . . . Neft - ce pas que vous ne voudriez pas déchirer tout ce que vous aimez par des difcours des fanglantes? neft - ce pas qu'il n'y aura plus de profcriptions? la loi feule doit prononcer. . . . Tous s'écrient : oui la paix, plus de profcriptions! L'enthoufiafme devient général; on entoure Lally; des citoyens lui préfente une couronne de fleurs, la lui pofent fur la tête malgré fa réfiftance : on le porte aux fenêtres de l'hôtel de Ville : le peuple confirme, par de nouveaux applaudissemens, ce triomphe honorable, d'une douce & affectueuse sensibilité, sur la haine que s'efforcent d'entretenir d'atroces factieux.

Il restoit deux points importans arrêtés par les révolutionnaires ; le rappel de Necker ; la nomination de Bailli, à la place de maire ; & celle de Lafayette, à la place de commandant général de la milice Parisienne. Ces mesures seules pouvoient assurer les avantages que l'assemblée venoit de remporter sur la cour. Les révolutionnaires n'eurent pas de peine à obtenir ce qu'ils desiroient ; le peuple, docile à la voie qui le conduisoit, demanda à grands cris le rappel de Necker. Bailli fut proclamé maire, & Lafayette nommé commandant de la milice Parisienne, aux suffrages unanimes de tous les citoyens.

Cependant l'assemblée nationale poursuivoit avec une constance opiniâtre le renvoi des ministres. On proposa une adresse au roi. Tandis que l'on s'occupoit à la rédiger, le roi envoya dire à l'assemblée que les ministres avoient donné leur démission. quelques députés prétendirent que l'adresse devenoit inutile ; qu'il falloit nommer une députation, & remercier le roi de s'être rendu aux vœux du peuple. Lally-Tollendal ramena l'attention de l'assemblée sur le rappel de Necker. La discussion s'engagea ; & il se leva, tout-à-coup, une grande question : il s'agissoit de déterminer quelle influence les représentans du peuple peuvent & doivent avoir fur le choix & fur la nomination des miniftres. Le nouvel efprit qui commençoit à dominer dans l'affemblée fe manifefta d'une maniere frappante. Le comte de Mirabeau, Barnave, Chapelier, tout ce qui tenoit au parti révolutionnaire, foutinrent que l'affemblée avoit un droit pofitif d'influer fur la compofition du minifiere. Mounier, Lally - Tolendal, Clermont - Tonnerre, tout ce qui tenoit au roi & à la conftitution monarchique, répondirent que l'affemblée pouvoit bien confeiller le rappel de Necker ; mais qu'elle n'avoit pas le droit de demander le retour ou le renvoi d'un miniftre. L'indépendance du pouvoir exécutif, ajouta Mounier, fait le bonheur du peuple. Cette indépendance ceffe, du moment que l'affemblée peut dire : nous ne voulons pas de tel ou tel miniftre. Plufieurs députés, auxquels on repréfentoit fans ceffe le defpotifme armé de chaînes, & de poignards, prêt à écrafer le peuple, & dont l'étroit génie n'appercevoit pas le terme auquel on s'efforçoit de les mener, fe réunirent à l'avis de Barnave & de Mirabeau. L'affemblée décréta qu'une députation iroit demander au roi le rappel de Necker.

Cette premiere atteinte, à la prérogative royale, montra la hauteur à laquelle l'affemblée alloit déformais porter fes prétentions. La féance en fournit un fecond exemple. Le parlement étoit demeuré paffif pendant les troubles de la capitale. Il avoit fuivi d'un

œil

et inquiet la marche de la révolution. Il crut, en ce moment, devoir faire un acte de préfence propre à couvrir la nullité affectée dont il s'étoit enveloppé. Les chambres s'affemblerent, & prirent un arrêté. Le premier préfident l'adreffa au préfident de l'affemblée avec cette lettre : « Monfieur le préfident, le » parlement me charge de faire part à l'affemblée » d'un arrêté qu'il vient de prendre ce matin. Je » m'empreffe de remplir cette miffion, en vous » adreffant une copie de cet arrêté. Je fuis avec » refpect, monfieur le préfident. . . . . Brochard » de Saron ».

Un cri général d'improbation s'éleva à la lecture de cette lettre ; on demanda pourquoi le parlement n'avoit pas communiqué fon arrêté par une députation. L'arrêté même éprouva une violente cenfure : les expreffions en parurent peu mefurées, peu convenables à la dignité fouveraine de la nation. Les ducs & pairs, & les autres membres du parlement, qui fiégeoient dans l'affemblée, avouerent l'inconvenance de cette démarche du premier préfident. — C'eft au nom même de cette compagnie, dont j'ai l'honneur d'être membre, dit monfieur de Saint-Fargeau, que je vous fupplie de recevoir des excufes, que vous ne pouvez refufer à une faute plus involontaire que réelle.

Jufqu'à ce jour la majorité de la nobleffe n'avoit pris aucune part aux délibérations. Le duc de Monte-

mart repréfenta le danger de demeurer plus long-
temps dans une inactivité nuifible aux intérêts du
monarque & de la monarchie. En effet, tout fe
faifoit fans la nobleffe : le peuple s'accoutumoit, infenfiblement, à la regarder comme étrangere à la
chofe publique. Le duc de Montemart remit fur le
bureau, au nom de la majorité de la nobleffe, une
déclaration : la nobleffe y difoit que la fidélité que
plufieurs de fes membres devoient à leurs commettans ne leur avoit pas permis de prendre part aux
délibérations de l'affemblée ; mais que les circonftances
actuelles étoient trop intéreffantes, trop impérieufes,
pour leur laiffer attendre une expreffion formelle du
vœu de leurs commettans ; qu'ils ne doutoient pas
que ce vœu ne fe trouvât conforme à la réfolution
qu'ils prenoient en ce moment ; qu'en conféquence
ils donneroient déformais leurs voix fur les objets
qui alloient occuper l'affemblée.

Le roi inftruit du décret qui nommoit une députation pour demander le rappel de Necker, fentit
les conféquences qu'entraînoit le droit que s'ar-
rogeoit l'affemblée fur la nomination des miniftres
& fur la compofition du confeil. Il prévint la
demande officielle de l'affemblée, & envoya dire
au préfident qu'il rappelloit Necker. L'affemblée
nomma une députation, qu'elle chargea de témoigner
au roi fa reconnoiffance. Le roi remit au préfident
une lettre écrite, de fa propre main, à Necker,

par laquelle il invitoit ce miniftre de fe rendre à Verfailles. Il engagea le préfident à communiquer cette lettre à l'affemblée ; & à la preffer d'y en joindre une en fon nom. Lally fut chargé de rédiger la lettre ; il la rédigea dans les termes les plus flatteurs. L'affemblée difoit à Necker qu'elle lui avoit déja donné, par un décret, d'honorables témoignages de fes regrets ; que ce jour même elle avoit arrêté de fupplier le roi de rappeller un miniftre qui poffédoit feul la confiance publique ; qu'en faifant cette demande c'étoit, tout à-la-fois, fon vœu qu'elle exprimoit & celui de la capitale ; que le roi l'ayant prévenue, elle le preffoit de céder aux défirs de fa majefté ; que fes talens, fes vertus, ne pouvoient recevoir une récompenfe plus glorieufe, ni un plus puiffant encouragement.

Louis XVI, en annonçant le rappel de Necker, fit part à l'affemblée de la réfolution qu'il avoit prife de fe rendre le lendemain à Paris. Cette réfolution, foudaine, étoit le fruit des intrigues des agens de la révolution ; ils vouloient que Louis XVI autorifât tout ce qui s'étoit fair, & confacrât, par un aveu public, la nouvelle forme de gouvernement qu'ils venoient de donner à la capitale, & qu'ils alloient bientôt étendre à la France entiere. On dit à Louis XVI que cette démarche étoit feule capable de ramener le calme dans Paris, en écartant les défiances fur la fincérité de fes intentions.

K 2

Ce voyage répandit l'alarme dans le château. On craignoit que les Parisiens ne vouluffent garder le roi : on craignoit plus encore ; un fcélérat, un homme vendu à des projets factieux, pouvoit commettre l'attentat le plus coupable.

Ces confidérations n'ébranlerent point Louis XVI ; il fe foumit courageufement à l'impérieufe néceffité, & , ayant accepté l'offre que l'affemblée lui fit d'une nombreufe députation, il partit environné de la nouvelle milice - bourgeoife de Verfailles, formée à la hâte, armée de mauvais fufils : la plupart de ceux qui la compofoient, vêtus de guenilles, fembloient plutôt une troupe de vagabonds, ramaffés pour un pillage, que l'efcorte du roi d'une grande nation.

L'avenue de Paris étoit remplie d'une foule de fpectateurs ; tous dans un filence penfif, avec des fentimens divers, regardoient paffer Louis XVI : cette démarche, du plus puiffant monarque de l'europe, infpiroit de triftes réflexions fur le peu de ftabilité de l'homme & de fes grandeurs. Louis XVI avoit dans fon carroffe les ducs de Villeroi & de Villequiers. On appercevoit fur fon vifage l'empreinte de l'inquiétude & du chagrin. Les marques d'intérêts qu'il reçut des députés, & des habitans de Verfailles, diffiperent un peu cette fombre trifteffe.

Les gardes - du - corps s'étoient rendus, à pieds, à la barriere de Paffy, dans l'intention de former la cortege du roi ; ils furent confignés aux portes de la ville : quatre feulement obtinrent la permiffion d'entrer.

Bailli, à la tête du corps municipal, préfenta les clefs de Paris au roi, en fe fervant de cette fingulier phrafe : — *ce font ces mêmes clefs qui furent pré-fentées à Henri IV ; il vint conquérir fon peuple ; aujourd'hui c'eft le peuple qui conquiert fon roi !* — En effet, tout annonçoit une victoire. Cent cinquante mille hommes, armés de faux, de pioches, de piques, de fufils, offroient un afpect, à-la-fois, maje-ftueux & terrible ! Cette nombreufe milice, fur quatre de hauteur, bordoit les rues depuis Paffy jufqu'à l'hôtel de Ville. Des canons braqués fur tous les ponts, & à l'entrée des rues par lequels Louis XVI devoit paffer, paroiffoient dire : c'eft un grand captif, & non un roi qui vient dans fa capitale, & au milieu de fes fujets !

Un peuple immenfe, femblable à une mer agitée qui s'appaife à fa furface, mais qui mugit fourdement dans fa profondeur, donnoit une teinte lugubre à ce vafte & impofant tableau. Tous les vifages étoient fombres ; tous les regards glacés ; tous les cœurs fermés aux fentimens antiques des François pour leur roi.

Le carroffe marchoit au milieu d'une troupe nom-breufe de cavalerie & de gens de pieds. Les gardes-françaifes, avec leurs canons, à la tête de la colonne ;

K 3

un bruit confus de mousqueterie, de cris mille fois
répétés de vive la nation ; & sur le roi, un silence
offensant : par-tout l'orgueil humiliant d'un triomphe.

Louis XVI descendit à l'hôtel de Ville ; les piques
& les armes, croisées dessus sa tête, formoient une
voûte d'acier, qu'il fut obligé de traverser. On le
plaça sur un trône dressé dans la grande salle ;
quelques larmes coulèrent de ses yeux ; il voulut
parler, un saisissement involontaire lui coupa la parole ; il ne put prononcer que ces mots : — *mon
peuple doit toujours compter sur mon amour !* Bailli
présenta à Louis XVI la cocarde nationale ; Louis XVI
la prit, la mit à son chapeau ; il parut à une fenêtre
de l'hôtel de Ville : cet acte de condescendance
excita de nombreux applaudissemens. Louis XVI
confirma la nomination de Bailli, celle de Lafayette,
& sortit. La milice Parisienne, abandonnant son
appareil menaçant, renversa les armes en signe de
paix : le même cortege reconduisit Louis XVI jusqu'à
la barriere de Passy : il y trouva les gardes-du-
corps, qui le ramenèrent à Versailles.

Tandis que Louis XVI cédoit aux vœux, ou plutôt aux ordres des habitans de Paris, le comte d'Artois, ses deux enfans, les princes de Condé, de
Conti, de Lambesc, le maréchal de Broglie, le
garde-des-sceaux Barentin, messieurs de Villedeuil,
de Lavauguyon, s'éloignoient de Versailles, & se
disposoient à sortir du royaume. La haine du peuple

étoit trop fortement prononcée contr'eux, pour qu'ils n'euffent pas tout à redouter de fa fureur. Le terrible exemple de Fleffelles & Delaunay leur infpiroit un jufte effroi. Le comte d'Artois étoit celui que les conjurés avoient le plus d'intérêts d'éloigner. Ce prince fait par fon caractere aimable, & par fes qualités brillantes, pour rallier les bons François autour du roi & de la monarchie, leur caufoit de vives craintes; ils parvinrent, en lui infpirant de fauffes terreurs, à l'engager à quitter le royaume, & à montrer à la France entiere, par cette démarche décifive, qu'il étoit l'ennemi de la révolution : fe réfervant de pro- fiter, quand il en feroit temps, de cette idée qu'ils fauroient bien, à l'aide de quelques calomnies, en- tretenir parmi le peuple.

Cependant un fentiment général d'inquiétude con- tinuoit d'agiter Paris; une frayeur fecrete avoit faifi les efprits. Les Parifiens, étonnés de leurs fuccès, croyoient que la foibleffe de la cour n'étoit qu'ap- parente, & cachoit des reffources qu'ils n'apperce- voient pas. Les conjurés s'efforcerent d'entretenir les craintes du peuple : il le leur falloit toujours agiter, pour qu'il fût toujours prêt à fervir leurs projets.

Ils dirent que la promeffe du roi d'éloigner les troupes de la capitale ne s'effectuoit point. Deux nouveaux régimens étoient arrivés la nuit même à Saint - Denis; on y avoit arrêté les convois de farine deftinés à l'approvifionnement de Paris; les habits

des gardes - françaises, venoient d'être secrétement
enlevés des magasins ; douze cents hussards de Nas-
feau s'étoient introduits dans la ville, avec dessein de
la surprendre ; on enmagasinoit des farines pour le
camp de Saint - Denis ; les soldats arrachoient aux
passans la cocarde nationale, & en bourroient leurs
fusils ; on avoit apperçu le prince de Vaudemont
méditant un plan d'attaque. Ces bruits ridicules répandus, avec affectation, troubloient la tranquillité
des Parisiens. Tourmentés de craintes, environnés
de soupçons, ils voyoient par - tout des agens secrets
de la cour. Un courier, un visage inconnu, cau-
soient une agitation subite. On alla jusqu'à persuader
aux ouvriers, employés au démolissement de la Bastille, que le pain & le vin, qu'on leur distribuoit,
étoient empoisonnés ; ils refuserent d'en manger. Il
fallut, pour dissiper cette absurde sottise, que le sieur
Comperot, électeur, se transportât à la Bastille ; bût
& mangeât, devant eux, de ce même pain & de
ce même vin.

Le peuple se porta à l'abbaye de Mont - Martre ;
il y avoit, assuroit - on, de grands amas d'armes.
Le curé de Saint - Eustache & quelques électeurs
entrerent dans l'intérieur du couvent ; ils y firent les
perquisitions les plus exactes ; ils n'y trouverent ni
armes ni canons. Leur rapport calma, pour le
moment, les inquiétudes du peuple ; mais elles se
renouvellerent bientôt sous des prétextes aussi frivoles.

On reçut la nouvelle que monsieur Berthier, in-
tendant de Paris, venoit d'être arrêté à Compiegne;
le peuple lui attribuoit l'exceſſive cherté des grains;
il prétendoit même que monsieur Berthier avoit fait
couper les bleds en verd dans pluſieurs endroits de
ſa généralité, afin de hâter la famine, en détruiſant
l'eſpoir d'une abondante récolte. Imputation abſurde!
mais par cela même plus propre à être adoptée par
le peuple. On apprit en même temps que l'on
amenoit monsieur Foulon à Paris. Cet homme, qui
n'ignoroit pas la haine que le peuple lui portoit, avoit
fait répandre le bruit de ſa mort; il eſpéroit, à l'aide
de cet innocent ſtratageme, ſortir plus facilement
du royaume. Ses propres domeſtiques le trahirent &
révélerent le lieu de ſa retraite. Une fortune immenſe,
acquiſe dans le monopole des bleds, dans l'entrepriſe
des fourrages & des vivres, avoit rendu Foulon
odieux : un de ces propos attribués à tous les hommes durs, chargés de la redoutable adminiſtration
des ſubſiſtances; & qu'aucun d'eux n'a tenu, porta
la haine du peuple juſqu'à la fureur. On prétendoit
que Foulon avoit dit, dans le moment de la plus
grande cherté du pain, que le peuple pouvoit manger de l'herbe, puiſque ſes chevaux en vivoient.

Foulon à pied, une botte de foin ſur le dos, un
collier de chardons autour du cou, traverſa Paris,
ſuivi d'une foule immenſe qui l'accabloit de reproches
& d'injures. On parvint à le conduire juſqu'à l'hôtel

de Ville : une multitude de peuple rempliſſoit la place de Greve, & demandoit, à grands cris, qu'on lui livrât Foulon! Le comité fit quelques légers efforts pour ſouſtraire Foulon à la fureur du peuple : Bailli ſe préſenta ; les cris redoublerent : le peuple vouloit ſa proie ; il la vouloit toute chaude. Foulon entendoit les hurlemens de mort que pouſſoit cette troupe effrénée, & n'en paroiſſoit point ému! Un de ſes gardes, touché de compaſſion, & frappé de cette ſécurité, lui dit : — *vous êtes calme, monſieur, ſans doute vous êtes innocent?* — *Le crime ſeul, reprit Foulon, peut ſe déconcerter!*

Lafayette annonce au peuple que l'on va conduire Foulon dans les priſons de l'abbaye Saint-Germain; qu'on lui fera ſon procès; qu'il eſt eſſentiel de tirer de lui des éclairciſſemens importans. Le peuple, à cette annonce, ſe précipite dans l'hôtel de Ville, arrache Foulon des mains des électeurs, le traîne à un réverbere, & l'y attache! La corde rompt; Foulon tombe ſur ſes genoux, implore la pitié du peuple! Mais le peuple n'a point de pitié! mille bras ſe hâtent de racommoder la corde; on attache de nouveau Foulon au réverbere! la corde caſſe une ſeconde fois; quelques perſonnes préſentent des ſabres pour abréger le ſupplice de ce malheureux! le peuple le prolonge avec un ſentiment de jouiſſance pendant plus d'un quart d'heure, en lui faiſant attendre une corde neuve : elle arrive enfin, & termine les affreuſes angoiffes & les longues fouffrances de Foulon! A peine expiré, on lui coupe la tête; on lui met du foin dans la bouche : cet horrible trophée, placé au haut d'une pique, eft promené dans les rues de Paris, & porté en triomphe au Palais - Royal!

Cependant Berthier, gendre de Foulon, arrive, conduit par un détachement de cinq cents hommes de cavalerie. Le peuple abandonne les reftes fanglans de Foulon, & coure à la rencontre de Berthier. Berthier étoit dans un cabriolet, dont on avoit enlevé l'impériale, afin de montrer au peuple l'humiliation d'un homme qui, huit jours auparavant, recevoit des refpects. Deux foldats marchoient à fes côtés, lui appuyant la baïonnette fur le cœur! Berthier devenu l'objet de tous les regards, de toutes les infultes, alimentoit la fureur du peuple, & lui donnoit l'avant - goût d'un fupplice! Des drapeaux, des tambours, une mufique barbare, des hommes couronnés de lauriers, des femmes chantant & danfant, formoient autour de Berthier une marche triomphale! Une troupe accoure en pouffant des cris de joie, écarte le cortege, pénétre jufqu'à Berthier, lui préfente la tête fanglante de fon beau-pere, l'approche de fa bouche! . . . Berthier frémit d'horreur, détourne les yeux! Cette fenfation déchirante que le peuple faifit avec avidité, devient pour lui un fentiment de plaifir; il applaudit; & ces hommes marchent, devant la voiture, portant cet étendard de fang!

Berthier entre à l'hôtel de Ville : le comité l'interroge sur ses projets. — J'ai obéi à des ordres supérieurs, répond Berthier ; vous avez mes papiers, ma correspondance ; vous êtes aussi instruits que moi. — Le comité veut continuer l'interrogatoire ; Berthier observe qu'il est extrêmement fatigué ; que depuis deux jours il n'a pas fermé l'œil ; il prie le comité de lui faire donner un lieu où il puisse prendre quelques repos. Mais tel qu'un tigre devenu plus féroce par le sang dont sa gueule est encore empreinte, loin d'être rassasié d'une premiere proie, n'en appelle que plus-vivement une seconde, & puis une troisieme. Tels ces hommes féroces encore empreints du sang de Foulon, n'en demandent que plus despotiquement le sang de Berthier !

Le comité & Bailli font pour Berthier ce qu'ils ont fait pour Foulon ; ils parlent au peuple ; ils prient ; ils raisonnent, & ils n'agissent point : peut-être n'étoit-on pas fâché de placer, comme un grand exemple, sous les yeux des agens du pouvoir, cet hideux & sanglant tableau des vengeances populaires. Quoi qu'il en soit, Berthier est abandonné au peuple : mille bras se précipitent sur lui ! il tombe percé de coups ! un homme plonge ses mains dans les entrailles de Berthier, va y chercher son cœur encore vivant ! l'arrache, monte à l'hôtel de Ville, entre dans la chambre du comité ; & les yeux égarés, les mains fumantes, il leur présente cette offrande abominable !

Le corps de Berthier eft coupé par morceaux, on fe difpute fes chairs! les uns s'emparent de la tête, la mettent au haut d'une pique, d'autres portent fon cœur fur un long coutelas! ils partent aux acclamations de la multitude; parcourent les rues de Paris; arrivent enfin au Palais - Royal. Là, les yeux avides fe repaiffent à loifir : mais bientôt un monftre à forme humaine convoite ces reftes fanglans, & les dévore avec un fentiment d'appétit!

La mort tragique de Foulon & de Berthier, répandit la terreur parmi tous ceux qui avoient eu quelque part à l'ancienne adminiftration. Ces atrocités populaires remplirent les vues des révolutionnaires. Dès ce moment ils n'éprouverent plus de réfiftance. Les gens attachés au roi, confternés, tremblans pour eux - mêmes, quitterent précipitamment le royaume. La nobleffe, le haut clergé, difperfés au milieu d'une populace lâchée, tout-à-coup, fur eux comme fur une proie, fe laifferent enlever jufqu'au moyens de fe défendre.

Je ne rapporterai point ici l'ennuyeufe & rebutante nomenclature des meurtres, des pillages, des incendies, des vols, des affaffinats. Mais je dirai à mon fiecle, je dirai à la poftérité, que l'affemblée nationale autorifa ces meurtres & ces incendies! qu'un membre de cette affemblée (le jeune Barnave) ofa dire à la tribune : — *ce fang eft - il donc fi pur, qu'on doive tant regretter de le verfer!* qu'au moment où Lally - Tolendal, douloureusement affecté des maux qui désoloient sa malheureuse patrie, proposoit, invoquoit même avec prieres, des moyens doux, faciles, mais alors efficaces, d'y apporter remede, l'assemblée éluda ces moyens; puis bientôt après s'y refusa avec une opiniâtre persévérance, & ne les adopta que lorsque, par les intrigues les plus coupables, elle se fut assurée qu'elle les avoit rendus inutiles : vainement Lally s'écria : — je décharge ma conscience des malheurs qui résulteront du refus que vous faites; & je me lave les mains du sang qui pourra couler. — Des cris de fureur s'éleverent de toutes parts. Un député s'élançant vers Lally, lui dit, avec emportement, qu'il abusoit de sa popularité. — Mirabeau lui reprocha qu'il sentoit, où il ne s'agissoit que de penser. — *Il faut des victimes aux nations, ajouta Mirabeau, avec un regard féroce; l'on doit s'endurcir à tous les malheurs particuliers; ce n'est qu'à ce prix qu'on peut être citoyen !*

Les révolutionnaires revenus du premier étonnement que leur avoit causé la démarche du roi, & son arrivée inattendue à l'assemblée nationale, reprirent avec plus d'activité que jamais leurs grands projets.

Plusieurs moyens se présentoient : entretenir le peuple de la capitale & des provinces dans une agitation continuelle; afin de le porter, à l'aide de

cette ivreffe factice, à tout ce qu'on exigeroit de lui :
rendre la nobleffe & le clergé odieux; en mettant
conftamment les intérêts du peuple en oppofition
avec ceux des prêtres & des nobles, & pour cela
les forcer à des facrifices qu'ils n'auroient pu confentir
librement; & les repréfenter enfuite décidés à revenir
fur ces facrifices, & à rentrer dans des droits ufur-
pés, difoit-on; mais plutôt arrachés par la crainte
que cédés par juftice & par générofité. Ce n'étoit
pas affez : il falloit décrier le gouvernement, lui
prêter des vues hoftiles contre le peuple, le mettre
dans l'impoffibilité d'agir, lui fubftituer le fantôme
de l'affemblée nationale, la revêtir en apparence de
tous les pouvoirs, les concentrer réellement dans un
petit nombre de membres, agens de la révolution:
il falloit fufpendre le cours ordinaire de la juftice,
anéantir la jurifdiction des parlemens & des anciens
tribunaux, les remplacer par un tribunal nouveau,
dirigé par des lois nouvelles. . . . Les révolutionnaires affurerent que les projets du quatorze juillet
n'étoient pas entiérement abandonnés; que les ennemis du bien public, forcés par les circonftances,
en avoient remis l'exécution à un temps plus favorable; & pour entretenir l'effroi qu'avoient produits
les meurtres de Foulon & de Berthier, & tenir les
citoyens honnêtes entre les fureurs populaires & le
glaive de la loi, ils firent circuler des liftes de profcription, où fe trouvoient infcrits les hommes les plus

connus par leur attachement au roi & à la monarchie. On vit paroître, tout-à-coup, un crime
nouveau, inconnu à nos peres; un crime de lèse-
nation, arme de mort, toujours prêt à frapper
indifféremment l'innocent & le coupable!

Les électeurs de Paris, vinrent notifier à l'assemblée
un décret du comité de l'hôtel de Ville, portant
que toute personne arrêtée sur le soupçon du crime
de lèse-nation, seroit conduite dans les prisons de
l'abbaye Saint-Germain. Ils inviterent l'assemblée
à prononcer sur le tribunal qui devoit les juger. Le
district de de Saint-Thomas, assura que les
moyens proposés par l'assemblée, soit invitation,
proclamation, déclaration, étoient insuffisans pour
retablir l'ordre; qu'il falloit punir les coupables.

Volnay proposa d'établir un comité des rapports,
chargé de recevoir les demandes & les plaintes adressées à l'assemblée nationale : le motif apparent fut
d'épargner un temps précieux, perdu à écouter
cette foule d'adresses particulieres, qui arrivoient de
toutes les parties de la France : le véritable but étoit
de s'emparer de la correspondance immédiate des
provinces, & de soustraire l'administration générale
de la police à la prérogative royale. En effet, le
comité des rapports devint le centre des affaires de
l'intérieur : il donna des décisions arbitraires, créa
des municipalités, destitua des fonctionnaires publics,
se servit de son immense correspondance pour
susciter

ufciter des troubles, pour tourmenter les prêtres & les
nobles : il les foumit à des vexations, à des détentions
illégales; en repréfentant à l'affemblée les atteintes les
plus formelles à la propriété, les révoltes les plus coupables, les emprifonnemens, les meurtres même,
comme des précautions néceffaires, ou des fuites inévi-
ables de prétendus complots de contre-révolution. Les
affaffins, les incendiaires, affurés de trouver dans le
comité des rapports des protecteurs & des apolo-
giftes, marcherent hautement la torche dans une
main & le poignard dans l'autre! Les miniftres n'o-
ferent plus donner d'ordres : s'ils en donnerent, ces
ordres demeurerent fans exécution. On appelloit à
l'affemblée; & le comité des rapports, feul interprete
des faits, caffoit ou confirmoit les décifions du
confeil, felon qu'il les trouvoit analogues ou contraires
à fes vues. Les réclamations les plus juftes reftoient
enfevelies pour toujours dans la pouffiere des bureaux,
lorfque, portées par des prêtres, par des nobles,
ou par des fonctionnaires publics attachés à leurs
devoirs, ils invoquoient la protection de la loi. Les
entreprifes les plus contraires à l'ordre & à la propriété, étoient foutenues, encouragées, lorfqu'elles
attaquoient la nobleffe, le clergé, l'autorité du roi,
& qu'elles tendoient au renverfement de la conftitution monarchique. Vainement s'adreffoit-on à
l'affemblée; l'affemblée renvoyoit au comité fans
daigner lire : le comité, fourd aux cris de tant de

victimes innocentes, laissoit froidement consommer
le crime! C'étoient, disoit-on, des incidens insé-
parables de toute révolution. Adrien Duport mit
entre les mains des révolutionnaires un arme encore
plus terrible que celle que leur avoit fournie Volnay:
il demanda l'établissement d'un comité des recherches, destiné à recevoir les dénonciations contre les
agens civils, militaires & les conseillers du roi, en-
trés dans la conspiration du quatorze juillet, ou qu
pourroient, dans la suite, former des entreprises
contre les intérêts du peuple.

L'assemblée effrayée balança : les révolutionnaires
avoient un intérêt trop pressant à la formation de ce
comité, pour abandonner un moyen si propre à
favoriser leurs vues. Le calme ne se rétablira point,
dit Rewbel, tant que le peuple verra que l'assemblée
refuse de punir les grands coupables qui ont médité
sa ruine; il croira que nous voulons le livrer à la
vengeance de ses ennemis; & devenu furieux, il se
fera lui-même justice.

Cependant pour diminuer l'effroi qu'avoit causé la
pensée de mettre la fortune, la vie, l'honneur des
citoyens entre les mains de six personnes, plusieurs
députés proposerent de composer le comité de douze
membres renouvellés tous les mois : la motion passa
avec ce léger amendement. Ainsi s'établit ce fameux
comité des recherches, qui surpassa bientôt tout ce
que l'histoire ancienne & moderne nous apprend

ces odieux tribunaux, formés par des despotes pour opprimer la liberté & confacrer la tyrannie !

Le comité des recherches s'attribua le droit d'ouvrir les lettres, d'interroger les domeſtiques, d'environner les citoyens d'eſpions, de les fuivre jufque dans l'intimité des fociétés particulieres, jufque dans la familiarité de la table. Il épia les difcours, les regards, les geſtes; en fit des crimes de lefe-nation. Le moindre foupçon, la déclaration la plus frivole, lui fervirent de prétexte pour s'introduire dans les maifons, pour faifir les papiers, les correfpondances. Il emprifonna les citoyens; les tint au fecret pendant des années entieres. Il accueillit les rapports des domeſtiques contre leurs maîtres, des fubordonnés contre leurs fupérieurs, des enfans contre leurs peres, & en forma la matiere d'une accufation. Tout trembla devant ce tribunal redoutable !

Des comités, militaire, diplomatique, de marine, de légiſlation, des dîmes, des monnoies, des droits féodaux, acheverent de mettre dans la dépendance de l'affemblée les perfonnes & les propriétés. Le roi & les miniſtres ne furent plus que des agens fecondaires, que l'affemblée, fous une févere refponfabilité, employa quelquefois à l'exécution de fes ordres fuprêmes : reſtoit à s'affurer des provinces, à les lier au parti des révolutionnaires. Des couriers, envoyés de Paris, parcoururent la France, annoncerent des armées de brigands foudoyés, difoient-ils, par les nobles. Des émissaires représenterent au peuple des villes que les anciennes municipalités & les tribunaux ne renfermoient que des aristocrates & des agens du despotisme. Un soulévement général éclata dans toute la France. Le peuple se jeta sur les nobles; s'empara de leurs armes; enleva les fusils, les canons, les épées déposés dans les magasins du roi. On chassa les anciennes municipalités : on en créa de nouvelles, composées d'agens connus de la révolution. L'assemblée les investit des plus grands pouvoirs. Un même jour vit s'écrouler l'antique constitution monarchique, & s'élever, à la place, un gouvernement populaire, tel qu'il n'en exista jamais chez aucun peuple connu. Dès ce moment il n'y eut plus de liberté, même dans l'assemblée nationale. Des ordres émanés des comités, de simples lettres des révolutionnaires, allerent porter le ravage & l'incendie dans les terres & dans les châteaux des nobles qui tentoient de s'opposer à l'entier anéantissement de la monarchie. Les députés des communes, fideles à leurs devoirs & à leurs mandats, furent forcés d'obéir au même despotisme. On les désignoit à leurs bailliages sous le titre de mauvais citoyens, de représentans infideles, d'hommes vendus à l'aristocratie & au roi. Des arrêtés de clubs les déclaroient infames, les dénonçoient à leurs concitoyens. Leurs femmes & leurs enfans se virent environnés de terreurs & de menaces. La France, courbée sous la

hache meurtriere d'une troupe de brigands, fe tue
devant trente factieux. L'affemblée nationale devint,
entre leurs mains, un inftrument paffif, qu'il firent
fervir à l'exécution de leurs projets.

Necker arriva au milieu de ce mouvement général
des efprits : tout Verfailles & tout Paris s'émurent
à fon approche. Les quatre compagnies des gardes-
françoifes, qui formoient la garde du château,
abandonnerent leurs poftes, & allerent au devant de
Necker. Les corps civils & militaires fe rendirent
au contrôle général , & le féliciterent de fon heureux
retour.

Necker vint le jour fuivant à l'affemblée : les
fpectateurs lui prodiguerent les plus vifs applaudiffemens. Cet enthoufiafme ayant fait place au filence,
Necker dit qu'il s'empreffoit de témoigner à l'affemblée fa refpectueufe reconnoiffance pour les marques
d'intérêt & de bonté dont elle l'avoit honoré:
que l'affemblée lui impofoit de grands devoirs : que
ce n'étoit qu'en fe pénétrant de fes fentimens, &
en profitant de fes lumieres, qu'il pouvoit conferver
un peu de courage.

Le duc de Liancourt répondit que l'affemblée
nationale, en exprimant les fentimens dont elle étoit
pénétrée, n'avoit été que l'interprete de la nation:
que la retraite d'un miniftre fi digne de la confiance
du peuple, avoit caufé un deuil général dans le
royaume.

L 3

Necker voulut aussi faire son entrée à Paris; il partit au bruit de la musique des gardes - françoises; les milices de Versailles & de Sèves composoient un brillant cortege; on avoit disposé sur la route, des piquets de dragons; une multitude immense l'attendoit à la barriere de la conférence; une garde nombreuse de citoyens, précédés de détachemens de cavalerie, environna sa voiture : ce n'étoit plus cet air sombre, ces yeux hagards, cette contenance farouche, avec laquelle ces mêmes Parisiens avoient conduits Louis XVI à l'hôtel de Ville. Une joie folle éclatoit de toutes parts; l'air retentissoit des cris de vive la nation, vive monsieur Necker! hommes, femmes, enfans, accouroient sur son passage; les uns lui présentoient des bouquets, lui offroient des couronnes; d'autres couvroient de baisers les mains de madame Necker; tous appelloient Necker le pere du peuple, le sauveur de la nation!

Le ministre accueillit ces hommages avec une orgueilleuse modestie, & traversa, en triomphateur, cette même ville que peu de jours auparavant, par ses criminelles intrigues, son roi, son bienfaiteur, environné de mépris & d'outrages, avoit traversée en captif!

Les électeurs & les députés de la commune étoient assemblés à l'hôtel de Ville, Lafayette & messieurs du comité reçurent Necker sur l'escalier, & le conduisirent à la salle de la municipalité. Ce furent encore des transports, des applaudissemens. Necker après avoir remercié la commune & la ville de Paris des marques d'intérêt qu'elles lui avoient données, promit d'être fidele aux obligations que lui impofoit fa reconnoiffance : il dit que le roi avoit daigné le recevoir avec la plus grande bonté, & l'affurer du retour de fa confiance la plus entiere: paffant enfuite à quelques avis fur la conduite que devoit tenir la municipalité, il l'invita de rétablir le calme dans la capitale & dans les environs : arrivant, enfin, à travers le pathos ordinaire de fes difcours, à l'arreftation de monfieur de Befinval, il rendit témoignage à l'accord qui avoit regné entre lui & monfieur de Befinval dans tout ce qui tenoit à l'adminiftration des fubfiftances, & fupplia meffieurs de la commune de remettre cet officier général en liberté : il fe plaignit avec douceur de la munici-palité de Vilnos, qui avoit refufé, fur une de fes lettres, de relâcher monfieur de Befinval, & de lui laiffer continuer fa route pour la Suiffe : il parla d'une amniftie générale. — Si l'on exerçoit, continua-t-il, envers monfieur de Befinval, ou toute autre perfonne, des rigueurs femblables à celles qu'on lui avoit récitées, il en mouroit de douleur, & toutes fes forces au moins feroient épuifées. Avouant enfuite qu'en effet fon zele n'avoit pas été inutile à la France; qu'il fe permettoit de le dire pour la premiere & la feule fois; il ajouta qu'il en demandoit un haut prix; que ce haut prix étoit des égards pour monfieur de Befinval, s'il n'avoit befoin que de cela ; de l'indulgence & de la bonté, fi monfieur de Befinval avoit befoin de plus.

Necker fe rendit enfuite dans la chambre des électeurs ; il y fut reçu avec le même étalage. On le plaça fur l'eftrade du préfident. Moreau de Saint-Meri lui préfenta la cocarde nationale, en lui difant : —— voilà des couleurs que vous aimez fans doute, ce font celles de la liberté ! Le miniftre prit la cocarde tricolor, l'attacha à fon chapeau : cette inauguration civique terminée, le miniftre répéta aux électeurs à-peu-près les mêmes chofes qu'il avoit dites aux députés de la commune. Son difcours produifit encore une plus vive impreffion : on lui accorda d'une voix unanime l'élargiffement de monfieur de Befinval. Clermont-Tonnerre profita de l'enthoufiafme pour demander une amniftie ; toutes les voix s'écrierent : grace aux coupables. Quelques perfonnes jeterent des papiers, fur lesquels étoit écrit : amniftie générale ; le peuple répéta : amniftie générale. Necker parut à une des fenêtres de l'hôtel de Ville ; les cris de vive la nation, vive monfieur Necker, redoublerent : on rédigea l'acte de pardon ; les électeurs le fignerent, & envoyerent deux députés qu'ils chargerent de mettre monfieur de Befinval en liberté. Necker fortit de l'hôtel de Ville au bruit des acclamations d'une foule innombrable. Il fut reconduit, avec la même pompe, jufqu'à la barriere de la conférence.

Les révolutionnaires, furieux que Necker eût osé leur dérober une de leurs victimes, & qu'il entreprît de rétablir l'ordre & l'union entre toutes les parties de l'empire, tandis qu'il leur falloit le désordre, la haine & l'anarchie, se répandirent dans les districts, déclamerent contre l'arrêté des électeurs, disant que les électeurs étoient sans caractere, pour accorder une amnistie; que la nation, toute entiere, ayant été offensée, & ayant pensé être la victime des complots atroces des ennemis du bien public, elle seule avoit le droit de faire grace; que ce n'étoit pas dans ce moment, où l'on étoit environné de dangers, de conspirations, de projets de meurtres & de vengeances, qu'il falloit, par une imprudente amnistie, rappeller au milieu de la capitale les ennemis du peuple, les conspirateurs contre la liberté, comme si l'on vouloit faciliter l'exécution de leurs affreux projets.

Les révolutionnaires se transporterent au Palais-Royal; rallierent leurs affidés. Mirabeau courut au district de l'Oratoire : il parla avec tant de force, il intrigua avec tant d'adresse, qu'il engagea le district à prendre un arrêté contre l'acte de pardon donné par les électeurs, & à communiquer sur-le-champ cet arrêté aux cinquante-neuf autres districts, en les invitant d'y adhérer : le district fit plus; il envoya trois députés à Vilnos, avec ordre à la municipalité de s'opposer à l'élargissement de Besinval.

Jusques-là les révolutionnaires s'étoient servis de Necker pour l'exécution de leurs projets. Mais cette tentative, si contraire à leurs desseins, leur montra que déformais ce ministre, loin de leur être utile, pouvoit devenir dangereux. Résolus de le perdre, ils commencerent à l'attaquer dans l'opinion publique: ils insinuerent au peuple que Necker sacrifioit la cause de la liberté aux intérêts de son ambition : qu'il vouloit souftraire Besinval au supplice, afin de se ménager la faveur d'un parti puissant : qu'il avoit promis à la reine l'élargissement de Besinval, & la rentrée de tous les exilés.

Jamais impression ne fut plus avidement reçue, ni plus rapidement propagée. Paris se souleva : le tocsin sonna comme dans le plus pressant danger. On battit la générale : on arracha les placards qui prononçoient l'amnistie.

Tous les districts adhérerent à l'arrêté du district de l'Oratoire. Les électeurs, effrayés de ce mouvement général, envoyerent une députation, espérant calmer les esprits par le récit de ce qui s'étoit passé à l'hôtel de Ville. Ce fut sans succès; les électeurs se crurent obligés d'interpréter leur intention & de donner un nouvel arrêté, où ils assurerent qu'en exprimant un sentiment de pardon & d'indulgence envers les ennemis du peuple, ils n'avoient pas entendu prononcer la grace de ceux qui seroient prévenus, accusés, convaincus de crime de lèse-nation; qu'ils avoient voulu seulement annoncer, que les citoyens n'agiroient & ne puniroient que par la loi ; & qu'ils proscrivoient, en conséquence, toute acte de violence & tout excès qui troubleroit la tranquillité publique.

Les députés de la commune allerent encore plus loin, ils dépêcherent à messieurs Corberon & de Montalon, chargés d'élargir monsieur de Besinval, un courier, avec ordre de s'assurer de sa personne ; de ne rien négliger pour la recouvrer, si elle n'étoit plus entre leurs mains ; de tenir monsieur de Besinval sous bonne & sûre garde au lieu où il le trouveroient, & d'en donner avis à l'assemblée générale.

Le ministre fut vivement affecté de la subite révolution qui s'étoit faite dans les esprits. Cette premiere atteinte, portée à sa popularité, lui prouva qu'il existoit contre lui, dans la révolution même, un parti puissant. Necker se plaignit à Moreau de Saint-Meri ; il dit qu'il en rendroit compte au roi ; qu'il s'en entretiendroit avec le président de l'assemblée nationale : mon bonheur, ajouta-t-il, n'a guere duré !

Mirabeau, fier de l'avantage qu'il venoit de remporter sur Necker, se rendit à Versailles, & attendit tranquillement la députation des électeurs & du district des Blancs-Manteaux.

Les envoyés du district, introduits à la barre, exposerent que les décrets avoient annoncé, il y a quelques jours, des recherches, des jugemens, des peines contre les coupables, mais que des électeurs, des citoyens fans miffion, avoient annoncé hier un pardon univerfel; que cette proclamation illégale, & contraire à l'efprit des décrets, avoit foulevé le peuple; qu'alors ils avoient penfé que le plus sûr moyen de calmer les agitations, étoit de fe plaindre eux - mêmes, & de faire voir au peuple qu'il avoit des défenfeurs; qu'en conféquence, ils demandoient à l'affemblée de confirmer la détention de monfieur de Befinval.

Il s'éleva de violens débats. Lally, Mounier, infifterent pour que l'affemblée confirmât l'arrêté des électeurs de la commune de Paris, & mît en liberté monfieur de Befinval. Ils s'appuyerent fur le principe facré de la liberté civile, qui veut que perfonne ne foit arrêté fans accufation : envain, ajouterent-ils, invoque-t-on la clameur publique; elle ne peut occafionner aucun emprifonnement, que lorfque l'on vient de voir celui qui en eft l'objet commettre le crime. Si l'on appelle clameur publique un bruit populaire, un fimple foupçon, quel citoyen peut compter fur fa liberté? Clermont - Tonnerre s'éleva contre les manœuvres employées pour foulever le peuple, pour lui infpirer une atrocité dégoûtante. Il parla d'une eftampe que l'on vendoit à toutes les portes du Palais - Royal. On y voyoit un homme appuyé fur fon bureau, occupé d'une regle d'arithmétique. Cinq têtes coupées étoient pofées à côté de lui. On lifoit : qui de 24 paie 5, refte 19; & au bas : calculateur national.

Mirabeau, Glezen, Roberfpiere, Barnave, foutinrent que les principes généraux de la liberté civile, n'étoient point applicables à la circonftance : que le peuple avoit été en droit d'arrêter un homme qui s'étoit mis à la tête de fes ennemis, & qui fuyoit au moment même que l'affemblée yenoit de prononcer qu'elle alloit pourfuivre ces mêmes ennemis : que monfieur de Befinval arrêté fur des clameurs publiques, devoit être jugé, non fur ces clameurs, mais fur fes actions; abfous s'il étoit innocent; puni s'il étoit coupable. Un député s'oublia jufqu'à dire qu'il ne falloit pas que le peuple vît l'affemblée fe déclarer contre lui : qu'il étoit prudent de ménager l'opinion du peuple, de ne pas fuivre les principes rigoureux de la juftice & de la raifon.

Mirabeau & Barnave l'emporterent. L'affemblée caffa l'arrêté des électeurs, & décréta que monfieur de Befinval & les autres confpirateurs feroient jugés, & qu'elle alloit s'occuper de la nomination d'un tribunal, auquel feroient renvoyés les crimes de léfe-nation.

De nouveaux députés de la commune, vinrent le lendemain remercier l'affemblée du décret qu'elle avoit rendu. Ils la prierent de nommer promptement le tribunal deftiné à juger les ennemis de la nation ; perfuadés que cette mefure mettroit fin à des excès dont les fuites & l'habitude pourroient devenir funeftes.

En effet, on alimentoit la fureur du peuple par
des arrêtés, par des eſtampes prodiguées dans tous
les lieux, publiques aux regards de la multitude.
Cent cinquante châteaux dans la Franche - Comté,
le Mâconnois, le Beaujolois, étoient déja brûlés!
L'incendie menaçoit de conſumer toutes les propriétés. . . . Parlerai - je des meurtres, des atrocités
commiſes contre les nobles? . . . . monſieur de
Baras, coupé par morceaux devant ſa femme prête
d'accoucher! monſieur de Monteſſon, fuſillé après
avoir vu égorger ſon beau - pere! un gentilhomme,
paralytique, abandonné ſur un bûcher! un autre
dont on brûle les pieds pour lui faire livrer ſes titres!
l'infortuné monſieur de Belſunce, maſſacré à Caen!
madame de Berthilac, forcée, la hache ſur la tête,
de donner ſa terre! madame la princeſſe de Liſtenois,
contrainte au même abandon, ayant la fourche au cou,
& ſes deux filles évanouies à ſes pieds! le marquis de
Tremand, vieillard infirme, chaſſé la nuit de ſon château, pourſuivi de ville en ville, arrivant à Baſle,
preſque mourant, avec ſes filles déſolées! le comte de
Monteſſu & ſa femme, ayant pendant trois heures
le piſtolet ſur la gorge, & demandant la mort comme
une grace, tirés de leur voiture pour être jetés dans
un étang! le baron de Mont - Juſtin, ſuſpendu dans
un puits, & entendant délibérer ſi on le laiſſeroit
tomber, ou ſi on le feroit périr d'une autre maniere!
la comteſſe d'Allemand, la ducheſſe de Clermont,

Tonnerre, outragées! le chevalier d'Ambli, tiré de son lit, mis dans le fumier après avoir eu les sourcils & les cheveux arrachés, tandis que ces hommes féroces chantoient & dansoient autour de lui! l'Alsace, la Champagne, le Dauphiné, en proie aux fureurs d'une troupe de brigands envoyés de Paris; & pour autoriser ces atrocités sanguinaires, des députés des communes écrivoient, à leurs bailliages, que les nobles vouloient faire sauter la salle de l'assemblée dans un temps où il n'y auroit que des membres des communes! Ils disoient aux paysans que les nobles étoient contre le roi; ils envoyoient des ordres supposés de brûler les châteaux, d'égorger les nobles. . . . Ces odieux moyens préparoient la séance du quatre août! Ce fut entourée des cadavres des nobles massacrés, à la lueur des flammes qui consumoient leurs châteaux, que l'assemblée prononça les décrets violateurs des droits sacrés d'une propriété légitime! elle y joignit même toute l'astuce de la perfidie!

Thouret venoit d'être nommé président; mais Thouret, alors attaché au roi & à la monarchie, n'étoit pas l'homme que vouloient les agens de la révolution. Ils craignoient qu'il ne refusât de se prêter à ce qu'on se proposoit de faire contre la noblesse & contre le clergé. Toutes les batteries étoient dressées prêtes à jouer. Il falloit un homme entièrement dans les principes, & capable, par son adresse, de diriger l'action.

Les révolutionnaires repréfenterent au peuple que Thouret étoit vendu aux Polignacs & à l'ariftocratie; que la chofe publique étoit perdue, fi Thouret préfidoit l'affemblée : on parla de marcher à Verfailles, d'oppofer la force aux nouveaux complots des ariftocrates. Tout annonçoit des mouvemens violens, & une fciffion effrayante. Thouret la prévint, & donna fa démiffion : on procéda à l'élection d'un nouveau préfident. La plupart des députés, voyant avec quelle audace des factieux étoient parvenus à anéantir le réfultat d'un fcrutin régulier, n'allerent pas même dans les bureaux. Les agens de la révolution firent tomber le choix fur Chapelier.

Août 1789. Le quatre août, au foir, le vicomte de Noailles dit : « Comment peut-on efpérer, meffieurs, d'ar-
» rêter l'efferverfcence des provinces, d'affurer la
» libertè publique, & de confirmer les propriétaires
» dans leurs véritables droits, fans connoître la caufe
» de l'infurrection qui fe manifefte dans l'intérieur
» du royaume? & comment y remédier, fans appliquer le remede au mal qui l'agite?

» Les communautés ont fait des demandes; ce
» n'eft pas une conftitution qu'elles ont defirée:
» elles n'ont formé ce vœu que dans les bailliages.
» Qu'ont-elles donc demandé? Que les droits d'aides
» fuffent fupprimés; qu'il n'y eût plus de fubdélégués; que les droits féodaux fuffent allégés ou
» changés »,

» Les communautés voient, depuis plus de trois
» mois, leurs représentans s'occuper de ce que nous
» appellons, & ce qui est, en effet, la chose publi-
» que : mais la chose publique leur paroît, sur-tout,
» la chose qu'elles desirent, & qu'elles souhaitent
» le plus ardemment d'obtenir.

» D'après tous les différens qui ont existés entre
» les représentans de la nation, les campagnes n'ont
» connu que les agens, avoués par elles, qui solli-
» citoient leur bonheur, & les personnes puissantes
» qui s'y opposoient. Qu'est-il arrivé dans cet état
» de choses ? elles ont cru devoir s'armer contre la
» force, & aujourd'hui elles ne connoissent plus de
» frein. Aussi résulte-t-il de cette disposition, que
» le royaume flotte entre l'alternative de la destru-
» ction de la société, ou d'un gouvernement qui
» sera admiré de toute l'europe.

» Comment établir ce gouvernement ? Par la
» tranquillité publique. Comment l'espérer cette tran-
» quillité ? En calmant le peuple ; en lui montrant
» qu'on ne lui résiste que dans ce qu'il est intéressant
» pour lui de conserver. Pour parvenir à cette tran-
» quillité, si nécessaire, je propose qu'il soit dit, que
» les représentans de la nation ont décidé que l'im-
» pôt sera payé par tous les individus du royaume
» dans la proportion de leurs revenus : que toutes
» les charges publiques seront à l'avenir également
» supportées par tous : que tous les droits féodaux

» feront rachetables, par les communautés, en argent,
» ou échangées fur le prix d'une jufte eftimation : que
» les corvées feigneuriales, les mains-mortes, &
» autres fervitudes perfonnelles, feront détruites fans
» rachat ».

Ce n'étoit que le prélude des facrifices auxquels
on vouloit forcer la nobleffe & le clergé. Mais il
ne falloit pas d'abord les effrayer par des demandes
trop évidemment injuftes. On avoit habilement calculé les moyens de donner une extention illimitée,
aux abandons que la générofité ou la crainte leur
feroient confentir.

Le duc d'Aiguillon appuya la motion du vicomte
de Noailles. Le fieur Leguen de Kerangal, pro-
priétaire-cultivateur & député de Bretagne, monta
en habit de payfan à la tribune, & lut, avec peine,
un long difcours compofé pour la circonftance.

« Vous euffiez prévenu, meffieurs, l'incendie des
» châteaux, fi vous euffiez été plus prompts à dé-
» clarer que les armes terribles qu'ils contenoient,
» & qui tourmentoient le peuple depuis des fiecles,
» alloient être anéanties par le rachat forcé que
» vous en avez ordonné. Le peuple impatiant d'ob-
» tenir juftice, & las de l'oppreffion, s'empreffe
» à détruire ces titres; monumens de la barbarie de
» nos peres! Soyons juftes, meffieurs, qu'on nous
» apporte ces titres, outrageant non-feulement la
» pudeur, mais l'humanité même! ces titres qui

» humilient l'espece humaine, en exigeant que des
» hommes foient attelés à des charrettes comme
» les animaux du labourrage! Qu'on nous apporte
» ces titres qui obligent les hommes à paller la nuit
» à battre les étangs, pour empêcher les grenouilles
» de troubler le repos de leurs feigneurs voluptueux!
» Qui de nous ne feroit pas un bûcher expiatoire
» de ces infames parchemins, & ne porteroit pas
» le flambeau pour en faire un facrifice fur l'autel
» du bien public?

» Vous ne ramenerez, messieurs, le calme dans
» la France agitée, que quand vous aurez promis
» au peuple que vous allez convertir en argent, ra-
» chetables à volonté, les droits féodaux quelconques;
» & que les lois, que vous allez promulguer, anéan-
» tiront jufqu'aux moindres traces de ce régime
» oppreffeur. Dites-lui que vous reconnoiffez l'in-
» juftice de ces droits acquis dans des temps d'i-
» gnorance & de ténébres : il ne faut que remonter
» à l'origne des caufes qui ont fucceffivement produit
» l'afferviffement de la nation Françoife, pour dé-
» montrer que la force feule & la violence nous ont
» foumis à un régime féodal. . . . Je frémiffois hier
» d'indignation de voir adopter, de fang-froid,
» la motion qui tendoit à punir les malverfations
» commifes dans les châteaux! »

Lapoule, député de Franche-Comté, parla de
prétendues obligations imposées à des vaffaux de

nourrir les chiens de leurs feigneurs. Il ofa dire qu'il exiftoit, dans certains cantons, un droit qui autorifoit le feigneur à faire éventrer deux de fes vaffaux au retour de la chaffe, pour fe délaffer en mettant fes pieds dans leurs ventres fanglans!

Les nobles s'éleverent, avec indignation, contre ces impoftures groffieres; ils fommerent Leguen de Kerangal & Lapoule de prouver lexiftence, & fur-tout l'ufage de ces droits ridicules & atroces; mais leurs voix furent étouffées par des clameurs.

Le duc du Châtelet, tourmenté d'inquiétudes & de folles terreurs, faifit une occafion fi favorable de fe montrer attaché aux intérêts du peuple; il témoigne fon regret d'avoir été devancé par le vicomte de Noailles, & par le duc d'Aiguillon, dans la motion de détruire les droits féodaux; il affure l'affem-blée qu'il a écrit à fes gens d'affaires de ceffer le recouvrement de quelques-uns de ces droits, & d'admettre fes vaffaux au rachat des autres : mais, ajoute le duc, fi mes bonnes intentions ont été pré-venues, je demande que l'affemblée aboliffe les dîmes en nature, & les convertiffe dans une prefta-tion en argent fixée à un taux modéré. L'évêque de Chartres alors préfente comme une acte de juftice l'extinction du droit exclufif de la chaffe; Virieu, profcrivant la race entiere des pigeons, vote la deftru-ction des fuies & des colombiers; l'avocat Babey conclut à la fuppreffion des juftices feigneuriales;

un noble demande l'adminiſtration gratuite de la juſtice ; un autre, l'abolition de la vénalité des charges de magiſtrature ; un troiſieme, celle des jurandes & des maîtriſes ; deux curés à portion congrue réclament l'exécution des lois canoniques contre la pluralité des bénéfices ; l'archevêque d'Aix veut que l'aſſemblée ſupprime les droits de contrôle, d'inſinuation, de centieme denier, ſi contraires à la liberté des contrats ; un curé : que l'on réduiſe les impôts aux taux où ils étoient ſous le cardinal de Fleury ; l'évêque de Niſmes : que l'on exempte de toute impoſition & de toute charge les artiſans & les manœuvres qui n'ont aucune propriété : Foucauld d'Ardimalie, tombant avec force ſur ſes vils courtiſans, hardis déprédateurs du tréſor public dans les temps du deſpotiſme, mais depuis que le roi n'eſt rien, & que le peuple eſt tout, devenus de bas démagogues, leur reproche les graces accordées à l'intrigue, ces penſions non-méritées, qu'ils ont accumulées ſur leurs têtes, & qu'ils ne parlent point de régorger.

Toutes ces motions, reçues avec des acclamations bruyantes, ſont décrétées. Il eſt inutile, dit-on, de les rédiger ; il ſuffit d'établir les principes : des lois réglementaires, conſervatrices, garantiront les droits d'une légitime propriété. On interrompt, par des murmures, ceux qui tentent de préſenter quelques conſidérations ſur la précipitation & la légerté

M 3

avec laquelle on prononce du fort & de la fortune
d'une foule d'individus de tous les ordres. . . . les
députés debout, & confondus pêle-mêle au milieu
de la falle, s'agitent & parlent à-la-fois : ceux des
communes, par un feint enthoufiafme, par des
applaudiffemens prodigués à chaque nouvel abandon,
s'efforcent d'entretenir le délire : l'affemblée offre
l'afpect d'une troupe de gens ivres, placés dans un
magafin de meubles précieux, qui caffent & briffent,
à l'envie, tout ce qui fe trouve fous leurs mains.
Lally-Tolendal, témoin paffif de ces extravagances, fait paffer un billet à Chapelier, fur lequel il
écrit : —— Perfonne n'eft plus maître de foi, levez
la féance. Tout-à-coup une foule de voix s'écrient
que les particuliers ayant fait l'abandon de leurs
droits & de leurs privileges, il eft jufte que les provinces & les villes abandonnent également des privileges & des droits qui pefent fur la plus grande
partie du royaume, & mettent une difproportion
choquante dans la répartition de l'impôt. Après un
moment de tumulte, le marquis de Blacons, au
nom du Dauphiné, prononce une renonciation folemnelle : les autres provinces fuivent l'exemple du
Dauphiné : les villes imitent les provinces : des
invitations impérieufes hâtent les députés qui balan-
cent : un fentiment de haine, un defir aveugle de
vengeance, & non l'amour du bien, femblent animer
les efprits : chaque parti veut atteindre fon adverfaire,

lui porter des coups, fans s'embarraffer de ceux qu'il reçoit lui-même en fe mettant trop à découvert : tous les intérêts, toutes les paffions fe heurtent, fe combattent. Bientôt l'antique conftitution Françoife, écroulant avec fracas fous les coups redoublés que lui portent une troupe de furieux, n'offre plus, aux regards étonnés, qu'un amas informe de ruines & de débris !

L'affemblée nationale fe traînoit pefamment fur la déclaration des droits de l'homme, lorfque Necker & les miniftres, la forçant de defcendre un moment de cet échafaudage philofophique, vinrent lui préfenter l'effrayant tableau de la fituation du royaume, & le tableau, plus effrayant encore, de la détreffe du tréfor public.

Necker avoit penfé qu'en prenant les miniftres dans le fein de l'affemblée, & qu'en les choififfant parmi les membres qui réuniffoient les fuftrages du parti populaire, il s'établiroit une correfpondance amicale entre le miniftere & l affemblée. Necker ne pouvoit plus fe diffimuler les vues fecretes des agens de la révolution : ils marchoient à grands pas à l'anéantiffement de l'autorité royale ; par conféquent, à l'anéantiffement de l'autorité miniftérielle. Necker crut qu'avec le fecours de Lally, de Clermont, de Mounier, de Virieu, il conduiroit l'affemblée : que le miniftere agiffant de concert avec elle, il fe rendroit maître des événemens. Necker s'étoit trompé

dans le choix des nouveaux miniſtres. L'archevêque
dé Bourdeaux, faux par caraċtere, ſans principes,
ſans talens, n'ayant pour moyens que de petites
intrigues, & une ambition démeſurée, ſépara bientôt
ſes intérêts perſonnels de ceux de Necker, & de
ceux de l'aſſemblée. L'archevêque, ainſi que tous les
prêtres qui l'avoient précédé dans le conſeil, vouloit
être premier miniſtre & cardinal.

Le comte de Latour-du-Pin n'avoit ni aſſez
de conſidération ni aſſez d'énergie pour les cir‑
conſtances. Les troupes, travaillées en tout ſens par
les révolutionnaires, étoient dans une inſubordination
anarchique : il eût fallu rétablir la diſcipline militaire,
ratacher les troupes au monarque & à la loi. Le
comte de Latour-du-Pin, foible, incertain, ne
ſut faire reſpeċter ni le monarque ni la loi.

Monſieur de Saint-Prix étoit peut-être plus
capable de ſeconder les vues de Necker. Ferme,
aċtif, mais trop habitué, par un long ſéjour à con‑
ſtantinople, aux formes deſpotiques d'un gouverne‑
ment arbitraire, il n'avoit point ce moëlleux, cette
dextérité, ni ſur-tout cette diſcrétion prudente, ſi
néceſſaire à la réuſſite d'une grande entrepriſe:
d'ailleurs les miniſtres connoiſſoient la haine ſecrete de
la reine & du roi pour Necker; ils voyoient le véritable
état des choſes; ils ne ſe trompóient point ſur le peu
de crédit de Necker dans l'aſſemblée; ils regardoient,
avec raiſon, l'aſſemblée comme le ſeul obſtacle qu'ils

euſſent à vaincre, pour élever leur propre fortune ſur
la fortune chancelante de Necker, & travailloient
ſourdement à ſa diſſolution. Ainſi chaque miniſtre
en particulier, & tout le miniſtere en général,
étoit l'ennemi ſecret de l'aſſemblée.

Cependant, ſoit pour mieux cacher leurs deſſeins,
ſoit dans la vue d'inſpirer plus de confiance au peuple, en lui donnant une preuve oſtenſible qu'il regnoit l'union la plus intime entre le gouvernement
& les repréſentans de la nation, les miniſtres ſe
rendirent en corps à l'aſſemblée.

De nombreux applaudiſſemens les accueillirent à
leur entrée dans la ſalle. L'orgueil de l'aſſemblée
fut flatté de voir des hommes qu'elle avoit mis à la
tête des affaires, lui rendre l'hommage ſolemnel
d'une autorité qu'ils tenoient d'elle. Mais les miniſtres
venoient moins offrir un hommage à l'aſſemblée,
qu'ils ne venoient lui adreſſer des reproches indirects
de ſes entrepriſes continuelles contre l'autorité royale,
& lui mettre ſous les yeux le tableau, malheureuſement trop vrai, des maux qui déſoloient la France.

L'archevêque de Bourdeaux dit : « Les propriétés
» ſont violées dans les provinces, des mains incen-
» diaires ravagent les habitations du citoyen! Les
» formes de la juſtice ſont méconnues, & remplacées
» par des voies de fait & par des proſcriptions! On
» a vu dans quelques lieux menacer les moiſſons, &
» pourſuivre les peuples juſque dans leurs eſpérances!

» On envoie la terreur & les alarmes par-tout où
» l'on ne peut envoyer des déprédateurs! La licence
» est sans frein, les lois font sans force, les tribu-
» naux sans activité! La défolation couvre une
» partie de la France, & l'éffroi la faifie toute
» entiere! Le commerce & l'induftrie font fufpendus;
» les afyles de la piété même ne font plus à
» l'abri de ces emportemens meurtriers! Ces cir-
» conftances, meffieurs, exigent que vous preniez les
» plus promptes mefures pour réprimer l'amour
» effréné du pillage. Rendez à la force publique la
» confiance qu'elle a perdue : ce n'eft point celle
» que vous autoriferez qui fera dangereufe; c'eft
» le défordre armé qui le deviendra chaque jour
» davantage. Confidérez, meffieurs, que le mépris
» des lois exiftantes, menaceroit bientôt celles qui
» vont leur fuccéder : c'eft aux lois que la licence
» aime à fe fouftraire; non parce qu'elles font
» mauvaifes, mais parce qu'elles font des lois ».

Necker fixa l'attention de l'affemblée fur le trifte
état des finances. A fa rentrée dans le miniftere, au
mois d'août, mil fept cent quatre-vingt-huit, il
n'y avoit au tréfor royal que 2,400,000 livres en
écus ou en billets. Le déficit entre les revenus &
les dépenfes ordinaires étoit énorme; & les opérations, antérieures à cette époque, avoient détruit
entiérement le crédit. Les fecours immenfes en bled,
que le roi s'étoit vu forcé de procurer à fon royaume,

avoient donné lieu non - feulement à des avances confidérables, mais avoient encore occafionné une perte d'une grande importance. Plufieurs autres dépenfes extraordinaires, amenées par la néceffité, concouroient à augmenter l'embarras des finances. La caufe la plus puiffante de la fâcheufe fituation où elles fe trouvoient, c'étoit la diminution du revenu ; les produits des droits d'aides, de gabelles & de tabacs, étoient réduits à moins de moitié ; la contrebande fe faifoit par convois & à force ouverte ; les barrieres de la capitale n'étoient pas rétablies ; le peuple refufoit le paiement de la taille, du vingtieme & de la capitation ; les receveurs généraux & les receveurs particuliers ne pouvoient tenir leurs traités.

Le miniftre conclut par demander un emprunt de trente millions, à cinq pour cent, fans retenue ; & ne diffimulant point à l'affemblée combien il defiroit de voir finir cette feffion : —— « Il eft urgent, meffieurs, » de terminer la conftitution : deux mois fuffifent, » fans doute, pour achever les grands travaux » dont l'affemblée eft occupée ; & pour établir » un ordre permanent, & tel que la France a droit » de l'attendre du zele éclairé des repréfentans de la » nation, & des difpofitions juftes & bienfaifantes » de fa majefté. J'efpere avec trente millions pourvoir » aux befoins indifpenfables pendant l'intervalle que » je viens d'indiquer ; mais il n'y a pas un inftant » à perdre pour raffembler cette fomme.

» Meffieurs le gouvernement ne peut plus rien,
» l'affemblée feule a encore quelques moyens pour
» réfifter à l'orage : quant à moi j'ai rempli ma
» tâche; je dépofe entre vos mains la connoiffance
» des affaires; & de quelques moyens que vous
» faffiez choix, mon devoir fe borne à refpecter
» vos opinions, & à donner, jufqu'au dernier mo-
» ment, des témoignages de zele & de dévouement.

» Vous voyez les défordres qui regnent de toutes
» parts dans ce royaume; ces défordres s'accroîte-
» ront fi vous n'y portez pas une main falutaire
» & confervatrice : il ne faut pas que les matériaux
» du bâtiment foient difperfés, ou anéantis, pendant
» que les plus habiles architectes en compofent le
» deffein ».

Le difcours du garde - des - fceaux & du directeur
des finances, rempli d'une déférence marquée pour
l'affemblée, augmenta l'enthoufiafme. Clermont-l'O-
dève, fans attendre que les miniftres fe fuffent retirés,
propofa de voter l'emprunt par acclamation. Je
demande, s'écrie le comte de Mirabeau, la profcription de ce vil efclave! Plufieurs députés réclament
la délibération & l'abfence des miniftres; les miniftres
fortent. Camus dit alors qu'avant toute déciffion, le
comité des finances doit préfenter l'état de la fituation
du royaume. Meffieurs, ajouta Mirabeau, vos mandats vous interdifent tout votement d'emprunt : je
vois cependant un moyen de venir au fecours de la

chose publique, sans manquer à ce que nous devons à nos commettans ? c'est de faire un emprunt sous l'engagement des membres de l'assemblée. Ce moyen est noble & patriotique; il montre aux yeux de l'europe une fidélité inflexible pour les mandats; il appelle l'esprit public, & donne l'exemple des sacrifices.

Les ennemis particuliers des ministres se réunirent à Mirabeau; mais une considération mieux fondée, vint se joindre à l'esprit de parti qui divisoit l'assemblée : prononcer que l'intérêt du premier emprunt, qu'autorisoit l'assemblée nationale, seroit à cinq pour cent, sans retenue, c'étoit décider en faveur des capitalistes & des agioteurs la grande question de l'imposition des rentes. Les députés des provinces s'appercevoient, avec douleur, que, tandis que par les liquidations ruineuses on accumuloit une masse énorme d'impôts sur les propriétés territoriales, il existoit une autre espece de propriété plus avantageuse aux propriétaires, produisant un intérêt plus considérable de sa mise de fonds, que l'on s'efforçoit de soustraire à l'impôt.

Le marquis de la Coste assura que le peuple, accablé de misere, ne pouvoit fournir les secours dont l'état avoit besoin; qu'il existoit cependant un moyen, & que c'étoit à l'assemblée à le peser dans sa sagesse. — Déclarez, messieurs, que les biens ecclésiastiques appartiennent à la nation ; donnez aux fitulaires, pendant leur vie, un revenu égal à celui dont ils jouiſſent ; augmentez la dotation des curés; fixez les honoraires des évêques , & détruiſez les ordres monaſtiques : vous trouverez , tout - à - coup, des ſommes immenſes, capables de remplir le vuide du tréſor, & de fournir aux engagemens de l'état.

Alexandre Lameth s'efforça de montrer que s'em- parer des biens du clergé, ce n'étoit point attaquer les propriétés. C'eſt à la ſociété même, dit Lameth, qu'on a donné, le jour que l'on a fait une fondation, ce qui le prouve, c'eſt que la ſociété ou le corps l'égiſlatif qui la repréſente, ſe trouvent toujours entre le fondateur qui donne & le corps politique qui reçoit : perſonne, ſans doute, ne refuſera à la nation le droit exercé juſqu'à ce jour par le gou- vernement, & par les tribunaux, de ſupprimer les corps politiques, dont l'inutilité ou le danger ſont reconnus, & de faire de leurs biens l'uſage le plus utile à la ſociété.

Cette atteinte à la propriété du clegé, excita quel- ques murmures : mais la délibération ayant repris, ſur la demande du directeur général des finances, on ne parla plus de la motion de monſieur de la Coſte. Ce- pendant cette idée, jetée artificieuſement au milieu de la nation, germa dans les eſprits : les journaux la développerent; elle fut adoptée avec enthouſiaſme par les capitaliſtes, & par le peuple lui - même, toujours jaloux des richeſſes qu'il ne poſſede pas, &

auquel on fit accroire que la vente des biens eccléfiaftiques, en éteignant la dette, diminueroit l'impôt.

L'emprunt paffa : l'affemblée réduifit l'intérêt à
quatre & demi pour cent; elle changea d'autres difpofitions avantageufes aux capitaliftes, & propres à
favorifer l'agiotage. Ces changemens ne furent point
concertés avec le miniftre. Necker, furieux, abandonna l'emprunt à lui-même. Il lui importoit de
prouver à l'affemblée que de fon crédit perfonnel
dépendoit le crédit de l'affemblée; qu'elle échoueroit
toutes les fois qu'elle fe fépareroit de lui dans fon
fyftême de finance. Alors commença entre le miniftre & l'affemblée cette lutte fi nuifible à la chofe
publique : lutte dans laquelle chacun s'efforça d'abattre
fon adverfaire, de contrarier fes opérations. La mé-
fintelligence éclata bientôt ouvertement : le miniftre
& l'affemblée s'accuferent d'impéritie, de mauvaife
foi; s'ils parurent, dans certaines circonftances, fe
rapprocher, ce ne fut que pour fe tendre mutuellement des pieges.

Les capitaliftes & les agioteurs, alarmés des difpofitions qu'avoient montrées quelques députés des
provinces, refuferent de s'intéreffer dans l'emprunt ;
ils firent plus, ils l'empêcherent de réuffir : fentant
la néceffité d'arrêter, dès l'origine, les entreprifes de
l'affemblée, ils voulurent lui montrer qu'eux feuls
avoient fait fa force lors de la révolution du quatorze
juillet, & qu'ils pouvoient la perdre, fi elle s'obftinoit
à agir contre leurs intérêts.

On répandit, avec profusion, un écrit intitulé
Sauvez-nous ou sauvez-vous! On y disoit : — « De
» vaines déclamations sur Paris, sur les agioteurs,
» sur la banque, ont égaré l'esprit public : vous
» vous êtes rendus coupables sans le vouloir ; mais
» la promptitude avec laquelle vous réparerez vos
» torts, les excusera auprès de la nation : autrement
» rien ne peut vous dérober à la juste vengeance
» de vos commettans. . . . Vous vous êtes trompés
» par le défaut de connoissance des hommes, des
» affaires & des localités : tremblez qu'à la suite
» de vos triomphes, l'histoire n'ait à salir ses pages
» de douze cents parricides! L'agiotage s'est détruit
» de lui-même ; l'aristocratie des agens de change
» est éteinte ; la caisse d'escompte sans moyens ; les
» lois sans forces ; l'état sans appui : craignez que
» les colonnes du temple, ébranlées par des mains
» vigoureuses, ne vous écrasent sous leurs débris!
» La défiance va s'étendre de l'extrêmité du royaume
» à l'autre : il s'en suivra la dissolution de la finance,
» du commerce & des consommations ; enfin, de
» l'assemblée nationale. Si elle y avoit réfléchi, elle
» auroit vu que, dans un temps de trouble & d'a-
» narchie, une nation sage doit proclamer une loi
» martiale, financiere, & donner carte blanche au
» général de la finance. (Ici l'on voit Necker tout
» entier.) Direz-vous que Paris n'est pas le royau-
» me? & quel plaisir barbare pouvez-vous vous
promettre,

» promettre, lorsque sous le prétexte vain de venger
» la France, de l'aristocratie prétendue d'une ville,
» vous aurez armé la moitié du royaume contre
» l'autre? La nation partagée entre vous, ses enfans
» légitimes, & le ministre, son enfant adoptif,
» peut vous déshériter en faveur de celui-ci. Vous
» êtes sur le bord du précipice; les déterminations
» que vous allez prendre, d'ici à trois jours, déci-
» deront du destin de la France : — *Sauvez-nous*
» *ou sauvez-vous!* »

Quelques jours après la publication de cet écrit,
Necker vint annoncer le mauvais succès de l'emprunt;
il adressa des reproches amers à l'assemblée; se plaignit des changemens qu'elle s'étoit permis d'apporter à son plan; demanda que l'assemblée décrétât
un nouvel emprunt de quatre-vingt millions, moitié
en contrats & moitié en argent. Cette forme calculée avec les agioteurs, dont elle favorisoit le jeu,
réduisoit l'emprunt à quarante millions; mais elle
laissoit au ministre la facilité de l'étendre à soixante-
dix millions, en remettant dans le commerce les
contrats qui y seroient portés : les agioteurs & les
capitalistes profiterent de la circonstance critique où
se trouvoit l'assemblée, pour assurer leurs créances,
& décider, à leur avantage, la grande question de
l'imposition des rentes dues sur l'état. Revenus de la
fausse idée qu'ils avoient conçue du crédit de Necker,
ils reconnurent la nécessité de se faire un parti

puiſſant dans l'aſſemblée : abandonnant donc Necker, qui ne pouvoit plus les ſervir, ils ſurent réunir à leurs intérêts l'évêque d'Autun, Mirabeau, Chapelier, Barnave, & les membres qui avoient le plus d'in- fluance. L'évêque d'Autun dit qu'il étoit néceſſaire d'affermir le crédit public ; que le moyen le plus efficace, étoit de prononcer, d'une maniere bien poſitive ſur la part des créanciers de l'état ; qu'il ſeroit ſouverainement injuſte de faire ſupporter aux rentes la plus légere impoſition ; que ce ſeroit une infraction à la foi publique ; qu'une réduction par- tielle des rentes, ſous le nom d'impoſition, étoit auſſi coupable en principe qu'une ſuppreſſion totale.

Ce fut avec cette logique brillante, & lumineuſe, que l'évêque d'Autun propoſa de décréter que l'aſ- ſemblée nationale renouvelloit & confirmoit les arrêtés du quatorze juillet & du treize juin, par leſquels elle avoit mis les créanciers de l'état ſous la ſauve-garde de l'honneur & de la loyauté Françoiſe : en conſéquence qu'elle déclaroit que dans aucun cas, ſous aucun prétexte, il ne pouvoit être fait aucune nouvelle retenue, ni réduction quelconque, ſur aucune partie de la dette publique.

Mirabeau, qui s'étoit oppoſé au premier emprunt, appuya la motion de l'évêque d'Autun. Je conſens, dit Glezen, qu'on décrete l'emprunt ; mais il n'eſt pas auſſi preſſant de ſanctionner la non-réductibilité de la dette publique : le miniſtre n'a pas demandé

cette fanction comme un moyen néceffaire du fuccès
de l'emprunt. Chapelier affura que la queftion étoit
décidée par les arrêtés du dix-fept juillet & du
treize juin. Tous les capitaliftes & les agioteurs de
l'affemblée (& il y en avoit beaucoup) fe leverent
en tumulte ; crierent que le royaume étoit perdu, fi
l'on différoit un feul inftant de reconoître les grands
principes, démontrés d'une maniere fi triomphante
par l'évêque d'Autun : on ne laiffa pas le temps de
la réflexion. L'affemblée humiliée des reproches de
Necker, effrayée des menaces des capitaliftes, adopta
le décret, & facrifia, par une foibleffe coupable,
les provinces à Paris, les propriétaires aux capitaliftes
& aux agioteurs de Paris. L'affemblée, débarraffée
des inquiétudes que lui caufoient les finances, reprit le grand œuvre de la conftitution : mais
avant de fuivre l'affemblée dans cet important
travail, jetons un coup-d'œil rapide fur la fituation
de Paris. Cette ville remplie de déferteurs, de vagabonds, attirés par l'efpoir du pillage, & affluant
de toutes les parties de la France & même des
pays étrangers, offroit l'image alarmante d'une prochaine déforganifation fociale. Lafayette & Bailli,
fatigués de cette multitude d'hommes fans états,
fans moyens de fubfiftance, prirent des mefures
pour en débarraffer la capitale. Les révolutionnaires
euffent bien voulu les retenir à Paris ; c'étoient des
inftrumens utiles à l'exécution de leurs fecrets def-

feins. . . ils fervoient, en attendant, à fomenter le défordre, à prolonger l'anarchie, à tenir le peuple dans une continuelle agitation : car on fentoit que fi le peuple reprenoit fon ancienne tranquillité, qu'il parvint à fe raffurer fur les prétendus complots des ariftocrates, on ne pourroit plus le porter fi facilement aux excès que l'on fe propofoit de commettre fous fon nom. Auffi avoit-on grand foin d'alimenter fes craintes ; de lui fournir fans ceffe de nouvelles inquiétudes. On répandoit, avec affectation, des matieres fulphureufes & bitumineufes fur le paffage des patrouilles. Quelques hommes apoftés abandonnoient, en s'enfuyant, des barils remplis de poudres combuftibles ; & cela, pour perfuader au peuple qu'il exiftoit un projet d'incendier Paris. On avoit, difoit-on, faifi à la Douane des caiffes de poignards ; mais l'on ne parloit ni de ceux à qui elles étoient adreffées, ni de ceux par qui elles étoient envoyées. On femoit des bruits alarmans fur l'approvifionnement de Paris : cet approvifionnement, ajoutoit-on, eût pu fe faire avec la plus grande facilité : la cherté & la rareté du pain font les fruits de complots parlementaires & ariftocratiques : les nobles & les privilégiés brûlent les moulins ; défendent à leurs fermiers & à leurs vaffaux de vendre leurs bleds : le miniftere s'efforce, lui-même, d'entretenir la difette : il a fait de fauffes fpéculations fur les farines tirées de l'étranger : il veut que ces farines avariées & pourries fe confomment ; il empêche l'arrivée des bleds nouveaux. On infinuoit que Necker étoit un des auteurs de ce monopole.

Des manœuvres, encore plus adroitement combinées, concouroient à augmenter les alarmes du peuple; on faifoit fortir, miftérieufement de Paris, quelques charretées de bled; les conducteurs avoient ordre de dire que c'étoit du fel & du riz qu'ils menoient au Havre : tout-à-coup une jeune fille, ou quelque vieille femme, perçoit un des facs; il en tomboit du bled. On crioit que les ariftocrates enlevoient le bled de Paris; qu'ils vouloient faire mourir le peuple de faim. La populace s'ameutoit; conduifoit les charrettes au diftrict ou à la halle, & diftribuoit le bled : mais les charretiers & les chevaux difparoiffoient pendant le tumulte. C'eft par ces moyens coupables que l'on excitoit la haine & la fureur du peuple contre la nobleffe & le clergé; que l'on attaquoit Necker & les miniftres dans l'opinion, & qu'en tourmentant fans ceffe le peuple, on préparoit les journées du cinq & fix octobre qui, dans les projets des conjurés, devoient amener l'heureux terme de leurs travaux.

A ces caufes de troubles, fans ceffe renaiffantes, fe joignirent d'autres caufes non moins puiffantes, mais qui tiennent plus particuliérement au caractere françois: l'unité fociale rompue, chaque corporation, chaque individu, fe croyoit l'état & la nation. Un délire univerfel fembloit s'être emparé des têtes:

tout étoit corps délibérant. Les foldats aux gardes
délibéroient à l'Oratoire ; les garçons tailleurs à la
Colonnade ; les perruquiers aux Champs - Elysées ;
quatre mille domeftiques ouvrirent leurs séances au
Louvre, malgré les défenfes de la municipalité &
les efforts de la garde - nationale ; trois mille garçons
cordonniers s'affemblerent à la place Louis XV, pro-
noncerent que ceux qui feroient des fouliers au deffous
du prix convenu, feroient chafsés hors du royaume.
Mais rien n'égaloit l'anarchie des diftricts ; tous
avoient un comité permanent, un comité de police,
un comité militaire, un comité civil, un comité de
fubfiftance. Chaque comité étoit muni de fon préfident, de fon vice - préfident, de fes fecrétaires ;
chaque diftrict s'attribuoit le pouvoir légiflatif : chaque comité le pouvoir exécutif. Les cabales, les
intrigues décidoient les élections : on diftribuoit des
cartes, fur lefquelles étoient infcrits les noms de
ceux qu'il falloit nommer. La manie des épaulettes
avoit faifi les bourgeois. . . . Avocats, procureurs,
clercs de notaires, artiftes, marchands, courtauts de
boutiques, comédiens, tous vouloient être officiers
& demandoient des épaulettes !

La mefintelligence éclata bientôt entre les diftricts
& la commune de Paris ; les diftricts avoient nommé deux députés, pour former l'affemblée de
l'hôtel de Ville, fous le nom de repréfentans de la
commune ; ils prétendirent que ces repréfentans n'é-

toient que de simples commis soumis aux districts, obligés de rendre compte de leurs opérations; révocables à volonté, & dont ils pouvoient casser les décisions lorsqu'elles ne leur convenoient pas. En conséquence les districts faisoient afficher des délibérations contraires à celles que prenoient, à la ville, les représentans de la commune : souvent ce qui étoit rejeté par un district, étoit admis par un autre; delà une bigarrure ridicule d'arrêtés contradictoires.

Les districts composés d'hommes d'une ignorance grossiere, d'une impéritie absolue dans les matieres d'administration, d'ouvriers transportés de leurs atteliers, de leurs forges, de leurs boutiques, au milieu des délibérations publiques, offroient, aux yeux de l'observateur, le spectacle ridicule de grossieres Saturnales : les motions les plus extravagantes étoient les plus universellement adoptées. Les hommes de lois, les gens de pratique, les intrigans, aussi ignorans, mais plus cauteleux, dominoient ces assemblées bruyantes : ils en avoient chassé les citoyens instruits, en répendant contre eux des soupçons d'aristocratie, & en hurlant à chaque phrases les mots de liberté, de civisme, de souveraineté du peuple. Fiers de se voir revêtus de l'autorité de l'ancienne police, ils exerçoient la tyrannie la plus vexatoire; prononçoient des décisions arbitraires; faisoient arrêter & emprisonner les citoyens sur le plus léger prétexte. On arrachoit des hommes

N 4

& des femmes de leurs lits, par les ordres bizarres
d'un préfident de diftrict! on les forçoit de traverfer
Paris, avec fcandale, au milieu de foldats, armés de
baïonnettes, & de venir comparoître au tribunal d'un
commiffaire de police! Des filles honnêtes fe voyoient
enlever fur la porte de leur maifon, & renfermer
avec des proftituées!

Deux partis divifoient l'affemblée nationale, &
Paris, le premier que j'appellerai parti d'Orleans
ou des révolutionnaires, comptoit parmi fes principaux agens, Mirabeau, Chapelier, Barnave, Sillery,
Latouche, Menou, les Lameth, plufieurs députés
Bretons, une foule d'aventuriers de la capitale, des
étrangers, des journaliftes, des écrivains, des femmes, des chefs de diftrict.

Le fecond appellé parti conftitutionnel, où Necker
avoit Mounier, Lally, Clermont, Virieu, quelques
députés de la minorité de la nobleffe, beaucoup de
députés des communes, Lafayette, Bailli, le plus
grand nombre des membres de la municipalité, les
principaux chefs de la garde ᛭ nationale, tous ceux
enfin qui defiroient moins un changement dans le
gouvernement, qu'ils n'ambitionnoient les places de
ceux qui gouvernoient : ce parti avoit auffi fes
femmes, fes journaliftes, fes écrivains. La révolution,
difoient - ils, eft finie; en effet il l'avoient conduite
au terme néceffaire à l'exécution de leurs projets; plus
loin elle les enveloppoit dans la deftruction générale.

Les orleaniftes prétendoient que la révolution étoit à peine commencée; qu'il falloit opérer un changement total dans le gouvernement : mais ils n'étoient pas d'accord fur la nature de ce changement; les uns vouloient une république; les autres vouloient un roi qui leur dût fa royauté; & dont les intérêts, liés néceffairement aux intérêts du parti, ne leur laifsât aucune inquiétude fur les événemens qui pourroient arriver un jour.

Les uns & les autres travailloient, avec une égale ardeur, à s'emparer de l'opinion publique : les conftitutionnels dans la claffe des propriétaires & des citoyens honnêtes : les orleaniftes dans la populace qu'ils excitoient au défordre, afin d'en faire un inftrument dont ils puffent toujours difpofer.

Les deux partis fe haïffoient & fe déchiroient mutuellement ; les conftitutionnels traitoient les orleaniftes de factieux, d'ennemis de la monarchie; les orleaniftes difoient que les conftitutionnels étoient vendus au miniftere & à l'ariftocratie : les conftitutionnels dominoient dans l'affemblée & dans la municipalité; les orleaniftes maîtres du Palais - Royal, y créerent une puiffance redoutable qu'ils furent oppofer, avec fuccès, à la municipalité & à l'affemblée nationale elle - même. La cour, fpectatrice inquiete de ces mouvemens, s'étoit réunie en fecret au parti conftitutionnel; elle en avoit moins à craindre. Cette réunion d'abord foupçonnée, bientôt connue de tous, loin de fortifier ce parti, l'affoiblit, en fournissant à ses adversaires un moyen de le décrier dans l'opinion, & de le rendre odieux au peuple. Nous verrons ces deux partis sous les noms de jacobins, de républicains, de feuillans, de monarchiens, remplir la France entiere de leurs odieuses querelles; saper les fondemens de l'antique constitution monarchique; s'établir fiérement sur ses ruines; s'y battre avec fureur pour des dépouilles; ne s'accorder que dans l'injustice, la tyrannie, la rage de tout détruire; acheter la popularité par des crimes; la perdre & la recouvrer tour-à-tour : nous verrons les chefs passer de l'un à l'autre parti, selon leurs intérêts, leurs espérances, leurs craintes; & le peuple, éternel jouet de passions qui lui sont étrangeres, servir, en aveugle, l'ambition & la cupidité de quelques vils intrigans sans mérite.

Le comité de constitution fit son rapport : Mounier présenta six articles fondamentaux, & pria l'assemblée de les soumettre à la discussion; les voici :

« 1º. Le gouvernement François est monarchi-
» que : il n'y a point en France d'autorité supérieure
» à la loi : le roi ne peut commander que par elle;
» & quand il ne commande pas au nom de la loi,
» il ne peut exiger d'obéissance.

» 2º. Aucun acte de législation ne pourra être
» considéré comme loi, s'il n'a été fait par les députés
» de la nation, & sanctionné par le monarque.

» 3°. Lé pouvoir exécutif suprême, réfide exclu-
» fivement dans les mains du roi.

» 4°. Le pouvoir judiciaire ne doit jamais être
» exercé par le roi ; & les juges auxquels il eft
» confié, ne peuvent être dépofsédés de leurs offices,
» pendant le temps fixé par la loi, autrement que
» par des lois légales.

» 5°. La couronne eft indivifible & héréditaire
» de branche en branche & de mâle en mâle ; par
» ordre de promogéniture les femmes & leurs
» defcendans en font exclus.

» 6°. La perfonne du roi eft inviolable & facrée;
» mais les miniftres & les autres agens de l'autorité
» feront refponfables de toutes les infractions qu'ils
» commettront envers les lois, quels que foient
» les ordres qu'ils ayent reçus ».

Le premier article excita de longs débats, non
fur le fonds, quelque defir qu'euffent les révolutionnaires d'anéantir le gouvernement monarchique &
d'y fubftituer un gouvernement républicain : ils n'é-
toient pas alors affez puiffans pour ofer montrer à
découvert leurs intentions. Le gouvernement monarchique avoit pour lui une habitude de quatorze
cents ans, l'opinion de la France entiere, & l'exemple
de tous les grands peuples de l'europe.

Les révolutionnaires fe bornerent à demander une
définition exacte, du mot monarchique, & s'efforcerent d'infpirer des craintes fur l'étendue illimitée

que préfentoit ce mot. Une foule de députés apporterent des rédactions. Monfieur Rouffier vouloit qu'on dît : —— *La France eft un état monarchique dans lequel la nation fait la loi, & le roi eft chargé de la faire exécuter.*

Le baron de Wimpffen, entrant beaucoup mieux dans les principes révolutionnaires, nommoit le nouveau gouvernement François *une démocratie royale.* L'affemblée, après s'être perdue dans des définitions plus abfurdes les unes que les autres, revint au premier article de Mounier; les gens fages obfervoient, avec une forte d'inquiétude, les progrès de l'efprit républicain ; ils auroient defiré renverfer tout d'un coup fes efpérances, en faifant décréter ce principe : La France eft un gouvernement monarchique. Mais les révolutionnaires, fentant qu'ils feroient forcés de le confacrer, voulurent du moins en éloigner le prononcé, & le foumettre, en quelque forte, à ce qui feroit ftatué fur l'exiftance du corps légiflatif & fur le droit de fanction.

Je crois, dit le vicomte de Noailles, que l'affemblée n'eft partagée fur le projet de décret préfenté par monfieur Mounier, que parce que ce projet renferme un trop grand nombre d'articles. Dans les uns la fanction royale paroît néceffaire, elle ne le paroît pas dans d'autres; il faut donc convenir, avant tout, de la nature de cette fanction, & fi elle eft néceffaire, favoir comment elle doit être employée; il faut examiner fi l'affemblée nationale fera permanente; s'il y aura deux chambres ou une feule.

Plus le travail eft difficile, ajouta le comte de Lameth, plus nous avons befoin de méthode : le pouvoir légiflatif doit paffer avant le pouvoir exécutif: il eft néceffaire de traiter la fanction royale en point de queftion, & de voir quelle doit être l'influance du roi dans le corps légiflatif.

Monfieur de Virieu répondit qu'il falloit d'abord confacrer l'autorité royale : que le roi étant une partie conftituante du corps légiflatif, on devoit s'occuper de lui avant toutes chofes. Monfieur de Bouville ajouta qu'il ne s'agiffoit point, dans l'article premier, des droits du roi ni des droits de la nation; qu'il s'agiffoit de favoir fi le gouvernement feroit monarchique; qu'avant de propofer un plan de conftitution, il faut définitivement arrêter l'efpece de gouvernement qu'on admet; que la queftion des deux chambres & celle de la fanction royale étoient indépendantes de cette premiere queftion.

Avant de rechercher ce qu'eft le corps légiflatif, s'écria monfieur Redon, cherchons ce que nous fommes nous-mêmes pour agiter ces grandes que-ftions. Sommes-nous une puiffance ou des délégués? Avons-nous des droits à exercer ou des devoirs à remplir? Qui prétendroit que nous fommes une puiffance, elle réfide dans la nation; c'eft par elle que nous fommes ici : nous devons donc déclarer la volonté de nos commettans, & dire que le gouvernement François eft un gouvernement monarchique. Ce n'eft pas un droit que nous exerçons, c'eft la volonté de nos commettans que nous prononçons, d'après les ordres que nous en avons reçus; or cette volonté eft générale ou particuliere. Si cette volonté de nos commettans n'eft pas générale, la queftion eft foumife à la fageffe de l'affemblée, autrement nous n'avons qu'à déclarer le genre de gouvernement que nos cahiers ont voulu maintenir. Il en eft de même de la queftion des deux chambres & de la fanction royale : le filence, ou le vœu de nos commettans, décidera fi nous avons des droits à créer ou des droits à déclarer.

Péthion de Ville-Neuve fe plaignit de ce que monfieur Redon fixoit à l'affemblée des bornes trop étroites : l'affemblée exerçoit, dans ce moment, le pouvoir conftituant, puifqu'elle étoit envoyée pour faire une conftitution. Mais nous devons fuivre, dit-on, nos cahiers? Oui, fans doute, toutes les fois qu'ils font impératifs. Nos commettans ont ordonné de faire une conftitution, mais il n'y a pas fix cahiers qui ayent prévu les articles de cette conftitution : nos commettans nous ont aftreint à la fanction, mais nous fommes les maîtres de fa latitude. Nous fommes donc obligés d'interpréter cette forte de fanction; & puifque le degré de fon influence n'eſt pas prévu dans nos cahiers, chacun de nous eſt maître de la déterminer.

Bientôt naquit un nouvel incident; Lally venoit de faire, au nom du comité de conſtitution, un ſecond rapport; il y poſoit les queſtions ſuivantes : Le corps légiſlatif ſera-t-il permanent? ſera-t-il compoſé d'une ou deux chambres?

Rabaud montra la dépendance mutuelle de ces deux queſtions; & ſur-tout l'influance que leur déciſion différente pourroit produire ſur la nature de la ſanction. Rappellant l'ordre naturel des idées, qui ſembloit exiger que l'on déterminât la nature du pouvoir légiſlatif avant d'examiner ſes dépendances, il demanda que la déciſion de la ſanction royale fût renvoyée après la diſcution de la permanence de l'aſſemblée & de ſa diviſion en deux chambres : la permanence de l'aſſemblée ne ſouffrit aucune difficulté.

La propoſition de diviſer le corps légiſlatif en deux chambres, excita les réclamations des nobles & de la plus grande partie des députés des communes : ceci tient à une intrigue que je dois développer; mais auparavant faiſons connoître le plan de Lally-Tolendal.

« Le corps légiſlatif ſera partagé en deux cham-
» bres : la premiere ſous le nom de repréſentans,
» compoſée de ſix cents membres élus par le peuple :
» la ſeconde, ſous le nom de ſénat, compoſée de
» deux cents membres nommés à vie, par le roi,
» ſur la préſentation des départemens,

» La chambre des repréfentans aura le droit
» excluſif de délibérer ſur les ſubſides; d'en fixer
» l'étendue, le mode, la durée, d'après la demande
» qui en ſera faite par le roi.

» Le ſénat ne pourra que conſentir ou refuſer,
» purement ou ſimplement, l'acte que lui enverront
» les repréfentans : à ces derniers ſeuls appartiendront
» non-ſeulement la délibération premiere, mais même
» l'entiere rédaction de toute loi burſale.

» Le ſénat formera un tribunal ſuprême de juſtice,
» mais dans un ſeul cas : c'eſt devant lui que ſeront
» pourſuivis, & par lui que ſeront jugés publique-
» ment, tous les agens ſupérieurs du pouvoir public,
» accuſés d'en avoir fait un uſage contraire à la loi.
» La chambre ſeule des repréfentans pourra intenter
» l'accuſation : tout particulier, & même tout corps,
» ne pourra que dénoncer aux repréfentans.

» La police intérieure de chaque chambre, lui
» appartiendra privativement. Du reſte tout autre
» acte de légiſlation, pourra prendre naiſſance
» indifféremment dans l'une ou dans l'autre cham-
» bre : il ne faut pas que l'une des deux ait ſur
» l'autre l'avantage d'exercer une cenſure continuelle;
» il ne faut pas qu'une bonne loi meure, parce que
» l'idée en eſt venue dans le ſénat plutôt que parmi
» les membres des repréfentans : il faut qu'il exiſte
» entre les chambres une noble émulation à qui
» ſervira le mieux l'état, & un reſpect réciproque,

pa

» par l'idée qu'elles font deftinées à fe juger tour-à-tour.
» Ainfi l'acte pafsé dans une chambre, fera porté à
» l'autre chambre, & après le confentement des
» deux chambres il fera porté à la fanction royale.
» Il faudra la réunion des trois volontés, pour en
» faire une loi. Sans l'accord des deux chambres,
» l'acte ne fera pas même annoncé au roi; & fans la
» fanction du roi, l'accord des deux chambres n'aura
» rien produit. Le roi convoquera le corps légiflatif
» aux époques fixées par la conftitution; il pourra
» le proroger, & même le diffoudre, pourvu qu'à
» l'inftant même il en convoque un nouveau.
» Les deux chambres auront la négative ou le
» veto l'une fur l'autre, & le roi l'aura fur les deux
» chambres ».

Dès l'ouverture des états-généraux, Necker avoit in-
finué dans fon difcours qu'une feule chambre étoit plus
propre à créer, & que deux chambres étoient plus propres à conferver. Le projet d'établir deux chambres exiftoit donc même avant l'ouverture des états-généraux :
ce projet peut-être conçu par Necker, adopté par fes
partifans, n'excluoit pas le projet également formé
d'anéantir la diftinction des ordres, & de réduire la
nobleffe à une fimple prérogative d'opinion qui, ne lui
donnant aucun rang marqué dans l'état, eût bientôt
ceffé d'être même une opinion, & eût confondu
infenfiblement les nobles dans la claffe générale des
autres citoyens.

En effet, fi l'on eût voulu former deux chambres, en confervant à la nobleffe & au clergé les droits que leur affuroit l'ancienne conftitution, il fuffifoit de réunir les deux premiers ordres fous le nom de chambre haute ou fous une autre dénomination ; alors difparoiffoient tous les inconvéniens reprochés à l'exiftance politique de trois ordres féparés, dont deux privilégiés avoient des intérêts perfonnels fans ceffe en contradiction avec ceux du peuple : les communes & les deux premiers ordres fe feroient trouvés dans une balance exacte de pouvoirs ; & l'abandon des privileges pécuniaires prononcé, il n'exiftoit plus que des citoyens réunis par des propriétés communes, fujets à des charges communes, ayant les mêmes droits à exercer & les mêmes devoirs à remplir.

L'évêque de Langres propofa la réunion de la nobleffe & du clergé ; mais la nobleffe & le clergé aveuglés par une fatalité inconcevable, n'apperçurent pas la circonftance critique dans laquelle ils fe trouvoient, & ne furent pas faifir un moyen fi facile d'en fortir. Le miniftre & les communes étoient loin de favorifer un fyftême qui dérangeoit leur projets : Necker haïffoit la nobleffe ; il lui étoit échappé de dire, à fa rentrée au miniftere : *les nobles s'en refouviendront long-temps* : à cette haine perfonnelle fe joignoit une dévorante ambition. Non feulement Necker vouloit gouverner les états-généraux de mil fept cent quatre-vingt-neuf, il vouloit encore affurer fon influence fur ceux qui pourroient leur fuccéder un jour. La reconnoiffance que lui devoient les communes, le zele & le dévouement de fes nombreux partifans parmi la nobleffe & le clergé, lui perfuaderent que fi l'affemblée étoit une, il la conduiroit à fon gré.

Cependant il pouvoit arriver que les communes appellées à la double repréfentation, dans la vue de détruire la nobleffe & le clergé, entrepriffent de s'arroger les droits & l'autorité dont elles alloient dépouiller les deux premiers ordres : alors Necker n'auroit plus fur les affemblées fuivantes, ni même fur l'affemblée actuelle, l'afcendant que lui affuroit en ce moment le befoin qu'on avoit de lui. Necker fongea donc à établir dans le corps légiflatif un pouvoir dont il pût toujours difpofer, & capable de contre-balancer la portion de ce même corps lé-giflatif, qu'il ne lui feroit pas poffible de tenir dans fa dépendance. Une chambre haute, fous le nom de fénat, compofée de membres nommés à vie par le roi, c'eft-à-dire par le miniftre, lui parut pro-pre à remplir ce but.

Il eft certain que la divifion du corps légiflatif en deux chambres, d'après le plan de Lally & de Mounier, rendoit Necker maître abfolu de l'affemblée nationale actuelle, & de toutes les affemblées qui lui auroient fuccédé. Le crédit tout-puiffant de Necker dans le confeil, fes nombreux agens dans les pro-

vinces, lui garantissoient que le choix des sujets
destinés à remplir les places de sénateurs, ne seroit
fait que d'après ses vues; & quand même il se seroit
glissé par intrigue, dans le nombre des prétendans,
quelques personnes qui ne lui auroient pas convenu,
n'étoit-il pas le maître de leur donner l'exclusion,
en faisant nommer, par le roi, ceux qui lui étoient
les plus dévoués, & qui lui paroissoient les plus
propres à seconder ses vues.

Deux cents places de sénateurs, objets naturels
de l'ambition de tous, puisqu'elles seroient les premieres de l'état, lui présentoient un moyen sûr
d'attacher à ses intérêts ceux dont les talens & les
suffrages devenoient utiles à ses desseins.

On fera peut-être surpris de voir concourir à ce
projet des nobles, distingués par leur naissance, des
ducs & pairs, des évêques, des archevêques : mais
si l'on réfléchit que la noblesse, en France, ne jouis-
soit d'aucun droit politique, que les ducs & pairs
ne faisoient point partie intégrante du gouvernement,
que leurs privileges de pairie se bornoient à la stérile
prérogative de siéger au parlement, d'y opiner conjointement avec les membres qui le composoient,
que le parlement lui-même étoit restreint à un
droit de *veto* toujours éludé par des lits de justice,
on sentira que les ducs & pairs gagnoient beaucoup
à échanger les droits illusoires attachés à leurs pairies,
contre les droits réels attachés à la qualité de membres

du sénat. Quant aux nobles, ils acquéroient une
exiftance politique infiniment fupérieure à celle qu'ils
pouvoient attendre de leur ordre, & à celle même
qu'ils pouvoient attendre du monarque; en les fuppofant affez heureux pour obtenir, auprès de lui,
la faveur la plus étendue. Si l'on ajoute que les
membres de la minorité de la nobleffe n'avoient
aucun crédit à la cour, que les ducs & pairs, qui
fe joignirent à eux, étoient dans une efpece de
difgrace, on ne fera point étonné que les uns & les
autres aient adopté, avec ardeur, un projet qui
leur procuroit de fi grands & de fi précieux avantages. C'eft à l'aide de ce fil conducteur que nous
fuivrons la marche de la minorité dans la chambre
de la nobleffe, & celle des archevêques de Vienne,
de Bourdeaux, des évêques d'Autun, de Chartres,
de Rhodès, de Coutances, dans la chambre du
clergé: leur conduite, fi finguliérement oppofée en
apparence à leurs intérêts perfonnels & aux intérêts
de leur ordre, paroîtroit folle fi l'on perdoit de vue
le terme auquel ils tendoient.

Dès les premieres séances on parla dans la chambre de la nobleffe de la formation d'une chambre
haute. On fonda les difpofitions des membres qui
avoient quelque influance fur les délibérations; ce
fut pour arriver à l'établiffement de cette chambre,
que l'on travailla avec tant d'opiniâtreté & de zele
à l'anéantiffement des ordres; que l'on manœuvra

avec tant d'art pour amener la réunion; ce fut le renverfement des efpérances, que l'on avoit conçues, qui excita les réclamations, les fureurs, le défefpoir de Mounier, de Lally, de Virieu, de l'évêque de Chartres, &c. lorfqu'ils apprirent le renvoi de Necker, & qu'ils virent les brillantes chimeres, dont ils s'étoient nourris, s'évanouir fans retour avec le miniftre qui devoit les réalifer. Semblables à des enfans, ils vouloient leur joujou chéri; ils remuoient Paris, Verfailles, la France entiere, pour le reprendre : tandis que le parti d'Orléans, contemplant avec une joie fecrete le fuccès de fes profondes intrigues, ourdiffoit en filence des trames mieux tiffues, & fe fervoit du crédit de ces députés pour avancer fes deffeins. Auffi voyez comme, après le rappel de Necker, les révolutionnaires laiffent loin derriere eux ces petits ambitieux imprévoyans, & marchent à pas de géant à la grande révolution qu'ils méditent. Ils rient & du fénat & des fénateurs; forts de la haine de la majorité de la nobleffe, contre cette minorité qui l'a trahie, ils fe rallient à elle, & font, de concert, rejeter les deux chambres. . . En vain Mounier prétend que la queftion n'eft pas éclaircie; qu'on a pas dit un mot fur la compofition, ni fur les fonctions qui feront affignées à chacune des chambres; que pour les admettre, ou les rejeter, il faut favoir ce qu'elles feront ou ne feront pas; que le plan des comités n'a pas encore été foumis à l'examen des bureaux. Alexandre Lameth réclame la difcuffion : Lally monte à la tribune : Mounier va de rang en rang ; affure les députés des communes que ce font les nobles & les ariftocrates qui s'oppofent à l'éta-bliffement des deux chambres ; que leur intention eft d'empêcher que le nouvel ordre des chofes ne fe foutiennne ; qu'ils en font convenus devant lui : efforts impuiffans ; des cris confus étouffent la voix de Lally ; il attend que le filence fe rétabliffe. Alors la fureur fe tourne contre l'évêque de Langres qui préfidoit l'affemblée ; on le favoit partifan des deux chambres ; on lui reproche que c'eft lui qui envoie Lally à la tribune : l'évêque veut fe juftifier, & traîner la difcuffion en longueur. Dubois de Crancé lui de-mande s'il n'eft pas las d'ennuyer l'affemblée ! l'évê-que leve la séance ; les hurlemens redoublent : las de fe voir outrager, de la maniere la plus groffiere, il fe démet de fa place, & quitte le fauteuil au milieu d'infultans applaudiffemens. La délibération eft remife au lendemain ; & malgré les nouvelles intrigues, qu'on emploie pendant cet intervalle, une grande majorité prononce l'indivifibilité du corps légiflatif.

Je n'entrerai point dans le détail de tout ce qui Septembre fut dit pour & contre la fanction. Les révolutionnaires 1789. auroient bien défiré ôter au roi tout droit de *veto*, & réduire fon action, dans le corps légiflatif, à une fimple proclamation de la loi : mais le plus grand nombre des députés n'ofoit pas aller, fi ouvertement,

contre le vœu formel de fes commettans. L'abbé
Siyès prétendit que fi le fuffrage d'un votant pouvoit
en valoir deux, il pouvoit enfuite en valoir dix, &
bientôt après les remplacer tous; qu'alors la loi feroit
le vœu d'un feul, & que le roi deviendroit l'unique
repréfentant de la nation. Il faut donc, ajouta l'abbé,
réduire toute volonté individuelle à fa valeur numérique; le droit d'empêcher équivaut au droit de
faire; le *veto* abfolu eft abfurde; le *veto* fufpenfif
eft un ordre arbitraire, une lettre de cachet contre
la volonté nationale. Cet obfcur galimatias métaphyfique, n'obtint que de ftériles applaudiffemens;
l'affemblée fe partagea fur la nature de la fanction.
Les uns vouloient que le *veto* du roi, ou le droit
d'empêcher, eût un effet abfolu, c'eft-à-dire, qu'il
anéantît la délibération du corps légiflatif & rendît
la loi nulle; les autres vouloient que ce *veto* n'eût
qu'un effet relatif, & fufpendît feulement l'exécution
de la loi jufqu'à un temps déterminé. Tandis que
l'on difcutoit longuement cette queftion à l'affemblée,
les deux partis s'agitoient à Paris. Mounier eut plufieurs conférences avec les Lameth, Mirabeau Duport,
Lafayette : ces conférences fe terminerent comme fe
terminent toutes celles où c'eft moins la différence
des opinions que la différence des intérêts qui divife.

Duport & Lameth propoferent un projet d'ac-
commodement; ils confentoient à la fanction & même
aux deux chambres : mais ils exigeoient que Mounier

ne donnât pas au roi le droit de diffoudre le corps
légiflatif; que la premiere chambre fût éligible ainfi
que celle des repréfentans, & n'eût fur elle qu'un
veto fufpenfif; qu'on établît comme loi fondamen-
tale, à des époques fixes, fur la requifition des repréfentans ou fur celle des provinces, des affemblées,
fous les noms de conventions nationales, revêtues de
tous les pouvoirs, formées d'une feule chambre, &
chargées de revoir la conftitution. Mounier refufa :
hé bien, reprit Lameth, nous verrons qui l'empor-
tera! nous allons nous rendre dans un comité nombreux; nous éclairerons les efprits; nous dirons
hautement ce que nous penfons de la fanction, &
nous ferons tous nos efforts pour borner, en matiere
de légiflation, la prérogative royale à un fimple
veto fufpenfif.

Ce plan eft exactement fuivi. Ces meffieurs fe
rendent à Paris; Mirabeau crie que la patrie eft en
danger, qu'il va dénoncer quatorze perfonnes coupables du crime de lèfe-nation! les agens fecrets
fe répandent dans les clubs, dans les cafés : — il
exifte, difent-ils, une coalition entre la nobleffe,
le clergé & cent vingt députés des communes, pour
donner au roi le *veto* abfolu : le roi doit oppofer ce
veto fur les décrets du quatre août, & annuller ce
que l'affemblée a fait, dans cette nuit célebre, en
faveur du peuple : la liberté eft menacée : le comte
de Mirabeau a été attaqué & bleffé d'un coup d'épée;

Il faut lui fournir une garde de deux cents citoyens, capables de le défendre contre les entreprises meurtrieres des aristocrates. Ces discours, répétés parmi le peuple, échauffent les esprits; tout est bientôt en mouvement au Palais-Royal : quelqu'un propose d'aller à Versailles, de déclarer que l'on n'ignore pas les complots de l'aristocratie; que l'on connoît les membres de cette ligue odieuse; que s'ils ne se rétractent pas, quinze milles hommes sont prêts à marcher; que la nation sera priée de renvoyer ses infideles représentans, & d'en nommer d'autres à leur place; que l'on engagera le roi & monsieur le dauphin à se rendre au Louvre, afin que leurs personnes y soient en sûreté.

Saint-Huruge, à la tête d'une députation, se charge de présenter à l'assemblée nationale l'arrêté du Palais-Royal : quinze cents personnes offrent de l'accompagner; ils partent.

Lafayette & Bailli avoient envoyé de forts détachements s'emparer des barrières : on arrête la députation : on la force de rentrer dans Paris. Saint-Huruge revient au Palais-Royal; raconte les obstacles qui l'empêchent de remplir sa mission : après une courte délibération, on députe Saint-Huruge à l'hôtel de Ville; on le charge de demander à la commune, au nom des habitans du Palais-Royal, la liberté d'aller à Versailles. La commune refuse d'entendre Saint-Huruge. Le Palais-Royal nomme une seconde

députation : celui qui porte la parole expofe l'inquiétude des citoyens féant au Palais-Royal ; leur
appréhenfion du *veto* abfolu, dont le parti ariftocratique veut invefir le roi ; il follicite un caractere
légal, afin de porter une pétition à l'affemblée
nationale. La commune répond que les citoyens du
Palais-Royal ne font que des particuliers qui ne
repréfentent aucune portion du peuple ; qu'ainfi elle
ne peut les autorifer : qu'ils font les maîtres d'adreffer
individuellement un mémoire à l'affemblée. Deux
députés fe rendent à Verfailles : —— nous fommes,
difent-ils à Lally-Tolendal, envoyés vers vous comme
vers un bon citoyen : en acceptant cette miffion,
nous avons fufpendu la marche de vingt mille
hommes armés qui attendent la décifion de l'affemblée. Paris ne veut point de *veto* ; il regarde comme
traîtres ceux qui en veulent, & il punit les traîtres.
Plufieurs députés ont déja mérité ce nom ; ils vont
être révoqués ; & comme ils ne feront plus inviolables,
on en fera juftice !

Les deux envoyés nomment alors les membres de
l'affemblée nationale qu'ils affurent être profcrits.
Lally leur répond que les véritables traîtres, font
ceux qui rempliffent le peuple de terreurs auffi
injuftes que fauffes, & qui lui font regarder comme
fes ennemis fes plus zélés défenfeurs : que lui qu'ils
viennent d'appeller bon citoyen, & qui croit en
avoir mérité le titre, s'eftimeroit heureux d'égaler

en lumiere & en vertu les proscrits qu'ils viennent
de nommer : que Paris, avant de distribuer sa haine
& sa confiance, devroit consulter un peu les actions
antérieures & la vie entiere de ceux sur qui tombe
le partage de ses sentimens : qu'au surplus il regarde
la sanction royale comme un des plus fermes remparts de la liberté : qu'il a passé la nuit à travailler
pour la défendre : que s'ils veulent aller l'attendre
à l'assemblée, ils feront témoins de ses efforts pour
faire triompher cette sanction, & du compte fidele
qu'il rendra de leur mission.

Les deux envoyés se rendirent à l'assemblée; Lally
lut l'adresse du Palais-Royal : le président communiqua deux lettres qu'il venoit de recevoir; elles
contenoient les mêmes avis & les mêmes menaces.

Dans le premier moment l'indignation parut générale. Mounier rapprochant les troubles de Paris
de ceux qui agitoient la totalité du royaume, montra leur liaison secrete, & en tira la conséquence
invincible qu'il existoit des complots. Il demanda
que l'assemblée promît une récompense de cinq cent
mille livres, à quiconque fourniroit des preuves
légales de ces complots. Clermont-Tonnerre vouloit
que l'on invitât le maire, & le commandant général
de la milice-bourgeoise de Paris, de se rendre le
jour même à l'assemblée; que s'ils ne pouvoient
répondre de sa liberté, elle se transférât de concert
avec le roi; que la France défendroit ceux que la

Palais - Royal avoit proscrits : j'ajoute, continua Clermont, que leurs noms doivent être inscrits honorablement dans le procès - verbal, & qu'il doit être ordonné aux tribunaux de poursuivre, sur-le-champ, les auteurs de cette ligue, aussi méprisable qu'infernale ! Ces mesures vigoureuses furent éludées avec beaucoup d'adresse : le duc de la Rochefoucault & Duport prétendirent qu'il étoit indigne de l'assemblée de s'occuper de lettres anonymes, de motions du Palais - Royal ; l'assemblée n'avoit pas craint de demeurer ferme dans son poste, lorsqu'environnée des soldats du despotisme on se préparoit à déployer contre elle tout l'appareil de la force ; & maintenant elle se déplaceroit pour éviter les menaces de quelques hommes égarés par des factieux !

Malgré ces observations l'assemblée paroissoit encore hésiter : Goupil de Préfeln représentoit la nécessité d'assurer la liberté des délibérations & l'inviolabilité des membres. Les révolutionnaires craignant quelque recours à la force publique capable de ramener l'ordre, & de contenir les factieux, employerent un dernier moyen qui leur réussit.

Chasset monte à la tribune, & dit : « Messieurs, » un membre a proposé d'inscrire honorablement » sur le procès - verbal les noms de ceux qui ont » été proscrits : je demande dans quelle classe on » me placera, & si j'ai le droit de voir mon nom » inscrit sur cette liste honorable ; car je puis dire

» auffi avoir été profcrit. Je vivois dans une douce
» & paifible obfcurité ; mon opinion fur les dimes
» eccléfiaftiques m'a fait connoitre, mais elle m'a
» attiré un grand nombre d'ennemis puiffans : voici
» ce qu'un d'eux m'écrit ». Chaffet ouvre une lettre
qui femble fe trouver là tout exprès, & lit :

« J'avois canonicat, prieuré, bénéfice, &c. tout
» le revenu que me produifoient mes places étoit
» en dimes ; tu m'as tout enlevé ; tu ne m'as laiffé
» que le défefpoir : tremble ! je t'attend au moment
» que tu décideras de mon fort ! & s'il n'eft pas
» tel que j'ai le droit de le demander, tu me con-
» noîtras à ma vengeance, tu ne périras que de
» ma main ! »

A cette lecture une partie des révolutionnaires
affectent de s'abandonner à de longs éclats de rire ;
d'autres paroiffent s'indigner du temps que l'affemblée
confomme à de telles inepties ; tous demandent, à
grands cris, qu'on paffe à l'ordre du jour : le préfident met l'ordre du jour aux voix, & l'affemblée
prononce qu'il n'y a pas lieu à délibérer.

Cependant les motions continuoient au Palais-
Royal ; on y lifoit les difcours prononcés à l'affemblée ; les applaudiffemens ou l'indignation fe fucce-
doient, felon que les opinions fe montroient favorables
ou contraires au *veto*. Les noms d'infames, de coquins,
de traîtres, étoient prodigués à ceux qui défendoient
la prérogative royale : un cri unanime s'élevoit

contre eux, & la populace y répondoit par des hurlemens de fureur.

On demanda de nouveau de marcher à Versailles. « Messieurs, dit un citoyen, tous les partis que » j'entend proposer me paroissent déraisonnables ou » violens : vous voulez aller à Versailles ; pour quel » objet? pour forcer ou pour gêner les délbérations » de l'assemblée nationale! Ne sentez-vous pas que » si les opinions n'étoient pas libres, ce qui seroit » arrêté ne formeroit pas une loi. Abandonnez donc » toute idée d'aller à Versailles : cependant vous » craignez que le *veto* absolu ne soit décrété, parce » que le nombre des députés, qui ont embrassé ce » parti, est considérable. D'abord, quel droit avez- » vous sur les députés des provinces? vous n'en » avez aucun : ceux que vous avez sur les députés » de Paris, se bornent à examiner leur conduite; » à les révoquer s'ils ne méritent plus votre con- » fiance; enfin, à leur expliquer vos cahiers s'ils en » prennent mal le sens au sujet de la sanction » royale.

» Il y a, dit-on, plus de quatre cents députés » aristocrates; hé bien, messieurs, donnés aux pro- » vinces le grand exemple de les punir par une » révocation! mais ce n'est pas au Palais-Royal » que vous pouvez exercer légalement votre opinion » sur le *veto*, & examiner si vos députés sont in- » fideles à leurs mandats; c'est dans les districts.

» Adreſſez - vous aux repréſentans de la commune:
» priez - les d'indiquer une aſſemblée générale des
» diſtricts, à l'effet de délibérer ſur le *veto* & ſur
» les ſujets de plainte contre vos députés ; alors vos
» délibérations ſeront très - ſimples. La commune
» veut - elle, ou ne veut - elle pas, accorder au roi le
» *veto* pour la portion qu'elle a dans le corps légiſla-
» tif ? Quelle plainte a - t - elle à former contre ſes
» députés ? Les révoque - t - elle ou les confirme-
» t - elle ? »

Ce diſcours inſidieux, tendant à tranſporter dans
chaque commune une portion non - aliénable de la
ſouveraineté, en réduiſant les députés à la fonction
de ſimples commis révocables, fut reçu avec de
grandes acclamations; tous s'écrierent : à la ville, à la
ville ! aſſemblée générale des diſtricts point de *veto*!
abas les ariſtocrates, abas les tyrans!

L'orateur & ſept autres citoyens ſe rendirent à
l'hôtel de Ville : Lafayette les accueillit avec bonté,
& les pria de détourner leurs concitoyens du projet
d'aller à Verſailles. Les députés expoſerent la demande
qu'ils faiſoient d'une aſſemblée générale des diſtricts:
Lafayette leur promit de les préſenter à l'aſſemblée
de la commune, indiquée pour ſix heures. En effet,
la députation du Palais - Royal fut admiſe ; mais la
commune refuſa de délibérer ſur la pétition. Ce
refus ne rebuta point les habitans du Palais - Royal:
« Meſſieurs, dit un citoyen, rendons - nous demain
dès

» dès quatre heures aux diftricts ; foyons autant qu'il
» fera poffible en habit uniforme, & ceux qui
» ne le portent pas, bien mis & bien peignés. On
» perfuade à l'affemblée nationale, & à la commune
» de Paris, que ce font les gens de Mont-Martre
» qui s'affemblent au Palais-Royal ».

Tandis que l'on s'efforçoit d'exciter le peuple de
Paris contre le *veto*, on affectoit de répandre à
Verfailles les bruits les plus capables d'alarmer le roi
& les miniftres. La France entiere, difoit-on, va
fe foulever ; la guerre civile devient inévitable, fi
l'affemblée donne au roi le *veto* abfolu. Le diftrict
de Saint-Nicolas-des-Champs prétendit même
que tout efpece de *veto*, accordé au pouvoir exécutif,
étoit inconftitutionnel ; attendu que la fanction du roi
doit être purement honorifique & promulgative de
la loi. Une adreffe rédigée à Verfailles par Chapelier,
envoyée en Bretagne, & reportée à l'affemblée fous
le nom impofant de pétition des villes de Rennes,
Vannes & Dinan, déclara traîtres, à la patrie, tous
les députés qui voteroient en faveur de la fanction
royale. On effraya les gens foibles ; on menaça de
les dénoncer à leurs bailliages : des membres des
communes avouerent, à Lally, qu'ils craignoient de
faire égorger leurs femmes & leurs enfans. Le comte
d'Eftain, commandant de la milice de Verfailles,
vint communiquer, à l'affemblée, les mefures qu'il
avoit prifes pour affurer la liberté de fes délibérations.

Tome I.

ces mesures en montrant qu'il existoit réellement un
danger, & laissant voir la foiblesse des moyens de
le prévenir, n'étoient guere propres à calmer les
inquiétudes.

Ces considérations déterminerent le roi ; ou plutôt Necker, alarmé de la défaveur du *veto* absolu,
crut devoir sacrifier la prérogative royale à l'intérêt
de sa popularité ; il écrivit, à l'assemblée, que les
ministres avoient eu le soin d'entretenir le roi des
débats qui s'étoient élevés sur la sanction ; que le
roi après en avoir pris connoissance, dans un rapport
fait au conseil, l'autorisoit à communiquer ce rapport
à l'assemblée : on alloit en commencer la lecture,
lorsque Baumets protestant que personne n'étoit plus
pénétré que lui de respect pour l'autorité royale,
persuadé même que le nom du monarque ne doit
être prononcé qu'avec la plus grande vénération,
observa qu'il étoit contraire à la liberté nationale de
lire, au moment d'une délibération, un rapport
fait au conseil du roi ; que l'initiative ne pouvoit lui
appartenir en aucune maniere. — Ces réflexions,
soutenues par Mounier & par Virieu, firent rejeter
la lecture du mémoire : tout le monde en savoit le
contenu ; ainsi l'envoi de ce mémoire produisit le
même effet qu'auroit pu produire sa lecture ; ceux
qui tenoient, par un reste d'honneur au *veto* absolu,
n'hésiterent plus à donner leurs voix en faveur du
veto suspensif.

Il sembloit qu'après avoir accordé au roi le droit de refuser son consentement aux actes du corps législatif, l'assemblée alloit déterminer le temps que pouvoit durer ce refus, & fixer le terme auquel le roi seroit obligé de le retirer. Les révolutionnaires, toujours inquiets sur les décrets du quatre août, ne voulurent rien prononcer, avant de s'être assurés que le roi ne mettroit aucun obstacle à leur exécution. Barnave demanda que l'on interrompît l'ordre du jour : on s'occupa donc du corps législatif, & l'on décida qu'il seroit renouvellé en entier tous les deux ans.

Le baron de Juigné proposa de reprendre la suite des articles du comité de constitution ; de décréter l'inviolabilité du roi, l'hérédité & l'indivisibilité de la couronne. La plupart des députés adopterent, avec transport, la motion du baron de Juigné. Le duc de la Rochefoucault prétendit qu'il n'étoit pas de la dignité de l'assemblée de délibérer par acclamation ; que l'arrêté proposé auroit plus de force, lorsque, mis aux voix, il seroit confirmé par l'unanimité des suffrages. Un secrétaire lut le projet de décret.

» L'assemblée nationale a reconnu par acclamation & décrété à l'unanimité des suffrages, comme
» point fondamental de la monarchie Françoise,
» que la personne du roi est inviolable & sacrée ;
» que le trône est indivisible ; que la couronne est

» héréditaire, dans la race regnante, de mâle en
» mâle, par ordre de primogéniture, à l'exclufion
» perpétuelle des femmes & de leurs defcendans ».

J'obferve, reprit Target, qu'avant de décréter
l'ordre de la fucceffion au trône, l'affemblée doit
décider fi la branche regnante en Efpagne, pourra
regner en France, quoiqu'elle ait renoncé à la couronne par des traités authentiques.

Je demande, s'écria Demeunier, par intérêt pour
la France même, que l'affemblée déclare n'y avoir
lieu à délibérer quant-à-préfent. —— Tout doit nous
empêcher, ajouta l'évêque de Langres, de prononcer
fur la queftion la plus délicate, la plus importante,
la plus difficile, puifqu'elle intéreffe l'europe, dont
le fort eft lié à la fucceffion des couronnes; fans
doute ce n'eft pas nous qui appartenons aux monarques, ce font les monarques qui nous appartiennent.
La loi falique eft auffi ancienne que la monarchie,
mais dans les circonftances actuelles, & dans l'état
où eft l'europe, eft-il utile, eft-il prudent, d'agiter
de telles queftions? Quel feroit le motif puiffant qui
nous porteroit à les décider? J'y trouve inutilité &
danger.

Ne pas délibérer, repartit le comte de Mirabeau, eft chofe fage : cependant une fimple obfer-
vation, pourroit vous faire changer la queftion
préalable dans un ajournement. Nos liaifons politiques, confidérées fous tous les rapports, nous im-

posent un respect superstitieux sur cette question; mais ce sera bientôt à vous de décider, si le pacte de famille ne doit pas être changé en pacte des nations; & c'est dans ce sens que je réclame l'ajournement, plutôt que la question préalable.

Un regard jeté rapidement sur l'assemblée nationale, avec ce tact infaillible des hommes & des choses, avoit suffi à Mirabeau, pour voir que les esprits n'étoient pas disposés à décider cette importante question en faveur du duc d'Orleans. Il falloit des événemens préparatoires; & la motion inattendue du baron de Juigné, ne laissoit pas le temps de les amener.

Les révolutionnaires se réunirent à Mirabeau, & demanderent l'ajournement. Target, grondé par Sillery, retira sa motion. Virieu, saisissant ce que la circonstance présentoit de favorable, dit que toute motion faite par un membre de l'assemblée, appartenoit à l'assemblée même; que la motion de Target intéressoit la nation entiere; qu'il falloit la discuter, & prononcer, afin de ne laisser aucun moyen de susciter des troubles.

Les deux partis se montrerent plus ouvertement: monsieur de Saint-Fargeau insista pour que l'on retirât la motion, ou que l'on déclarât qu'il n'y avoit lieu à délibérer quant-à-présent. Reuvble remarqua que les termes vagues du décret, préjugeoient la succession en faveur de la branche d'Espagne, &

P 3

fembloient l'appeller, au défaut des defcendans de
Louis XV ; que c'étoit exclure la branche d'Orleans,
puifque, d'après le texte du décret, la branche d'Efpagne pouvoit prétendre à la couronne de mâle en
mâle, par ordre de primogéniture.

Plufieurs députés s'écrierent que la motion de Target, étant conftitutionnelle, devoit être renvoyée à
l'examen des bureaux, & foumife à la difcuffion
pendant trois jours. Le tumulte & le bruit alloient
toujours croiffant, lorfque le comte de Mirabeau,
jetant tout-à-coup avec adreffe une motion inci-
dente à travers les différentes opinions, demanda que
l'on joignît à la queftion de l'hérédité la queftion
de la régence, qu'il affuroit être connexe à la premiere ; & pofant ainfi la queftion : — *Nul ne peut
exercer la régence, qu'il ne foit né en France.* Il in-
fifta pour que l'affemblée s'en occupât fur-le-champ :
ce changement fubit, du véritable état de la queftion,
excita les réclamations les plus vives. Sillery pria
l'affemblée d'entendre la lecture des lettres patentes,
données en mil fept cent douze par Louis XIV, &
de l'acte de renonciation folemnelle, fait par le roi
d'Efpagne Philippe V. Cette lecture finie, la difcuffion
devint encore plus bruyante. — Je ne parle, dit
d'Efpremenil, ni pour la branche d'Efpagne ni pour
celle d'Orleans, je parle pour la maxime Françoife.
Cette maxime, dans l'ordre de la fucceffion à la
couronne, c'eft la loi falique confacrée par nos peres,

par les états-généraux, par nos commettans. Le trône eſt héréditaire, dans la branche regnante, de mâle en mâle, par ordre de primogéniture. La renonciation du roi d'Eſpagne eſt une exception à ce principe. L'exception ne doit pas empêcher d'établir le principe. Si la queſtion s'éleve jamais, ce n'eſt pas avec des décrets qu'elle ſe décidera. — Le but de la loi ſalique, répond Duport, en excluant les femmes, eſt que la couronne ne paſſe pas à des étrangers. Il eſt bien étonnant que l'on cite la loi ſalique, pour rendre un décret qui appelle un étranger au trône. Si vous adoptez le décret proposé, l'Eſpagne peut s'en autoriſer : ainſi, en s'appuyant de ce principe général, un prince Eſpagnol viendra nous donner ſes mœurs, ſes lois, ſes inſtitutions. . . . — Il faut, réplique le comte de Mirabeau, prononcer l'inviolabilité du roi, adoptée par une acclamation unanime de l'aſſemblée, & ajourner la queſtion de l'hérédité du trône. — Nous ſommes tous bons François, reprend d'Eſpremenil, ne ſéparons point les trois articles; ſi par des événemens quelconques la délibération étoit arrêtée ſur le principe inconteſtable de l'hérédité du trône, dans quels malheurs l'ombre du doute ne nous jeteroit-elle pas. Cet article eſt indépendant de nos volontés; le ſilence même ſeroit dangereux au ſein de l'aſſemblée nationale.

Les révolutionnaires ne pouvant obtenir la diviſion,

employerent les reffources de leur tactique ordinaire,
amendemens, fous-amendemens, nouvelles rédactions, bruit, tumulte. Le comte de Mirabeau voyant
que le préfident fe difpofoit à mettre la queftion
aux voix, ne pouvant plus retenir fon caractere
emporté, lui fit paffer un billet qui contenoit ces
mots : « Monfieur le préfident, nous fommes ici
» quatre cents honnêtes gens, opprimés par une
» majorité coalifée de huit cents députés : il eft
» temps que cette tyrannie finiffe ; autrement nous
» ferons forcés de prendre des moyens violens de
» la faire ceffer ». Ce billet produifit fon effet ;
Clermont-Tonnerre leva la féance. Ce fut le foir
même, de cette journée, que le comte de Mirabeau
& Virieu eurent enfemble une converfation qui
jette un grand jour fur les projets fecrets des révolutionnaires. Virieu ayant rencontré Mirabeau, &
l'entretien s'étant tourné fur la féance, lui dit que
le grand nombre de têtes exiftantes dans la famille
royale nous mettoient heureufement à l'abri de
craindre, de long-temps, l'ouverture de la dangereufe difficulté qui venoit de s'élever, au fujet de la
branche d'Efpagne, à la fucceffion de la couronne.
— Elle n'eft pas auffi éloignée dans le fait, répondit
Mirabeau, qu'elle le paroît au premier coup-d'œil :
l'état pléthorique du roi & celui de monfieur, peut
abréger leurs jours, & fait, à-peu-près, dépendre
cette queftion de l'exiftence de monfieur le dauphin

qui eſt un enfant. —— Mais je ſuis ſurpris, reprit Virieu, que vous oubliez monſieur le comte d'Artois
& ſes enfans? —— Dans le cas, répliqua Mirabeau,
où l'événement ſe préſenteroit, ſous un temps peu
éloigné, il faut avouer qu'on pourroit regarder monſieur d'Artois comme fugitif, ainſi que ſes enfans;
&, d'après ce qui s'eſt paſſé, comme à-peu-près
extra lex.

La nuit fut employée en intrigues. Les révolutionnaires travaillerent à fortifier leur parti. Bouche,
à l'ouverture de la ſéance, lut une nouvelle rédaction:
elle étoit propre à flatter la vanité des tribunes; la
voici :

« La perſonne du roi eſt inviolable & ſacrée : le
» trône eſt indiviſible; il eſt héréditaire, dans la
» maiſon des Bourbons regnans en France, de mâle
» en mâle, par ordre de primogéniture, à l'excluſion
» des femmes & de leurs deſcendans; & en cas de
» défaillance d'enfans mâles & légitimes dans la
» maiſon de Bourbon, regnante en France, la nation
» s'aſſemblera par ſes repréſentans pour délibérer ».

Target propoſa d'ajouter au décret : *ſans rien
préjudicier ſur l'effet des renonciations* : cet amendement attira de grands reproches à Target; il fut
adopté malgré les efforts des révolutionnaires. Target
voulut réparer cette ſeconde imprudence, il dit *que
le cas arrivant, une convention nationale pronon-
ceroit* : l'aſſemblée éloigna le ſous-amendement. Le

comte de Mirabeau foutenoit toujours qu'il ne falloit pas traiter fi fuperficiellement, & avec tant de précipitation, une queftion de cette importance; il demandoit qu'elle fût ajournée. Enfin l'affemblée, laffe de toutes ces fluctuations, décida d'aller aux voix: l'appel nominal commença, cinq cents voix adopterent le décret, quatre cent trente - huit le rejeterent; le vóici :

« L'affemblée nationale a reconnu & déclare, » comme point & principe fondamental de la mo- » narchie Françoife, que la perfonne du roi eft » inviolable & facrée; que le trône eft indivifible; » que la couronne eft héréditaire, dans la race » regnante, de mâle en mâle, par ordre de primo- » géniture, à l'exclufion perpétuelle & abfolue des » femmes & de leurs defcendans, fans entendre » rien préjudicier fur l'effet des renonciations ».

Je demande, monfieur le préfident, s'écria Sillery furieux, qu'il foit dit dans le procés - verbal que le décret a été rendu en l'abfence de monfieur le duc d'Orleans; & moi, répondit plaifamment le marquis de Mirepoix, je demande qu'il foit dit qu'il a été rendu en l'abfence du roi d'Efpagne !

L'affemblée reçut enfin la réponfe du roi fur les décrets du quatre août. Louis XVI approuvoit l'efprit général qui avoit dicté ces décrets. Il fe trouvoit cependant un petit nombre d'articles, auxquels il ne pouvoit donner, en ce moment, qu'une adhéfion

conditionnelle. Leur convenance, ou leur difconve-
nance, dépendoit de la maniere dont les lois réglementaires en reftreindroient ou en étendroient les conféquences; mais defirant de répondre autant qu'il
feroit poffible à la demande de l'affemblée nationale,
& voulant mettre la plus grande franchife dans fes
relations avec elle, il alloit lui faire connoître le
réfultat de fes propres réflexions & de celles de fon
confeil. D'ailleurs il modifieroit fes opinions; il y
renonceroit même fans peine, fi les obfervations de
l'affemblée nationale l'y engageoient, puifqu'il ne
s'éloigneroit jamais qu'avec regret de fa maniere de
voir & de juger.

L'article de l'abolition des dimes eccléfiaftiques,
fut celui fur lequel le roi préfenta les obfervations
les plus étendues, & parut infifter le plus fortement.

Louis XVI ne refufoit pas de confentir à fanction-
ner cet article, il infinuoit qu'il feroit prudent d'en
fufpendre l'exécution, jufqu'à ce que l'affemblée eût
pefé les inconvéniens qui pouvoient en réfulter.

Je ne fais, ajoutoit le roi, fi l'affemblée nationale
eft inftruite de l'étendue numérique de la valeur
de la dime eccléfiaftique. On peut raifonnablement
l'évaluer de foixante - dix à quatre - vingt millions.
Lorfque les finances font dans une fituation qui exige
toute l'étendue des reffources de l'état, il convient
d'examiner fi, au moment où les repréfentans de la
nation difpofent d'une grande partie des revenus du

clergé, ce n'est pas au soulagement de la nation
entiere que ces revenus doivent être appliqués. L'af-
semblée nationale ne dit pas que l'abolition de la
dîme sera remplacée par un impôt à la charge des
terres soumises à cette redévance : en supposant que
ce soit son dessein, je ne puis avoir une opinion
éclairée à cet égard, sans connoître la nature du
nouvel impôt qu'on voudroit établir en échange. Il
est important d'examiner si le produit des dîmes,
mis à part, le reste des biens du clergé suffit aux
dépenses de l'église, & à d'autres dédommagemens
indispensables; & si quelques supplémens à charge
au peuple ne deviennent pas nécessaires, plusieurs
motifs de sagesse invitent donc à prendre en nouvelle considération l'arrêté de l'assemblée, relatif à
la disposition des dîmes ecclésiastiques : cet examen
peut raisonnablement s'unir à la discussion des ressources & des besoins de l'état.

Necker avoit conçu le projet de réunir au fixe
cette branche considérable du revenu du clergé. Une
telle masse de richesse enlevée à la propriété individuelle, & convertie en propriété du trésor royal,
mettoit le ministre au large dans ses opérations
financieres, & lui fournissoit d'amples ressources pour
l'hypotheque & l'intérêt de ses emprunts. Ce ne fut
donc qu'avec un extrême regret, que Necker vit
l'assemblée nationale remettre gratuitement la dîme
aux propriétaires décimables. L'archevêque de Bour-

deaux, par un motif différent, étoit encore plus contraire à cette fuppreffion. Il ne penfoit point, fans un vif fentiment de douleur, que le clergé alloit perdre la portion la plus précieufe de fon immenfe propriété. L'intérêt perfonnel fe joignoit en lui à l'intérêt général du corps. Le clergé levoit, en filence, les yeux fur l'archevêque, & lui crioit fauvez - nous de notre ruine ! Mais quelques ménagemens qu'euf-fent apportés les deux miniftres dans les obfervations qu'ils venoient de préfenter à l'affemblée, ils ne con-tenterent aucun des partis. Les nobles fe plaignirent qu'on les facrifioit ; que toutes les réferves étoient en faveur du clergé, du pape & des princes étran-gers. Les révolutionnaires s'indignerent que les mini-ftres ofaffent difcuter les décrets, & prendre le public pour juge entre l'affemblée & le miniftere.

Un député des communes sécrie que fans s'arrê-ter à l'efpece de difcours du roi, on décide quel genre de fanction on a prétendu lui demander. Les décrets du quatre août, obferve Mirabeau, ne font pas des lois, mais des principes & des bafes confti-tutionnelles : lorfque dans la derniere féance vous les avez envoyez à la fanction, c'eft à la promulgation que vous avez entendu les préfenter : l'affemblée eft convention nationale, & n'a pas befoin de la fanction du roi.

J'ajoute, dit Barnave, que les décrets du quatre août, ont été rendus par l'affemblée exerçant le

pouvoir conſtituant; qu'ils ont été rendus antérieu-
rement à la loi du *veto* ſuſpenſif; ce dernier droit
n'étoit pas dans les droits naturels du monarque,
c'eſt vous qui le lui avez accordé; le roi ne peut
donc s'en ſervir pour ſuſpendre des décrets acceptés
& déja répandus dans tout le royaume. Les peuples
appaisés, & ſatisfaits, comptent ſur leur promte
exécution. Le moindre doute, à cet égard, feroit
bientôt renaître les troubles.

Goupil de préſeln propoſa de nommer un comité
de dix membres, pour examiner la réponſe du roi,
& en faire le rapport à l'aſſemblée.

Je m'oppoſe à cette motion, reprit Chapelier;
rappellons-nous les termes dans leſquels nous étions
il y a quelques jours : il faut enfin définir la ſanction;
elle ne doit être qu'une ſimple promulgation : la
plupart des articles ſont conſtitutionnels; quelques-
uns à la vérité ſont légiſlatifs : aujourd'hui le roi
vous propoſe une eſpece de conférence; ſi vous l'acceptez, c'eſt oublier les droits de l'aſſemblée : nous
devons donc fixer, d'une maniere invariable, le
terme de la ſanction, afin que le roi la refuſe ou la
donne. Tout examen feroit deſtructif de l'autorité que
le peuple vous a confiée.

Lally prétendit que les obſervations du roi, ſur
quelques articles du quatre août, n'étoient motivées
que par la crainte qu'un excès de zele n'eût emporté
l'aſſemblée trop loin; qu'au milieu des ſacrifices

généreux, il n'y en eût plufieurs de précoces, &
même d'indifcrets; que la plupart des articles, réfolus
la nuit du quatre août, avoient été étendus dans la
rédaction; que des réclamations s'étoient déja faite
entendre; que l'exagération avoit auffi fes dangers.

L'affemblée ferma la difcuffion, & décréta que
le préfident fe retireroit pardevant le roi, pour
le fupplier d'ordonner inceffamment la promulgation
des arrêtés du quatre août; que le préfident affure-
roit en même temps fa majefté, que l'affemblée,
en s'occupant des lois de détail, prendroit dans la
plus grande & dans la plus refpectueufe confidération,
les réflexions & les obfervations que fa majefté avoit
bien voulu lui faire.

Alors Volnay, montant à la tribune, dit d'un
ton doucereufement hypocrite : « Meffieurs, je de-
» mande que l'affemblée reprenne le travail de la
» conftitution, difcute & détermine de combien de
» membres fera compofé le corps légiflatif; quels
» feront les conditions requifes pour être électeur
» & éligible; quels feront le mode & les départe-
» mens des élections; & qu'auffi-tôt que ces objets
» feront décidés, l'affemblée actuelle, fans quitter la
» feffion ni difcontinuer fes travaux, ordonne dans
» toute l'étendue du royaume une élection de dé-
» putés felon le nouveau mode; lefquels viendront
» nous relever, & fubftituer une repréfentation
» vraiment nationale à une repréfentation vicieufe

» & contradictoire; où des intérêts perſonnels & pri-
» vés, mis en balance égale avec l'intérêt général,
» ont la faculté d'oppoſer un effort puiſſant à la
» volonté publique ».

Volnay, en faiſant cette motion, n'avoit conſulté
que ſa haine contre la nobleſſe & contre le clergé.
Il reconnut bientôt, aux nombreuſes acclamations
des nobles & des prêtres, que la haine, quand ce
n'eſt pas une connoiſſance approfondie de ſes vrais
intérêts qui la guide, devient une arme plus nuiſible
à celui qui l'emploie qu'à ceux qui en ſont l'objet.

La plupart des députés appuyerent la motion de
Volnay. Les uns pour ne pas paroître, aux yeux du
peuple, éterniſer des fonctions qui commençoient
à exciter une ſecrete jalouſie ; les autres parce qu'ils
penſoient que, dans les circoſtances actuelles, une
convocation nouvelle ſeroit la ruine de la conſtitution.

L'approbation unanime, répondit le vicomte de
Mirabeau, qu'a obtenue la motion de monſieur de
Volnay, prouve que nous tendons tous au bien
quoique par des voies différentes, & que la diverſité
de nos opinions nous fait de grandes difficultés à
l'opérer. Une nouvelle convocation dans laquelle il
eſt probable qu'il y aura plus de propriétaires que
d'orateurs, plus de citoyens que de philoſophes,
donnera l'avantage inappréciable de compoſer diffé-
remment l'aſſemblée, & de faire ratifier notre ouvrage par nos commettans. Ils peſeront mieux que
nous

nous les lois subséquentes, & nous jouirons de l'honneur d'avoir frayé une route épineuse : mais en appuyant la motion de Volnay, j'y ajoute deux amendemens. Le premier que nul de nous ne pourra être reçu à la prochaine légiflature ; le fecond qu'aucun membre de l'affemblée actuelle ne pourra fe préfenter aux affemblées primaires.

Volnay, déconcerté, gardoit le filence ; le comte de Mirabeau vint à fon fecours : — La motion de Volnay eft le fruit d'un bon efprit & d'une intention pure ; elle eft d'accord avec les principes que nous reconnoiffons tous, mais elle a un vice ; c'eft d'être en contradiction avec le ferment que vous avez fait au jeu de paume : vous y avez pris l'engagement facré de ne point vous féparer que la conftitution ne foit achevée. Volnay frappé comme d'un trait de lumiere, à cette profonde remarque du comte de Mirabeau, retire d'un air confus fa motion.

Tandis que l'affemblée s'occupoit ainfi de la conftitution, que les révolutionnaires fe berçoient de l'efpoir flatteur, les uns de réalifer leur fyftême chéri d'égalité & d'établir un gouvernement tout philofophique, les autres d'effectuer leurs projets de grandeur & de fortune, Necker vint encore interrompre ces fonges agréables. — Il avoit, dit-il, l'ame déchirée : mais il falloit fe relever, aider le dévouement du roi au rétabliffement de l'ordre, nous fouvenir de ce que nous étions. Des réductions majeures, des économies

fur les dépenfes de la guerre, fur les affaires étrangeres, fur les penfions, fur la maifon du roi & de
la reine, jointes aux contributions des perfonnes &
des terres privilégiées, pouvoient combler le déficit.
Les dépenfes de mil fept cent quatre-vingt-dix
exigeoient un fond extraordinaire de quatre-vingt
millions; les trois mois reftans de mil fept cent
quatre-vingt-neuf une fomme confidérable. Tout
emprunt devenoit inutile; ce feroit harceler mal-
adroitement la confiance publique. Le feul moyen
d'obtenir les fecours indifpenfables, dans les circonftances critiques où fe trouvoient les finances, étoit une
contribution patriotique pour chaque citoyen du
quart de fon revenu une fois payée.

A cette étrange propofition, l'affemblée garda un
morne filence. Le miniftre fe retira fans en emporter
les nombreux applaudiffemens qui le fuivoient toujours à fa fortie de la falle des états. Le comité des
finances fut chargé de faire un rapport : Montefquiou
affura que, placé au milieu de la fortune publique,
le comité des finances avoit vu la néceffité de prendre un grand parti; qu'il avoit obtenu les mêmes
réfultats que le miniftre; que les fuites incalculables
dans leurs effets que pourroit entraîner l'état de
pénurie des finances, obligeoient la nation à des
facrifices; que le tréfor public étoit vuide; qu'il
falloit quatre-vingt millions pour cette année, quatre-
vingt millions pour l'année mil fept cent quatre-

vingt - dix; que les anticipations à anéantir fe mon-
toient à deux cent cinquante millions : que ces
fommes réunies compofoient un total de quatre cent
trente-cinq millions: maffe effrayante, égale prefque
au revenu d'une année entiere ; qu'un recouvrement
fubit feroit le falut de l'empire ; qu'alors les jours
de détreffe fe transformeroient, tout - à - coup, dans
des jours de profpérité; que d'après ces confidérations, le comité des finances adoptoit la contribution
patriotique propofée par monfieur Necker, & prioit
l'affemblée de foumettre fon plan à la difcuffion.

Il n'eft pas poffible de délibérer, répondit le comte
de Mirabeau, quand on eft forcé de prendre fur-
le-champ la réfolution la plus importante. Votre
très-pieufe politique ne peut pas vous permettre
de vous rendre refponfable envers la nation d'un
fyftême que vous n'avez pas le temps d'examiner
& de réformer. Vous n'avez que des idées hypo-
thétiques ; le gouvernement ne vous a pas permis
jufqu'ici d'en avoir d'autres. J'ofe croire que la confiance illimitée que la nation a accordée au premier
miniftre des finances, vous autorife à lui montrer ,
dans l'imminence des dangers, la même confiance
illimitée. Confentez donc textuellement à ce que le
miniftre vous demande ; &, aux yeux de l'europe
& de la nation, quel que foit l'événement nous ferons
abfous.

Les uns approuvent, les autres rejettent la pro-

pofition de Mirabeau. Virieu s'écrie que la patrie
eft menacée ; que l'incendie va tout dévorer ; qu'il
faut voter d'un commun accord pour le falut de
la patrie. Le préfident de l'affemblée, en avouant
qu'il admire ce mouvement de généroſité, requiert
une délibération. Mirabeau foutient que l'affemblée
ne peut ni ne doit délibérer ; qu'elle doit ſimplement déclarer que, frappée de l'urgence des circonftances, elle adopte fans examen, fans difcution, &
de confiance, le plan de monſieur Necker. Les partifans du miniftre jettent les hauts cris : ils repro-
chent à Mirabeau de rendre le miniftre refponfable
des événemens, tandis qu'il ne fauroit l'être que de
la pureté de fes intentions.

» Je n'ai pas l'honneur, meſſieurs, répond Mira-
» beau, d'être l'ami du premier miniftre des finances:
» mais je ferois fon ami le plus tendre, que citoyen
» avant tout, & repréfentant de la nation, je
» n'héfiterois pas un inftant à le compromettre plu-
» tôt que l'affemblée nationale. Ainfi l'on m'a deviné,
» ou plutôt l'on m'a entendu : car je n'ai jamais
» voulu me cacher. Je ne crois pas, en effet, que
» le crédit de l'affemblée nationale doive être mis
» en balance avec celui du premier miniftre des fi-
» nances : je ne crois pas que le falut de la monar-
» chie doive être attaché à la tête d'un mortel
» quelconque, je ne crois pas que le royaume foit
» en péril quand monſieur Necker fe feroit trompé;

» & je crois que le salut public seroit très-com-
» promis, si une ressource vraiment nationale avoit
» avorté, si l'assemblée avoit perdu son crédit &
» manqué une opération décisive.

» Il faut donc, à mon avis, que nous autorisions
» une mesure profondément nécessaire, & à laquelle
» nous n'avons quant à-présent rien à substituer.
» Il ne faut pas que nous l'épousions, que nous en
» fassions notre œuvre, quand nous n'avons pas le
» temps de la juger : mais, de ce qu'il me paroît
» profodément impolitique de nous rendre les garans
» des succès de monsieur Necker, il ne s'en suit pas
» qu'il ne faille, à mon sens, seconder ses projets de
» toutes nos forces, & tâcher de lui rallier tous les
» esprits & tous les cœurs. . . . Malheur à qui ne sou-
» haite pas au premier ministre des finances des succès
» dont la France a un besoin si imminent! malheur
» à qui pourroit mettre des opinions & des préjugés
» en balance avec la patrie! malheur à qui n'ab-
» jureroit pas toute rancune, toute méfiance, toute
» haine sur l'autel du bien public! malheur à qui
» ne seconderoit pas, de toute son influance, les
» projets de l'homme que la nation elle-même
» semble avoir appellé à la dictature! Et vous,
» messieurs, qui, plus que tous les autres, avez &
» devez avoir la confiance du peuple, vous devez
» plus particulierement sans doute au ministre des
» finances votre concours & votre recommandation

» patriotique. Ecrivez une adreſſe à vos commettans;
» où vous leur montrerez ce qu'ils doivent à la
» choſe publique; l'évidente néceſſité de leurs ſecours
» & leur irréſiſtible efficace; la ſuperbe perſpective
» de la France; l'enſemble de ſes beſoins & de ſes
» reſſources, de ſes droits, de ſes eſpérances; ce
» que vous avez fait, ce qui vous reſte à faire; la
» certitude où vous êtes que tout eſt poſſible, que
» tout eſt facile à l'enthouſiaſme François. Compoſez,
» meſſieurs, publiez cette adreſſe. J'en fais la motion
» ſpéciale. C'eſt, j'en ſuis ſûr, un grand reſſort, un
» grand mobile de ſuccès pour le chef de vos fi-
» nances : mais avant tout donnez-lui des baſes
» poſitives; donnez-lui celle qu'il vous demande
» par une adhéſion de confiance à ſes propoſitions;
» que par votre fait du moins il ne rencontre plus
» d'obſtacles à ſes plans de liquidation & de pro-
» ſpérité ».

Cette explication loin de raſſurer les amis de
Necker, leur fit ſentir plus vivement les conſéquences
de l'admiſſion ſans examen, & de confiance, d'un
plan préſenté comme l'unique reſſource de l'état, &
dont il étoit impoſſible de prévoir les ſuites & les inconvéniens. Lally demande que l'on adopte ſeulement
le fond du projet de Necker; que la rédaction en ſoit
confiée au comité des finances, pour être rapportée
& ſoumiſe à l'aſſemblée. La diſcuſſion recommence
avec une nouvelle chaleur : les opinions ſe partagent

Les uns veulent qu'on décrete textuellement le plan du miniſtre ; les autres qu'on l'examine. Ceux - ci qu'on entende les députés qui ont quelque choſe à propoſer ; ceux - là qu'on renvoi la délibération à un autre jour. Mille propoſitions contradictoires s'élevent. Le comte de Mirabeau reſaiſit la parole au milieu de ce choc d'idées.

« Meſſieurs, ne pourrois - je donc pas ramener la
» délibération du jour par un petit nombre de que-
» ſtions bien ſimples. Daignez, meſſieurs, daignez
» me répondre. Le premier miniſtre des finances
» ne vous a - t - il pas offert le tableau le plus effrayant
» de votre ſituation actuelle ? ne vous a - t - il pas
» dit que tout délai aggravoit le péril ? qu'un jour,
» une heure, un moment, pouvoient le rendre mortel?
» Avons-nous un plan à ſubſtituer à celui qu'il nous
» propoſe? — Oui, s'écrie un député de l'aſſemblée.
» — Je conjure celui qui a répondu oui, de conſi-
» dérer que ſon plan n'eſt pas connu ; qu'il faut du
» temps pour le développer, l'examiner, le démontrer ;
» que fût - il immédiatement ſoumis à notre délibéra-
» tion, ſon auteur a pu ſe tromper ; que quand tout
» le monde a tort, tout le monde a raiſon. Il ſe
» pourroit donc que l'auteur de cet autre projet, mê-
» me en ayant raiſon, eût tort contre tout le monde ;
» parce que ſans l'aſſentiment de l'opinion publique,
» le plus grand talent ne peut triompher des cir-
» conſtances. . . . Et moi auſſi je ne crois pas les

Q 4

» moyens de monsieur Necker les meilleurs possibles.
» Mais le ciel me préserve, dans une occasion si cri-
» tique, d'opposer les miens aux siens! vainement
» je les tiendrois pour préférables. On ne rivalise
» pas en un instant une popularité prodigieuse con-
» quise par des services éclatans, une longue expé-
» rience, la réputation du premier talent de financier
» connu; &, s'il faut tout dire, des hasards & une
» destinée telle qu'elle n'échut jamais à aucun mortel.

» Il faut donc en revenir encore au plan de
» monsieur Necker : mais avons-nous le temps de
» l'examiner, de sonder ses bases, de vérifier ses
» calculs? . . . Non, non; mille fois non. D'insi-
» gnifiantes questions, des conjectures hasardeuses,
» des tâtonnemens infideles, voilà ce qui, dans ce
» moment, est en notre pouvoir. Qu'allons-nous
» donc faire par le renvoi de la délibération? man-
» quer le moment décisif, acharner notre amour-
» propre à changer quelque chose à un ensemble
» que nous n'avons pas même conçu, & diminuer,
» par notre intervention indiscrette, l'influance d'un
» ministre, dont le crédit en finance est & doit
» être plus grand que le nôtre. Messieurs, il n'y a
» là certainement ni sagesse ni prudence, mais du
» moins y a-t-il de la bonne foi.

» Ah! si des déclarations moins solemnelles ne
» garantissoient pas notre respect pour la foi pu-
» blique, notre horreur pour l'infame mot de ban-

» queroute, j'oferois fcruter les motifs fecrets, &
» peut-être ignorés de nous-mêmes, qui nous font fi
» imprudemment reculer au moment de proclamer
» l'acte d'un grand dévouement, certainement inéfi-
» cace s'il n'eft pas rapide & vraiment abandonné. Je
» dirois à ceux qui fe familiarifent avec l'idée de man-
» quer aux engagemens publics, par la crainte de
» l'excés des facrifices, par la terreur de l'impôt,
» qu'eft-ce donc que la banqueroute? fi ce n'eft le
» plus cruel, le plus inique, le plus défaftreux des im-
» pôts. . . . Mes amis! écoutez un mot, un feul mot.
» Deux fiecles de déprédations & de brigandages
» ont creufé le gouffre où le royaume eft prêt à
» s'engloutir. Il faut le combler ce gouffre effroya-
» ble! Eh bien! voici la lifte des propriétaires Fran-
» çois choifis parmi les plus riches, afin de facrifier
» moins de citoyens : mais choififfez; car ne faut-il
» pas qu'un petit nombre périffe pour fauver la
» maffe du peuple. Allons! ces deux milles notables
» poffedent de quoi combler le déficit; de quoi
» ramener l'ordre dans les finances, la paix la pro-
» fpérité dans le royaume. Frappez, immolez fans
» pitié ces triftes victimes! précipitez-les dans l'a-
» byme! il va fe refermer. . . . . . Vous reculez
» d'horreur. . . . hommes inconféquens. . . . hom-
» mes pufillanimes. Et ne voyez-vous donc pas
» qu'en décrétant la banqueroute, ou, ce qui eft
» plus odieux encore, en la rendant inévitable fans

» la décréter, vous vous fouillez d'un acte mille
» fois plus criminel! car, enfin, cet horrible facri-
» fice feroit du moins difparoître le déficit. Mais
» croyez - vous parce que vous n'aurez pas payé que
» vous ne devez plus rien? Croyez - vous que des
» millions d'hommes qui perdront en un inftant
» par l'explofion terrible, ou par fes contre - coups,
» tout ce qui faifoit la confolation de leur vie,
» & peut - être leur unique moyen de la fub-
» ftanter, vous laifferont jouir paifiblement de votre
» crime? . . . . Contemplateurs ftoïques des maux
» incalculables que cette cataftrophe vomira fur la
» France! impaffibles égoïftes, qui penfez que les
» convulfions du défefpoir & de la mifere pafferont
» comme tant d'autres, & d'autant plus rapidement
» qu'elles feront plus violentes! êtes - vous bien fûrs
» que tant d'hommes fans pain vous laifferont tran-
» quillement favourer les mets dont vous n'avez di-
» minué ni le nombre ni la délicateffe? . . . . .
» Non. . . . vous périrez! & dans la conflagration
» univerfelle, que vous ne frémiffez pas d'allumer,
» la perte de votre honneur ne fauvera pas une de
» vos déteftables jouiffances! Voilà où nous mar-
» chons. . . . J'entends parler de patriotifme, de
» tant de patriotifme, d'invocation de patriotifme;
» il eft donc bien magnanime l'effort de donner une
» portion de fon revenu pour fauver tout ce que l'on
» poffède. Eh, meffieurs, ce n'eft là que de la

» fimple arithmétique ! & celui qui héfite ne peut
» défarmer l'indignation, que par le mépris que doit
» infpirer fa ftupidité. Oui, meffieurs, c'eft la pru-
» dence la plus ordinaire, la fageffe la plus triviale,
» c'eft votre intérêt le plus groffier que j'invoque !
» Je ne vous dis plus comme autrefois : donnerez-
» vous les premiers aux nations le fpectacle d'un
» peuple affemblé pour manquer à la foi publique?
» je ne vous dis plus : eh ! quels titres avez-vous à
» la liberté, quels moyens vous refteront pour la
» maintenir, fi, dès votre premier pas, vous fur-
» paffez la turpitude des gouvernemens les plus
» corrompus? fi le befoin de votre concours, de
» votre furveillance, n'eft pas le garant de votre
» conftitution. . . . Je vous dis : vous ferez tous
» entraînés dans la ruine univerfelle ; & les premiers
» intéreffés au facrifice, que le gouvernement vous
» demande; c'eft vous-mêmes ».

» Votez donc ce fubfide extraordinaire; puiffe-
» t-il être fuffifant ! Votez-le, parce que fi vous
» avez des doutes fur les moyens, vous n'en avez
» pas fur la néceffité ni fur notre impuiffance de
» les remplacer immédiatement du moins. Votez-le,
» parce que les circonftances publiques ne fouffrent
» aucun retard, que nous ferions coupables de tout
» délai. Gardez-vous de demander du temps; le
» malheur n'en accorde point. . . . Eh, meffieurs !
» à propos d'une ridicule motion du Palais-Royal,

» d'une rifible infurrection, qui n'eut jamais d'im-
» portance que dans les imaginations foibles, ou
» dans les deffeins pervers de quelques hommes de
» mauvaife foi, vous avez entendu n'a guere ces
» mots forcenés : *Catilina eft aux portes de Rome, &*
» *l'on délibere !* Et certes il n'y avoit autour de
» nous ni Catilina, ni Rome, ni périls : mais aujour-
» d'hui la banqueroute eft là ; elle menace de con-
» fumer, vous, vos propriétés, votre honneur, &
» vous délibérez ! »

Mirabeau parloit avec cet enthoufiafme qui maî-
trife le jugement & les volontés. Le filence du re-
cueillement fembloit lier toutes les penfées à des
vérités grandes & terribles. Le premier fentiment
fit place à un fentiment plus impérieux ; & comme
fi chaque député fe fût emprefsé de rejeter de fur
fa tête cette refponfabilité redoutable dont le menaçoit Mirabeau, & qu'il eût vu tout-à-coup devant
lui l'abyme du déficit appellant fes victimes, l'affemblée fe leva toute entiere, demanda d'aller aux
voix, & rendit à l'unanimité le décret : mais la
défiance, toujours exiftante entre le gouvernement
& l'affemblée, fit ajouter que le plan du miniftre
des finances ne feroit définitivement adopté, qu'après
que la déclaration des droits de l'homme & les
articles conftitutionnels, décrétés jufqu'à ce jour,
auroient été accepté par le roi.

LIVRE IV.

Intrigues des différens Partis. — Lettre du Comte d'Estain à la Reine. — Arrivée du Régiment de Flandre à Versailles. — Répas des Gardes-du-Corps. — Mouvemens à Paris. — Insurrection. — Marche de la Milice Parisienne à Versailles. — Massacre des Gardes-du-Corps. — Invasion du Château. — Le Roi & la Famille Royale font conduits à Paris.

LES deux partis, femblables à deux forts athletes en préfence fur l'arene, n'attendoient que le moment de s'attaquer avec avantage. La cour, laffe des facrifices fans ceffe répétés que l'on exigeoit d'elle, reconnut enfin l'urgente néceffité d'arrêter des entreprifes qui tendoient à l'entier anéantiffement de la monarchie, & peut-être à la deftitution du monarque. Necker & fes partifans voyoient leur plan de conftitution rejeté, & les ambitieufes efpérances, dont ils s'étoient flattés, s'évanouir fans retour. La nobleffe, le clergé, les parlemens, ne pouvoient plus douter que leur ruine ne fût jurée. Ces trois

Octobre 1789.

grands corps, réunis à un intérêt commun, haïssoient
& devoient haïr le nouvel ordre de choses : aussi
des manœuvres sourdes, des attaques indirectes,
prouvoient qu'ils s'occupoient des moyens de le ren-
verser. Les révolutionnaires sentirent combien il étoit
important de prévenir des tentatives qui, bien qu'é-
chouées plusieurs fois, seroient peut-être à la fin
couronnées du succès : forts du peuple qu'ils menoient à leur gré, instruits des mouvemens de leurs
adversaires, sûrs de les déjouer, ils épioient une faute,
une imprudence.

Des bruits, vaguement répandus, préparoient les
esprits à quelque événement extraordinaire. Blaisot, libraire de Versailles, ayant été voir le comte
de Mirabeau ; le comte, après un instant de conversation, fit sortir trois secrétaires qui écrivoient
sous sa dictée, & fermant la porte avec soin : ——
Mon cher Blaisot, par amitié pour vous, je veux
vous prévenir que, dans très-peu de jours, vous
verrez de grands malheurs, des horreurs même, du
sang répandu à Versailles. Je vous en avertis, afin
de dissiper vos inquiétudes personnelles : les bons
citoyens comme vous n'ont rien à craindre. Des
circonstances amenées avec art, & sur-tout les faux
calculs du ministre Necker, favorisèrent encore les
révolutionnaires dans l'exécution de leurs projets.

La rareté & la cherté du bled augmentoient d'une
manière effrayante ; les portes des boulangers étoient

affiégées; le peuple s'y portoit, & des agens, mêlés parmi les citoyens, accroiffoient le défordre en accroiffant la foule. Une multitude d'ouvriers, obligés d'attendre un jour entier pour fe procurer un pain de quatre livres, s'en rétournoient le défefpoir dans le cœur, & fouvent fans avoir pourvu aux befoins de leur famille!

Ce n'étoit pas affez d'alarmer le peuple fur fa fubfiftance, on chercha à l'effrayer fur la qualité des grains employés à la foutenir. Des hommes payés s'introduifirent dans les greniers de la halle; y déroberent les farines avariées, mises à l'écart, & qu'il étoit défendu de vendre; les promenerent dans les rues de Paris, & les montrant au peuple, lui dirent que c'étoit avec ce bled pourri que l'on compofoit fon pain!

Cependant, la récolte avoit été abondante, on étoit au commencement d'octobre, par-tout dans les provinces on mangeoit du bled nouveau. Cette difette factice au lieu de diminuer augmentoit chaque jour. Tous les partis contribuoient à l'entretenir; car tous vouloient une infurrection; dans l'efpoir les uns de la diriger contre l'affemblée nationale, les autres de la diriger contre la cour.

A ces manœuvres, déja fi propres à foulever le peuple, on joignit des bruits de guerre civile, de projets de contre-révolution. Ces bruits n'étoient point entièrement deftitués de fondement: une foule de nobles, de prêtres, de financiers, fe berçant du fol efpoir de ramener l'ancien ordre de chofe, formoient des affociations, recevoient des fignatures, préparoient des plans de retraite du roi à Metz.

Le François, intrigant par caractere & par habitude, entreprend avec légerté, conduit avec indifcrétion, prend fes plus extravagantes chimeres pour des réalités. La révolution Françoife, objet de l'admiration profonde des philofophes, des gens de lettres, de cette troupe imbécille de badauds défœuvrés, n'offre qu'un cahos informe de fyftêmes, de projets mal conçus, d'actions contradictoires, de faux calculs, de fauffes fpéculations, de plus fauffes démarches, d'idées vagues & triviales crues d'importantes vérités, d'ignorance groffiere & des hommes & des chofes; un combat perpétuel entre l'anarchie populaire & l'anarchie ariftocratique, une fuite d'atrocités flétriffantes, de petites intrigues, de petites réfiftances, de petits babils de femmes, d'abbés, de gens de cour. Il ne s'eft pas déployé un caractere; il n'y a pas eu un plan vafte, un but marqué : tout s'eft jeté au hafard. Les principaux acteurs fans forces, fans talens, toujours baftionnés derriere la plus vile populace, n'ont pas eu le courage de fç montrer même pour ramaffer le fruit de leurs crimes!

C'eft ici le lieu de placer la lettre de monfieur le comte d'Eftain à la reine. On y verra & quel étoit le but & quels étoient les auteurs de fes mouvemens.

Mon

« Mon devoir & ma fidélité l'exigent ; il faut que
» je mette aux pieds de la reine le compte du
» voyage que j'ai fait à Paris. On me loue de bien
» dormir la veille d'un affaut ou d'un combat naval.
» J'ose affurer que je ne fuis point timide en affaires.
» Elevé auprès de monfieur le dauphin qui me diftin-
» guoit, accoutumé à dire la vérité à Verfailles dès
» mon enfance, foldat & marin, inftruit des formes,
» je les refpecte, fans qu'elles puiffent altérer ma
» franchife ni ma fermeté.

» Eh bien ! il faut que je l'avoue à votre majefté,
» je n'ai point fermé l'œil de la nuit. On m'a dit
» dans la fociété, dans la bonne compagnie,
» (& que feroit-ce jufte ciel fi cela fe répandoit
» dans le peuple !) l'on m'a répété que d'on prend
» des fignatures dans le clergé & dans la nobleffe.
» Les uns prétendent que c'eft d'accord avec le roi,
» d'autres croient que c'eft à fon infu. On affure
» qu'il y a un plan de formé ; que c'eft par la
» Champagne, ou par Verdun, que le roi fe reti-
» rera ou fera enlevé ; qu'il ira à Metz. Monfieur de
» Bouillé eft nommé, & par qui ? par monfieur
» de Lafayette, qui me l'a dit tout bas chez mon-
» fieur Jauge à table. J'ai frémi qu'un feul domeftique
» ne l'entendît ; je lui ai obfervé qu'un mot de fa
» bouche pouvoit devenir un fignal de mort. Il eft
» froidement pofitif monfieur de Lafayette ; il m'a
» répondu qu'à Metz, comme ailleurs, les patriotes

» étoient les plus forts ; & qu'il valoit mieux qu'un
» feul mourût pour le falut de tous.

» Monfieur le baron de Breteuill, qui tarde à
» s'éloigner, conduit le projet. On accapare l'argent,
» & l'on promet de fournir un million & demi
» par mois. Monfieur le comte de Merci eft mal-
» heureufement cité comme agiffant de concert.
» Voilà les propos ; s'ils fe répandent dans le peuple
» leurs effets font incalculables : cela fe dit encore
» tout bas. Les bons efprits m'ont paru épouvantés
» des fuites : le feul doute de la réalité peut en pro-
» duire de terribles. J'ai été chez monfieur l'am-
» baffadeur d'Efpagne ; & certes, je ne le cache
» point à la reine, où mon effroi a redoublé. Mon-
» fieur Fernand - Nunès a caufé avec moi de ces
» faux bruits, de l'horreur qu'il y avoit à fuppofer
» un plan impoffible, qui entraîneroit la plus défa-
» ftreufe & la plus humiliante des guerres civiles, qui
» occafionneroit la féparation ou la perte totale de la
» monarchie, devenue la proie de la rage intérieure
» & de l'ambition étrangere, qui feroit le malheur
» irréparable des perfonnes les plus cheres à la France.
» Après avoir parlé de la cour errante, pourfuivie,
» trompée par ceux qui ne l'ont pas foutenue lorf-
» qu'ils le pouvoient, qui veulent actuellement l'en-
» traîner dans leur chûte.... affligée d'une banque-
» route générale, devenue dès - lors indifpenfable,
» & de toute épouvantable. ... je me fuis écrié que

» du moins il n'y auroit d'autre mal que celui que
» produiroit cette fauffe nouvelle fi elle fe répandoit,
» parce qu'elle étoit une idée fans aucun fondement.
» Monfieur l'ambaffadeur d'Efpagne à baifé les yeux
» à cette derniere phrafe. Je fuis devenu preffant :
» il eft enfin convenu que quelqu'un, de confidérable
» & de croyable, lui avoit appris qu'on lui avoit
» propofé de figner une affociation. Il n'a jamais
» voulu me le nommer : mais, foit par inattention,
» foit pour le bien de la chofe, il n'a point heu-
» reufement exigé ma parole d'honneur, qu'il m'au-
» roit fallu tenir. Je n'ai pas promis de ne dire à
» perfonne ce fait. Il m'infpire une grande terreur que
» je n'ai jamais connue. Ce n'eft pas pour moi que
» je l'éprouve. Je fupplie la reine de calculer dans
» fa fageffe tout ce qui pourroit arriver d'une fauffe
» démarche : la premiere coûte affez cher. J'ai vu
» le bon cœur de la reine donner des larmes au fort
» des victimes immolées ; actuellement ce feroit des
» flots d'un fang verfé inutilement qu'on auroit à
» regretter. Une fimple indécifion peut être fans re-
» mede. Ce n'eft qu'en allant au devant du torrent,
» ce n'eft qu'en le carreffant, qu'on peut parvenir à
» le diriger en partie. Rien n'eft perdu. La reine
» peut reconquérir au roi fon royaume. La nature
» lui en a prodigué les moyens : ils font feuls poffi-
» bles. Elle peut imiter fon augufte mere : fi non
» je me tais. . . . . Je fupplie votre majefté de

» m'accorder une audiance pour un des jours de
» cette femaine ».

L'audiance demandée par le comte d'Eftain, &
accordée par la reine, changea les difpofitions de l'un
& de l'autre. Soit que le comte d'Eftain eût convaincu la reine des malheurs qui réfulteroient de toute
entreprife contraire à la conftitution; foit, ce qui
me paroît plus vraifemblable, que la reine eût fait
connoître au comte d'Eftain que le but de l'affociation,
dont lui avoit parlé l'ambaffadeur d'Efpagne, tendoit
uniquement à pourvoir à la fûreté du roi & de la
famille royale.

En effet, le projet de venir à Verfailles paroiffoit
fe renouveller & même acquérir de la confiftance:
on en parloit ouvertement au Palais - Royal : les
gardes - françoifes annonçoient qu'ils alloient reprendre leurs poftes. Le marquis de Lafayette crut devoir
prévenir la cour de l'état des chofes : il écrivit à
monfieur de Saint - Prieft, miniftre de Paris, qu'on
avoit mis dans la tête des grenadiers d'aller cette
nuit à Verfailles; mais qu'on eût aucune inquiétude,
parce qu'il comptoit fur leur confiance en lui pour
détruire ce projet; qu'il leur rendoit la juftice de dire
qu'ils comptoient lui en demander la permiffion; &
que plufieurs croyoient faire une démarche très-
fimples, & qui feroit ordonnée par lui; que cette
velléité étoit entièrement détruite par les quatre mots
qu'il leur avoit dits; qu'il ne lui en étoit refté que

l'idée des reſſources inépuiſables des cabaleurs ; que l'on ne devoit regarder cette circonſtance que comme une nouvelle indication des mauvais deſſeins, mais non, en aucune maniere, comme un danger réel.

Malgré les aſſurances de Lafayette, le projet des gardes - françoiſes alarma la cour. On n'avoit aucune force à leur oppoſer : quatre cents gardes - du - corps, cent chaſſeurs des trois Evêchés, étoient les ſeules troupes exiſtantes à Verſailles. On ne pouvoit compter ſur la milice - bourgeoiſe, dont les diſpoſitions étoient fort incertaines ; & d'ailleurs hors d'état, en cas d'attaque, de réſiſter à des troupes réglées.

La reine & le comte d'Eſtain convinrent de faire venir un régiment d'infanterie. Lafayette approuva cette meſure. Un décret de l'aſſemblée nationale défendoit d'introduire des troupes de ligne ſans une requiſition de la municipalité. La cour avoit des ennemis parmi les membres de la municipalité & parmi les chefs de la milice - bourgeoiſe. On craignoit de cauſer de l'inquiétude à l'aſſemblée nationale ; il étoit difficile de concilier tant d'intérêts : on y travailla. Le comte d'Eſtain ſe chargea de négocier avec la municipalité & avec les chefs de la milice - bourgeoiſe. Le miniſtre Saint - Prieſt eut ordre, lorſqu'on auroit obtenu leur conſentement, d'avertir l'aſſemblée nationale. Malheureuſement ces précautions néceſſaires pour prévenir les ſoupçons, donnerent à cette affaire, ſi ſimple en elle - même, la marche tortueufe de l'intrigue. Le comte d'Eftain fe rendit au comité militaire de la milice de Verfailles : il fit fortir tous ceux qui n'étoient pas de l'état - major, & exigea des officiers le ferment de ne jamais révéler le fecret qu'il alloit leur confier.

Le comte d'Eftain lut la lettre de Lafayette : il parla des alarmes du roi, des périls que cette infurrection des gardes - françoifes faifoit courir à la famille royale & même aux repréfentans de la nation. On lui répondit qu'il falloit repouffer la force par la force; qu'il n'étoit aucun citoyen qui ne fût difposé à verfer fon fang pour la fûreté de l'affemblée & du roi. Le comte d'Eftain objecta l'impoffibilité de réfifter, avec des forces fi inégales, à une troupe nombreufe, aguerrie : un régiment d'infanterie ajouté aux gardes - du - corps, aux dragons & à la milice-bourgeoife, pouvoit feul écarter les malheurs qu'on redoutoit. Il s'éleva de vives réclamations; les uns vouloient qu'on demandât le régiment, comme une mefure néceffaire; les autres affuroient que ce feroit un fujet de trouble & de divifion. Après de longs débats, le comte d'Eftain réduifit la queftion à cette unique demande : Etes - vous en état, meffieurs, de réfifter à deux mille hommes difciplinés & bien armés? Tous furent forcés de convenir de leur impuiffance. On arrêta que la municipalité feroit requife de demander au roi un fecours de mille hommes. Le comte d'Eftain, accompagné de fix officiers de

l'état-major, alla sur-le-champ à la municipalité.
La municipalité exigea que la lettre de monfieur de
Lafayette fût déposée dans les archives. Le comte
d'Eftain repréfenta les dangers auxquels la publicité
de cette lettre expoferoit monfieur de Lafayette : il
propofa de s'adreffer à monfieur de Saint-Prieft,
d'en obtenir une lettre oftenfible, propre à remplacer
celle de monfieur de Lafayette. On dreffa un modele
de lettre ; on le porta à monfieur de Saint-Prieft,
qui le figna.

Le régiment de Flandre s'étoit bien conduit jufqu'alors : il avoit même refusé de prêter le ferment.
La cour crut pouvoir plus compter fur ce régiment
que fur tout autre. Le marquis de Lufignan, membre de l'affemblée & connu par fon attachement au
parti populaire, en étoit colonel : c'étoit un des
quarante-fept députés paffés le vingt-fix juin aux
communes. On penfa que ces confidérations calme-
roient les inquiétudes de l'affemblée, & répandroient
moins de défaveur fur une mefure que commandoient les circonftances.

Monfieur de Saint-Prieft notifia à l'affemblée
nationale la demande de la municipalité de Verfailles.
Le comte de Mirabeau convint que les circonftances
exigeoient des précautions capables de maintenir la
tranquillité publique ; — Mais une municipalité ne
pouvoit, fur de pareils motifs, décréter l'établiffement
d'un corps armé. Foucauld d'Ardimalie obferva qu'un

décret permet aux municipalités d'appeller des troupes quand elles le jugent néceffaire. Mirabeau demanda la communication de la lettre de monfieur
de Saint-Prieft à la municipalité de Verfailles : il
favoit que cette lettre compromettroit Lafayette, &
laifferoit foupçonner fes liaifons avec la cour. L'affemblée décida qu'il n'y avoit pas lieu à délibérer.

Dès que l'on fut à Paris l'arrivée du régiment de
Flandre, les révolutionnaires inquiets travaillerent à
y femer l'alarme : —— Il fe formoit, difoient-ils, de
grands raffemblemens autour de Paris & de Verfailles ; on devoit enlever le roi, le conduire à Metz ;
le régiment de Flandre étoit deftiné à protéger fa
retraite ; & pour que l'arrivée de ce régiment parût
contraire au vœu des habitans de Verfailles, & même
au vœu de la majorité de la milice-bourgeoife, on
intrigua dans les compagnies ; & lorfque le comte
d'Eftain voulut leur faire ratifier la requifition de
l'état-major, vingt-huit compagnies s'y refuferent
obftinément. On fit plus ; on chercha à foulever les
anciens gardes-françoifes, en leur exagérant l'humiliation de fouffrir que des foldats étrangers vinffent
occuper leurs poftes au château ; on parla de s'oppofer, à main armée, à l'entrée du régiment de
Flandre. Mais les révolutionnaires plus calmes, &
revenus de leur premiere terreur, fentirent le parti
qu'ils pouvoient tirer de cette démarche de la cour :
ils calculerent que les nobles & les prêtres toujours

étourdis & confians, se croyant les plus forts, ne tarderoient pas à commettre quelque lourde faute; ils calculerent bien.

Le régiment de Flandre arriva au milieu de ce choc d'opinions & d'intérêts. L'attirail de guerre, qui accompagne la marche des troupes de ligne, épouvanta les habitans de Versailles. Deux canons, quelques caissons de cartouches, leur parurent un amas immense de munitions. Il fallut de nouvelles intrigues pour engager les officiers de la milice-bourgeoise à aller au devant du régiment de Flandre. Le peuple remarqua que les gardes-du-corps s'étoient portés sur l'avenue de Paris; il en conçut des soupçons. Les soldats & les officiers prêterent, entre les mains de la municipalité, le serment prescrit par la loi. On remit à la milice-bourgeoise toutes les munitions, & toute cette artillerie, qui avoient si fort effrayé les habitans de Paris & de Versailles. Ces précautions rassurantes n'appaiserent point les craintes du peuple.

La cour desiroit vivement établir l'union entre la milice-bourgeoise de Versailles & les soldats du régiment de Flandre. La milice-bourgeoise n'étoit pas organisée. La reine dit à l'état-major qu'elle se chargeoit des drapeaux. Cette offre fut reçue avec reconnoissance : on fixa le jour de la bénédiction. La milice-bourgeoise & le régiment de Flandre se réunirent. La cérémonie se fit avec pompe, & offrit, aux spectateurs, une espece de revue des forces de Versailles; ce qui raffura la cour, & ne servit qu'à irriter les révolutionnaires. Ils voulurent lui enlever cette foible ressource; travaillerent en conséquence à corrompre les soldats, à propager parmi eux cet esprit d'insurrection qui les avoit si bien servis.

Les anciens gardes - françoises furent chargés de l'exécution. Ils se rendirent à Versailles en habits bourgeois. Les uns s'établirent dans les tribunes de l'assemblée nationale, afin d'appuyer les députés révolutionnaires : car on persuadoit, au peuple, que les aristocrates & les prêtres détruisoient le matin ce que les patriotes avoient fait la veille. Tandis que ceux - ci par des murmures, où des applaudissemens distribués selon les circonstances, influançoient les délibérations, d'autres menoient les soldats de Flandre dans les cafés & dans les différens lieux publics. Là, ils prêchoient les droits de l'homme, dogmatisoient l'insurrection, invitoient les soldats de Flandre à venir à Paris, les affurant qu'ils seroient contens de leur voyage. Un tas de filles perdues du Palais - Royal, envoyées par les révolutionnaires, secondoient les gardes - françoises avec beaucoup d'activité. Le régiment de Flandre, investi de tous les genres de séduction, fut bientôt désorganisé. Le duc d'Orleans, pour fournir à ces dépenses, fit en Hollande un emprunt de six millions.

La cour n'ignoroit point ces intrigues : il étoit naturel qu'elle cherchât à les déjouer. Les officiers du régiment de Flandre furent préfentés à la famille royale, admis au jeu de la reine, & à ces petites faveurs que prife tant la vanité Françoife. On peignit au peuple ces moyens innocens, comme des féductions criminelles employées contre fa liberté. Les gardes-du-corps, felon l'ufage, conftamment obfervé dans les garnifons, voulurent donner un repas aux officiers du régiment de Flandre : ce repas étoit d'autant plus motivé, qu'au voyage de Louis XVI à Cherbourg, les gardes-du-corps avoient été régalés par plufieurs régimens; qu'à Valognes deux régimens d'infanterie traiterent, pendant huit jours, quatre détachemens de gardes-du-corps. Le defir d'unir dans le même efprit de fraternité les corps qui compofoient la garnifon de Verfailles, d'établir entre eux cet accord que le voifinage de Paris rendoit plus difficile, & que les circonftances rendoient plus néceffaire, les engagea à inviter les officiers des cent Suiffes, des gardes-fuiffes, des chaffeurs des trois Evêchés & de la milice-bourgeoife. Les gardes-du-corps demanderent au roi la grande falle de l'opéra : ils l'obtinrent; on y dreffa une table de trois cents couverts.

Tout fe paffa pendant le premier fervice avec décence. Une foule de curieux, attirés par la nouveauté du fpectacle, rempliffoient les loges : la mu-

fique des gardes - du - corps, & du régiment de
Flandre, embellit la fête. Les grenadiers de Flandre
parurent à l'amphithéatre : le duc de Villeroi les fit
entrer dans l'intérieur du fer - à - cheval. Cette faveur,
accordée aux grenadiers de Flandre, obligea le ca-
pitaine des gardes d'accorder la même grace aux grenadiers des Suiffes & aux chaffeurs des trois Evêchés.
Les grenadiers de Flandre demanderent la permiffion
de porter la fanté du roi, de la reine, de monfieur
le dauphin & de la famille royale. Ces quatre fantés
furent portées. Tous les fpectateurs s'y réunirent par
des cris répétés de vive le roi, vive la reine, vive la
famille royale! La fanté de la nation fut, dit - on,
proposée & rejetée expreffément : mais il eft probable que perfonne ne fongea à porter cette fanté.
Je remarquerai qu'alors le mot de nation n'étoit pas
un cri de ralliement au parti populaire.

Tandis que les convives fe livrent à la joie, une
dame du palais court chez la reine, lui vante la
gaieté de la fête, & demande qu'on y envoie monfieur le dauphin —— Ce fpectacle ne peut manquer
de le divertir. La reine paroiffoit trifte ; on l'engage
à s'y rendre pour fe diffiper. Elle héfite ; un fentiment inexplicable femble lui prédire les fuites funeftes
de cette innocente démarche. Le roi arrive de la
chaffe ; la reine lui propofe de l'accompagner ; on
les entraîne l'un & l'autre avec monfieur le dauphin.
Ils fe placent dans une loge grillée : mille cris de

vive le roi, vive la reine, vive monfieur le dauphin, fe font entendre! Le roi ne peut réfifter à ces témoignages d'amour; il defcend de fa loge, entre dans l'intérieur du fer-à-cheval; la reine prend monfieur le dauphin dans fes bras, & fait le tour de la table au milieu des acclamations les plus bruyantes.

Ce tableau fi féduifant d'une mere preffant contre fon fein un enfant chéri paré des graces touchantes & naïves de l'enfance, d'une mere offrant à l'amour & à la protection de fes guerriers un enfant, unique & tendre efpérance d'une grande nation, devoit enflammer toutes les ames & produire un vif enthoufiafme! Les gardes-du-corps, les officiers, les foldats, l'épée nue, portent la fanté du roi, de la reine, de monfieur le dauphin. Le roi & la reine l'acceptent, & fe retirent.

La fête, jufques-là, n'avoit été animée que par une gaieté un peu libre, il eft vrai, mais encore décente. Bientôt les vins, prodigués avec une magnificence vraiment royale, échauffent toutes les têtes; la mufique exécute différens morceaux; on demande l'air : *O Richard, ô mon roi! l'univers l'abandonne.* Les trompettes fonnerent la charge; les convives, ahancelans, efcaladent les loges, & donnent à-la-fois un fpectacle dégoûtant & ridicule. Une voix s'écrie: *A bas la cocarde de couleur, vive la cocarde blanche, c'eft la bonne!* Plufieurs perfonnes jettent leurs cocardes, en arborent de blanches. On se porte en foule à la suite du roi & de la reine. Les gardes-du-corps, les officiers, les soldats, s'abandonnent dans la cour de marbre à mille extravagances. Perceval, aide-de-camp de monsieur d'Estain, escalade le balcon de l'appartement de Louis XIV, s'empare des postes intérieurs, crie : Ils sont à nous, qu'on nous appelle désormais gardes royales. Il se pare d'une énorme cocarde blanche. Plusieurs spectateurs l'applaudissent & l'imitent. Un grenadier de Flandre arrive par la même route au balcon; Perceval le décore d'une croix de Limbourg qu'il portoit à sa boutonniere : un dragon moins heureux veut se tuer.

Je rapporte ces faits, pour montrer avec quelle coupable adresse, en les dénaturant, on a cherché les preuves d'un complot contre Paris & contre l'assemblée nationale. Quel homme de bonne foi, apperçoit, dans ces niaises folies, un plan de guerre civile & de contre-révolution ? Quel homme instruit du caractere, & de l'esprit François, n'y reconnoît pas un effet simple, naturel, de cette pétulance irréfléchie, de cet enthousiasme inconsidéré, si facile à produire chez un peuple léger, extrême en tout, accoutumé depuis des siecles à voir la nation & l'état dans le roi ? Quant à la démarche de la reine, & à cette phrase du lendemain, si reprochée, interprétée avec tant de perfidie, où elle dit aux officiers de la milice-bourgeoise de Versailles, qui vinrent la remercier de leur avoir donné des drapeaux, *qu'elle étoit enchantée de la journée du jeudi*, que l'on réfléchiffe combien, dans les douloureufes angoiffes qui tourmentoient cette infortunée princeffe, il étoit naturel qu'elle fût fenfible aux marques d'attachement qu'elle avoit reçues; qu'abandonnée par des ingrats comblés de fes bienfaits, dénuées de fecours, l'objet factice de la haine du peuple, elle tentât de s'appuyer fur la feule reffource qui s'offroit à elle...... Que des femmes, que des étourdis, des courtifans fans prévoyance aient cru voir un moyen infaillible de contre-révolution dans l'exaltation momentanée, produite par le vin, fur quatre à cinq cents perfonnes; qu'ils fe foient livrés à des propos indifcrets; qu'ils aient même crié : vive la cocarde blanche, c'eft la bonne. Je le crois : mais que la cour & les miniftres, avec ce peu de force, aient voulu faire ce qu'ils n'avoient pas même ofé entreprendre le quatorze juillet avec quarante mille hommes de troupes de ligne, cent pieces de canon & un général. Voilà ce que je ne crois pas, & qu'aucun homme fensé ne croira.

Cependant un chaffeur des trois Evêchés étranger à cete joie tumultueufe, le front appuyé fur le pommeau de fon fabre nud, paroiffoit enfeveli dans une fombre & profonde douleur. Miómandre, officier au régiment de royal-turenne, paffe; le chaffeur le faifit par le poignet gauche, le regarde avec des

yeux égarés, & s'écrie : — Je fuis bien malheureux ! — Avez-vous quelque chagrin domeftique,
demande Miomandre, ou avez-vous befoin de fecours?
— Je n'ai befoin que de la mort, répond le chaffeur
du ton du défefpoir, j'ai fur le cœur un poids qui
m'étouffe ! — Vous pouvez vous ouvrir à moi,
continue Miomandre, je ferai mon poffible pour vous
fervir ? Le chaffeur veut parler; des larmes & des
fanglots arrêtent la parole prête à s'échapper de fes
levres; il regarde autour de lui d'un air inquiet,
prononce ces mots fans aucune fuite : — Cette
brave maifon du roi. . . . je fuis un grand gueux. . . .
les monftres! qu'exigent-ils? — Qui, reprend vivement Miomandre? — Ces fcélérats de commandant
& d'Orleans, pourfuit le chaffeur. . . . Quelques
perfonnes furviennent; le chaffeur devient furieux; il
appuie la pointe de fon fabre fur fon eftomac — A
moi Duverger, crie Miomandre, appercevant un
garde-du-corps de la compagnie de Luxembourg!
Duverger accourt, défarme le chaffeur; mais il ne
peut l'empêcher de fe bleffer. Son fang coule, fa fureur redouble. On le faifit, on le tranfporte au corps-
de-garde, on l'étend fur une botte de paille. Un
abattement total fuccede à cet état violent. Miomandre & monfieur d'Agueffeau prodiguent, au chaffeur, les fecours que permettent le lieu & les circonftances. Au moment qu'ils efperent demeurer feuls
avec lui, & en tirer des éclairciffemens, plufieurs de
fes

ses camarades arrivent; un d'eux s'approche, détache
au chasseur deux coups de pieds dans l'estomac.——
En disant : c'est un mauvais sujet, nous voulons
nous en défaire. Miomandre se retire, monte au
château, raconte cette étrange aventure au duc de
Villeroi & au comte de Montmorency, colonel du
régiment des trois Evêchés : on s'en occupe un
instant. Mais ni le duc de Villeroi ni le comte de
Montmorency, ni Miomandre lui-même, ne font
de perquisitions. Cet événement, destiné à produire
un grand effet, se perd dans les conjectures vagues
des différens partis.

La nouvelle de ce qui s'est passé à Versailles,
excite à Paris une indignation générale. Les agens
de la révolution se mettent en mouvement, exagerent
l'injure faite à la cocarde nationale : — La cour,
disent-ils, ne cache plus ses coupables intentions;
les aristocrates levent orgueilleusement la tête, &
ourdissent publiquement leurs complots.

D'autres imprudences fortifient dans l'esprit du
peuple les soupçons que l'on s'efforce de lui inspirer.
Un tas de femmes de la cour, de jeunes gens,
d'aventuriers, bâtissant d'avance, sur leur feint attachement pour le roi, des projets de fortune &
de grandeur, se répandent en vaines jactances; vont,
viennent, s'empressent : le ministre Saint-Priest &
le garde-des-sceaux Champion, sourient à ces sot-
tises; un esprit de vertige s'empare de toutes les

têtes. L'habit national est regardé avec mépris. On refuse la porte de l'appartement de la reine à un chevalier de saint-louis qui en est revêtu; tandis qu'on laisse entrer, sous ses yeux, les officiers des chasseurs des trois Evêchés, également en uniforme: l'on ne cache point à cet officier que ce même habit national lui attire cette mortification.

Les gardes-du-corps donnent à leur hôtel un grand déjeûné : les convives se livrent avec encore plus d'emportement à toutes les extravagances de l'ivresse. Des agens des révolutionnaires profitent du tumulte & de la foule, s'introduisent sous l'habit même de garde-du-corps; &, dans le dessein d'animer le peuple, affectent des propos insultans contre la milice-bourgeoise de Versailles & contre la garde-nationale de Paris.

Des femmes & des demoiselles, attachées à la reine & aux princesses, s'établissent dans la galerie du château, distribuent des cocardes blanches : — Conservez-la bien, disent-elles à celui qu'elles en décorent; c'est la seule bonne, la seule triomphante. Ces dames exigent du nouveau chevalier le serment de fidélité; il obtient la faveur de leur baiser la main. A cette vue Lecointre, lieutenant colonel de la milice de Versailles, s'écrie : — Il est étonnant que l'on se permette de tenir une telle conduite chez le roi; ou la couleur des cocardes tombera sous huit jours, ou tout est perdu! Carthousiere, chevalier de saint-louis, gendre de la bouquetiere de la reine, s'avance pour soutenir les distributrices de cocardes; insulte & provoque Lecointre. Lecointre furieux se retire, & va méditer sa vengeance.

Tandis que des femmes & des intrigans jouent au château ces scenes puériles, le duc d'Orleans & les révolutionnaires agissent à Paris. Quelques jeunes gens ont l'imprudence de se montrer avec des cocardes noires : le peuple s'irrite de cette insolente bravade. — « Les cocardes d'une seule couleur, s'é-
» crie au milieu d'un groupe un agent de la révo-
» lution, vont devenir le signal de la guerre civile,
» si on leur laisse le temps de se multiplier ! Le
» patri patriote a été perdu en Hollande par une
» femme & par une cocarde. Réprimons cette ré-
» volte à la volonté du peuple : faisons une exemple
» terrible ! La loi permet de tuer celui qui met notre
» vie en danger ; celui qui prend la cocarde noire,
» met en danger la vie politique de la nation, &
» la vie naturelle du citoyen. Il faut pendre au
» premier réverbere le premier qui arborera la
» cocarde antipatriotique, à moins qu'il ne soit
» étranger ».

Tous applaudissent ; on saisit un jeune homme portant une cocarde noire; le peuple le traîne sur la place du Louvre : ce n'est qu'à force de prudence, & de sang-froid, que le commandant du poste parvient à lui sauver la vie! Les représentans de la com-

mune, alarmés des mouvemens qu'ils apperçoivent
dans le peuple, proclament la défense de porter
d'autre cocarde que celle aux trois couleurs, adoptée
par le roi lui-même, & devenue un signal de
fraternité entre tous les citoyens. Cette proclamation
ne calme point le peuple : il s'assemble en tumulte
aux fauxbourgs, au Palais-Royal, sur les ponts.
Les agitateurs soufflent le feu de la révolte ; ils s'emportent contre les patrouilles ; les accusent de favoriser
les noirs complots des aristocrates ; invitent le peuple
à forcer les corps-de-gardes, à s'emparer des
armes, & à marcher à Versailles.

La nuit se passe tranquillement ; les seuls révolutionnaires veillent & préparent la journée du lendemain. A six heures quelques femmes se réunissent
à la porte Saint-Antoine, disant que le peuple meure
de faim ; qu'il faut aller à l'hôtel de Ville parler aux
représentans de la commune & leur demander du
pain. Elles se mettent en marche, obligent toutes
les femmes qu'elles rencontrent de les accompagner.
Une jeune fille partie des halles entre dans un corps-
de-garde, saisit un tambour, parcourt les rues en
poussant de grands cris. Les femmes se rassemblent
autour d'elle & se portent à l'hôtel de Ville. La foule
grossit, les esprits s'échauffent, le peuple descend le
fatal réverbere. Des hommes armés de fourches &
de piques arrivent de toutes parts. Quatre à cinq
cents femmes attaquent la garde à cheval, la poussent

jufqu'à la rue du Mouton : mais un fort détachement
de milice - nationale, placé fur le perron de l'hôtel
de Ville, leur préfente une haie ferrée de baïonnettes.
Cette vue ralentit un moment leur fureur. Bientôt
un cri général fe fait entendre; les femmes ramaffent
des pierres, les jettent à la garde-nationale, qui
s'ouvre & laiffe le paffage libre. Quelques femmes
profitent de ce mouvement, entrent dans l'hôtel de
Ville. La plupart jeunes, vêtues de blanc, coëffées,
poudrées, l'air enjoué, n'annoncent aucune mauvaife
intention. Elles parcourent les falles, caufent avec les
repréfentans de la commune, leur font des queftions,
les engagent à recevoir parmi eux des femmes groffes
qu'elles ont obligées de les fuivre. Le nombre des
femmes augmente infenfiblement. Les unes gagnent
l'efcalier du beffroi, fonnent le tocfin; tandis que
d'autres rient, chantent, danfent dans la cour de
l'hôtel de Ville, demandent monfieur Bailli & monfieur de Lafayette.

Cependant une troupe d'hommes, armés de bû-
ches, de pioches & de marteaux, attaquent la porte
de l'hôtel de Ville, fituée fous l'arcade Saint - Jean,
& l'enfoncent. Une multitude de femmes & d'hommes, déguisés en femmes, fe répandent de tous
côtés; forcent le magafin des armes; s'emparent de
huit cents fufils; pillent les tentes, l'argent, les munitions. — Les femmes s'écrient : — Oui, les hommes n'ont point de courage; ils n'ofent fe venger;

nous agirons pour eux. Les repréfentans de la commune font des traîtres, de mauvais citoyens ; ils méritent la mort! monfieur Bailli & monfieur de Lafayette les premiers. Nous allons brûler l'hôtel de Ville ; nous nous rendrons enfuite à l'affemblée nationale : nous voulons connoître tout ce qu'elle a décrété jufqu'à ce jour. Deux femmes, une torche à la main, fe préparent à mettre le feu aux papiers ; d'autres femmes courént chercher les volontaires de la Baftille, Maillard, leur chef, prend un tambour ; les femmes fe réuniffent autour de lui, crient : à Verfailles, du pain ; arrêtent des voitures, y pofent deux canons ; envoient des détachemens ramaffer toutes les femmes que l'on pourra rencontrer ; fixent le rendez-vous général à la place Louis XV, & partent en affurant qu'elles vont venger l'infulte faite à la cocarde nationale, pendre les députés ariftocrates, & couper le cou à la reine.

La fermentation augmente, le tocfin fonne, les diftricts s'affemblent ; les compagnies des gardes foldées arrivent fur la place de l'hôtel de Ville. Le peuple en les voyant s'avancer fièrement, & en bon ordre, fait retentir l'air de bruyantes acclamations. —— Ce ne font pas de vains applaudiffemens que nous vous demandons, répondent les foldats ; la nation eft infultée, prenez les armes, & venez avec nous recevoir l'ordre des chefs.

Les repréfentans de la commune, réunis à l'hôtel de Ville, délibéroient fur les mefures les plus convenables dans cette conjoncture difficile. Six grenadiers, députés de toutes les compagnies foldées, fe préfentent au comité de police : un d'eux, joignant à la plus belle figure un choix d'expreffions qui furprend, & un fang-froid qui étonne encore davantage, prend la parole, & s'adreffant à monfieur de Lafayette : — « Mon général, le peuple manque » de pain ; le comité des fubfiftances vous trompe : » nous ne vous croyons pas un traître, mais nous » croyons que le gouvernement vous trahit. Nous » ne pouvons pas tourner nos armes contre des » femmes qui demandent du pain. Nous fommes » dans une pofition qui ne fauroit durer. Il n'eft » qu'un moyen de la faire ceffer. Allons à Verfailles; » on dit que le roi eft un imbécille ; nous placerons » la couronne fur la tête de fon fils ; on nommera » un confeil de régence ; la France fera mieux gou- » vernée ». — Quoi ! répond monfieur de Lafayette, avez-vous le projet de faire la guerre au roi, & de le forcer de nous abandonner ? — Mon général, le roi ne nous quittera pas ; s'il nous quitte, nous avons monfieur le dauphin.

Lafayette voit que ce difcours hardi tient à un plan concerté. Il infifte ; il joint même les prieres aux raifonnemens. — Il eft inutile de nous convaincre, reprennent tous enfemble les grenadiers, nos camarades penfent comme nous ; & quand vous nous changeriez, vous ne les changeriez pas. Lafayette ne fe rebute point ; il defcend fur la place

S 4

de Greve; rappelle aux foldats leur ferment d'être
fideles à la nation, à la loi & au roi. Sa voix fe
perd au milieu des cris répétés : à Verfailles, à Verfailles. C'eft en vain que les aides - de - camp de
Lafayette parcourent les rangs, & s'efforcent de ramener les foldats. Des agens du duc d'Orleans les
excitent; leur recommandent fur - tout de fe défier
de leurs chefs; les affurant que ce font des traîtres,
de mauvais citoyens. Plufieurs grenadiers s'approchent
de Lafayette, le conjurent de marcher à Verfailles;
de ne pas perdre le moment favorable de prévenir
les complots des ariftocrates. Un d'eux s'adreffe à
fes camarades : — Il eft bien étonnant que monfieur
de Lafayette veuille commander au peuple, tandis
que c'eft au peuple à lui commander! Il faut qu'il
parte, nous le voulons tous. Les murmures deviennent
plus violens; des menaces de mort fe font entendre!
les aides - de - camp de Lafayette lui déclarent que
fes jours font en danger; que le peuple eft prêt à
s'ébranler. On apporte une lettre de l'hôtel de Ville;
c'étoit un ordre des repréfentans de la commune
de marcher à Verfailles. Tous les yeux fe fixent fur
Lafayette : il prend la lettre, la lit, change de couleur; promene un regard trifte & douloureux fur les
nombreux bataillons qui couvrent la place de Greve;
détache, pour former fon avant - garde, trois compagnies de grenadiers, un bataillon de fufiliers &
trois pieces de canon. Sept à huit cents hommes;

armés de piques, de fufils, de bâtons, fe portent
en avant. Lafayette fuit avec le corps de l'armée.
Les bravos, les vive monfieur de Lafayette, l'accompa-
gnent jufqu'à la barriere de la Conférence. Sa phyfio-
nomie s'entr'ouvre un inftant à la vue de ces marques
de joie, & à l'oui de ces cris d'alégreffe, & femble
dire à tous : Vous le voulez ! j'obéis.

L'agitation n'étoit pas moindre à Verfailles qu'à
Paris. On s'apperçut, dès l'ouverture de la séance,
d'une fermentation marquée, non - feulement dans
l'affemblée, mais encore dans les tribunes, & dans
le peuple qui environnoit la falle des états. Le préfident, Mounier, annonça qu'il venoit de recevoir
la réponfe du roi fur l'acceptation des décrets conftitutionnels & de la déclaration des droits.

« Meffieurs, difoit le roi, de nouvelles lois con-
» ftitutives, ne peuvent être bien jugées que dans
» leur enfemble : tout fe lie en un fi grand & fi
» important ouvrage. Cependant je trouve naturel
» que, dans un moment où nous invitons la nation
» à venir au fecours de l'état par un acte fignalé de
» confiance & de patriotifme, nous la raffurions fur le
» principal objet de fon intérêt. Ainfi, ne doutant
» point que les premiers articles conftitutionnels, que
» vous m'avez fait préfenter, unis à la fuite de votre
» travail, ne rempliffent le vœu de mes peuples, &
» n'affurent le bonheur & la profpérité du royaume,
» j'accorde felon votre defir mon acceffion à ces

» articles : mais à une condition poſitive, & dont
» je ne me départirai jamais; c'eſt que par le ré-
» ſultat général de vos délibérations, le pouvoir exé-
» cutif ait ſon entier effet entre les mains du mo-
» narque. Une ſuite de faits & d'obſervations, dont
» le tableau ſera mis ſous vos yeux, vous fera con-
» noître que, dans l'ordre actuel des choſes, je ne
» puis protéger efficacement, ni le recouvrement
» des impoſitions légales, ni la libre circulation des
» ſubſiſtances, ni la ſûreté individuelle des citoyens.
» Je veux cependant remplir ces devoirs eſſentiels
» de la royauté : le bonheur de mes ſujets, la tran-
» quillité publique, & le maintien de l'ordre ſocial
» en dépendent. Ainſi, je demande que nous levions,
» en commun, tous les obſtacles qui pourroient
» contrarier une fin ſi deſirable & ſi néceſſaire.

» Vous aurez ſûrement penſé que les inſtitutions
» & les formes judiciaires actuelles, ne peuvent
» éprouver de changement, qu'au moment où un
» nouvel ordre de choſes y aura été ſubſtitué. Je
» n'ai pas beſoin de vous faire aucune obſervation
» à cet égard. Il me reſte à vous témoigner, avec
» franchiſe, que ſi je donne mon acceſſion aux di-
» vers articles conſtitutionnels, que vous m'avez fait
» remettre, ce n'eſt pas qu'ils me préſentent tous
» indiſtinctement l'idée de la perfection; mais je
» crois qu'il eſt louable en moi de ne pas différer
» d'avoir égard au vœu préſent des députés de la

» nation , & aux circonſtances alarmantes qui nous
» invitent ſi fortement à vouloir , pardeſſus tout , le
» prompt rétabliſſement de la paix , de l'ordre &
» de la confiance.

» Je ne m'explique point ſur votre déclaration
» des droits de l'homme & du citoyen : elle
» contient de très-bonnes maximes propres à gui-
» der vos travaux ; mais des principes ſuſceptibles
» d'applications , & même d'interprétations diffé-
» rentes , ne ſauroient être juſtement appréciées , &
» n'ont beſoin de l'être , qu'au moment où leur
» véritable ſens eſt fixé par les lois auxquelles ils
» doivent ſervir de premieres baſes ».

Les gens ſages ne virent dans les obſervations du
roi, que le deſir ſi naturel à un bon prince d'aſſurer
le bonheur du peuple , en offrant aux hommes , chargés de lui donner des lois, quelques conſidérations
fondées ſur la vraie nature de l'homme , & propres
à leur faire ſentir les dangers de ces principes abſtraits,
de ces maximes purement philoſophiques , ſi vagues,
ſi inſuffiſantes , lorſqu'il s'agit d'organiſer en corps
politique un grand peuple.

Louis XVI paroiſſoit juſtement effrayé de ce
ſyſtême de travail , petit & meſquin , qui compoſe
une conſtitution de pieces de rapport , étrangeres
l'une à l'autre , plaquées ſelon des circonſtances par-
tielles & du moment ; tandis que toute conſtitution
doit être eſſentiellement une , fondue d'un ſeul jet , &

embraſſer dans ſon enſemble la génération préſente & la génération à venir. Les révolutionnaires s'emporterent contre cette réponſe avec d'autant plus de fureur, qu'avertis de la marche des Pariſiens, il falloit tromper le peuple ſur les véritables intentions du roi, & motiver les excès auxquels on ſe diſpoſoit à le porter.

Ce n'eſt pas une acceptation, dit Lapoule, député de Franche-Comté, que le roi nous envoie; c'eſt une acceſſion conditionnelle accordée uniquement aux circonſtances. Je demande que pour raſſurer les créanciers de l'état, & pour que le peuple François ne puiſſe reprocher aucune précaution à ſes repréſentans, l'impôt extraordinaire de la contribution patriotique ſoit décrété : mais qu'il ſoit déclaré que la levée de cet impôt n'aura lieu qu'après que la déclaration des droits & la conſtitution auront été acceptées par le roi. Roberſpierre ajoute que la réponſe du roi eſt contraire aux droits de la nation; qu'elle contient une cenſure de la conſtitution; que ce n'eſt pas au roi de cenſurer la conſtitution; qu'il faut enfin déchirer le voile religieux dont on a cherché juſqu'ici à couvrir les premiers droits de la nation; qu'il ne conçoit pas comment les repréſentans d'une nation veulent envelopper d'un nuage les droits les plus inconteſtables des peuples.

Adrien Duport obſerve que la réponſe du roi n'eſt contre-ſignée d'aucun miniſtre; que c'eſt un moyen adroit d'échapper à la reſponſabilité. Il trouve

encore dans cette réponfe, une phrafe dont le
peuple pourroit induire que fi les circonftances euffent
été favorables pour les miniftres, ils n'auroient pas
donné l'adhéfion. En effet, le roi déclare qu'il a
égard au vœu préfent des députés, & aux circonftances alarmantes qui nous invitent fi fortement:
— Meffieurs, quand on rapproche cette phrafe des
circonftances réelles dont nous fommes environnés,
de ces orgies indécentes qui viennent d'avoir lieu,
des nouvelles qui nous arrivent des provinces, il eft
à préfumer que fi l'armée fe fût trouvée ici, l'adhéfion n'eût pas été donnée. . . . . A ces mots les révolutionnaires, les yeux ardens, les bras levés, les poings
en avant, crient tous à-la-fois : Oui. . . . oui. . . .
des orgies. . . . des menaces. . . . des cocardes patriotes foulées aux pieds. . . . les injures les plus
groffieres prodiguées aux repréfentans de la nation!

Le vicomte de Mirabeau répond que le roi fan-
ctionne clairement les articles de la conftitution; qu'il
n'y pofe qu'une condition bien naturelle; c'eft que
le pouvoir exécutif ait fon entier effet entre les mains
du monarque. Si nous fapons l'autorité royale, le
pouvoir exécutif fera fans vigueur, & l'anarchie
renaîtra. . . . . De violens cris d'à l'ordre interrompent
le vicomte de Mirabeau : les tribunes mêlent leurs
vociférations aux hurlemens des révolutionnaires. Le
comte de Barbantane, fuppléant de la députation
de Paris, fe leve avec un air d'impatience, & jetant

un regard finiſtre du côté de l'affemblée où fe placent les évêques & les nobles : — On voit bien que ces meſſieurs demandent encore des lanternes : eh bien! ils en auront. . . . Madame Charles Lameth lui reproche cette indiſcrétion. — Vous voyez madame, reprend le comte de Barbantane, que ces meſſieurs demandent encore des lanternes! — Oui, oui! ré- plique le duc de Chartres, il faut encore des lan- ternes! — Il eſt abominable, répond d'un ton in- digné monſieur de Raigecourt, que l'on oſe tenir ici des propos comme ceux-là. . . . Après un moment de ſilence, le duc de Chartres adreſſe la parole à monſieur de Raigecourt : — Eſt-il bien vrai, monſieur, que les gardes-du-corps n'ont point prêté le ſerment? — Je ne crois pas monſei- gneur. — Eh bien, monſieur, on le leur fera prêter!

Virieu replique à Duport que ce qu'il appelle des orgies, n'eſt qu'une fête patriotique & le fruit d'un noble enthouſiaſme. — Nous ne nous plaignons pas, repart Péthion, des cris de vive le roi, vive la reine; ils retentiſſent toujours avec plaiſir au fond de nos cœurs. Mais on ne vous dit pas que dans ces orgies militaires on a vomi des imprécations contre l'aſſem- blée nationale & contre la liberté. On les diſſimule ces imprécations dont le peuple pourroit cependant dépoſer — Meſſieurs, de grands malheurs nous en- vironnent; je demande ſi les gardes-du-corps doivent prêter le ſerment? je demande pourquoi

cette cocarde noire qui afflige les bons citoyens? —
Il faut, répond le comte de Mirabeau, prier le roi
qu'il veuille, dans fa fageffe, défendre aux corps &
aux chefs des corps ces fêtes qui infultent à la mifere
publique, & font naître des rivalités & des haines
qui peuvent devenir funeftes & irrefpectueufes dans les
lieux qu'habite le fouverain. Quant à l'acceptation qu'on
demande, s'il eft important que nos arrêtés foient inceffamment acceptés, il l'eft encore plus que l'acceptation paroiffe libre & volontaire. Si le roi retiroit celle
qu'il a donnée, & à laquelle on reproche d'être trop
foumife aux circonftances, il auroit l'air de n'être
pas libre : il vaut mieux qu'il foit prié de s'expliquer.
Si les pouvoirs font bien limités, fi nous avons bien
défini le pouvoir exécutif, pourquoi nous faire une
condition de ce qui n'eft pas douteux : c'eft élever
des nuages fur la fincérité des repréfentans de la
nation. Je crois que le contre - feing du roi eft l'égide
exclufif de la liberté nationale. Par une pieufe fiction
de la loi, le roi ne peut fe tromper : mais il faut
au befoin des victimes au peuple ; & ces victimes
font les miniftres. La modération du comte de Mirabeau furprit tous ceux qui connoiffoient fon caractere emporté & qui ignoroient fa profonde aftuce.
Le comte de Mirabeau étoit occupé de foins plus
preffans : il favoit le mouvement de Paris, & la
marche d'une troupe de femmes & de brigands
armés : il importoit à fes projets, ainfi qu'à ceux

des conjurés, que la séance se trouvât levée lorsque cette troupe arriveroit à Versailles : il falloit la diriger; &, l'assemblée séparée, il n'existoit plus d'autorité capable de prévenir les crimes que ses chefs méditoient.

L'esprit rempli de ses grands desseins, le comte de Mirabeau va se mettre derriere le fauteuil de Mounier : —— Monsieur le président, quarante mille hommes armés arrivent de Paris; pressez la délibé-ration, levez la séance, trouvez-vous mal; dites que vous allez chez le roi. —— Je ne presse jamais les délibérations, répond Mounier; je trouve qu'on ne les presse que trop souvent. —— Mais, monsieur le président, ces quarante mille hommes? —— Eh bien! tant mieux; ils n'ont qu'à nous tuer tous, les affaires de la république en iront mieux! —— Monsieur le président, le mot est joli. . . . . Pendant cette petite conversation la discution continuoit avec beaucoup de chaleur; les révolutionnaires affectoient un ton tranchant qui dévoiloit leurs projets & annonçoit leurs moyens. Monsieur de Monspey demanda que Péthion s'expliquât sur les inculpations qu'il venoit de faire aux gardes-du-corps, & qu'il remît au pré-sident sa dénonciation signée. —— Oui, oui! repren-nent les révolutionnaires, Péthion fera sa dénon-ciation! Alors le comte de Mirabeau, abandonnant sa feinte modération, s'écrie : —— Que l'assemblée déclare qu'excepté le roi tout en France est sujet; & je dénonce aussi moi. Ces paroles dénotoient assez

l'objet

l'objet de la dénonciation que se proposoit de faire
le comte de Mirabeau ; ne voulant pas même laisser
le moindre doute, il se tourna vers les députés qui
l'entouroient, & dit : je dénoncerai la reine & le
duc de Guiche.

Le désordre & le tumulte croissoient d'une maniere
effrayante : Mounier parvint à calmer les esprits :
Monspey retira sa motion ; &, après de violens
débats, l'assemblée décréta que le président, à la
tête d'une députation, iroit dans le jour demander
au roi l'acceptation pure & simple de la déclaration
des droits & des articles constitutionnels.

Les femmes parties de l'hôtel de Ville attendirent
aux Champs-Elysées les détachemens qu'elles avoient
envoyés parcourir les rues de Paris. On vit arriver
une foule de femmes de tout âge & de tout état ;
armées de fourches, de lances, d'épées, de pistolets,
de manches à balai. Huit à neuf cents hommes se
joignirent à ces femmes. Elles choisirent Maillard
pour les commander ; obligerent les hommes de se
replier derriere la colonne, & se mirent en marche
précédées de douze tambours. Toutes les maisons se
fermerent précipitamment sur leur passage. Ce n'étoit
pas sans raison. Déja elles se disposoient à enfoncer
les boutiques. Ce ne fut qu'avec beaucoup de peine
que Maillard parvint à les contenir. Elles continuerent
leur route, arrêtant les voitures, forçant les femmes
qu'elles y trouvoient de marcher avec elles, se

verfation avec ceux qui étoient dans les tribunes. Les unes entouroient le bureau des fecrétaires, les autres le fauteuil du préfident. Elles l'obligerent, ainfi que plufieurs députés, à recevoir leurs fales & dégoûtans baifers.

L'affemblée rendit un décret fur les fubfiftances. On en délivra une expédition à Maillard; il prit le décret d'un air mécontent : — Nous ne fommes pas fatisfaits de ce décret : il ne contient point la permiffion de fouiller dans les maifons; & s'adreffant aux députés placés au bureau : Croyez-moi, meffieurs, faites ce que nous vous demandons, fi vous voulez épargner l'effufion du fang. Mounier, à la tête d'une députation, alla porter au roi le nouveau décret, & demander l'acceptation pure & fimple de la déclaration des droits & des articles conftitutionnels. Les femmes voulurent accompagner Mounier chez le roi. En vain Mounier leur repréfenta que cette démarche étoit inutile; que le roi ne pouvoit que répéter en leur préfence ce qu'il leur avoit déja dit lui-même plufieurs fois : c'eft que le roi, de concert avec l'affemblée nationale, feroit tous fes efforts pour procurer des fecours à la ville de Paris. Ces raifons ne perfuaderent pas les femmes. Mounier fut contraint de leur promettre qu'il en introduiroit huit dans la falle du confeil. La députation fe mit en marche. Une multitude de femmes & d'hommes armés de piques rempliffoit la place d'armes. A cette

& fur-tout de produire des preuves. Maillard répondit, d'un air embarraffé, qu'il avoit rencontré
fur la route de Verfailles une dame allant à Paris,
laquelle leur avoit raconté ce qu'il venoit de dire;
en leur ajoutant : — Allez, fi vous avez befoin de
preuves, je les donnerai : je fuis logée dans telle rue.
Il ne fe rappelloit pas le nom de la rue.

Roberfpierre prétendit que l'étranger introduit dans
l'augufte diete avoit fortement raifon; qu'on avoit
parlé de ce fait le matin; que l'abbé Grégoire pourroit fournir des éclairciffemens. Maillard, reprenant
la parole, ajouta : — Nous voulons le renvoi du régiment de Flandre, & une fatisfaction de l'injure
faite à la cocarde nationale : nous obligerons tout
le monde à la porter. . . . S'appercevant que ce ton
de hauteur occafionnoit des murmures, il reprit : —
Quoi que vous en difiez, nous fommes tous freres;
& tirant de fa poche une cocarde noire, il la déchira
avec emportement, en foula aux pieds les morceaux.

Maillard & les femmes qui l'accompagnoient paroiffoient ivres. — Où eft notre comte de Mirabeau,
répétoient à chaque inftant ces femmes? nous voulons
le voir notre comte de Mirabeau ! Quelques-unes
montrant un morceau de pain noir & moifi, ajouterent : Nous le ferons avaler à l'Autrichienne, &
nous lui couperons le cou! Le nombre des femmes
augmenta peu-à-peu. Elles fe placerent pêle-mêle
fur les bancs des députés, faifant tout haut la con-

faisissant de tous les couriers, dans la crainte qu'on ne fermât le pont de Sêves & qu'on ne refusât le passage. Arrivées à Sêves, il fallut encore que Maillard employât tous ses efforts pour les empêcher de se livrer au pillage. Quelques particuliers distribuerent du vin. Les femmes abandonnant Sêves entrerent à Versailles chantant l'air de Henri IV, & poussant de grands cris de vive la nation ; auxquels le peuple de Versailles, accouru en foule, répondit par des cris de vivent nos braves Parisiennes !

On ignoroit au château ce qui se passoit à Paris. Cette imprévoyance des ministres caractérise l'ineptie des uns, la complicité des autres. Le roi étoit à la chasse. Cubieres, écuyer calvacadour, lui remit une lettre de la reine. Le roi la lut & demanda son cheval. Un chevalier de saint-louis que personne ne connoissoit, & que l'on n'avoit point vu pendant la chasse, se jette tout-à-coup aux pieds du roi, & dit : Sire, on vous trompe ; j'arrive à l'instant de l'école militaire, je n'ai trouvé que des femmes qui disent venir à Versailles pour demander du pain. Je prie votre majesté de ne point avoir peur. — Peur, monsieur ! répondit Louis XVI, en regardant fiére-ment le chevalier de saint-louis, je n'ai jamais eu peur de ma vie ; & montant à cheval il partit au galop. Le premier avis du conseil, fut de faire sortir le roi & la famille royale de Versailles. Le comte d'Estain se rendit à la municipalité, représenta que vue des membres de la députation applaudiſſent de la voix & des mains. Barnave & Mirabeau crient : — Courage braves Pariſiens ; vive la liberté ! ne craignez rien, nous ſommes pour vous.

On introduiſit une députation de huit femmes au château. On les mena chez monſieur de Saint - Prieſt, miniſtre de Paris : elles lui demanderent du pain. — Quand vous n'aviez qu'un roi, répondit séchement Saint-Prieſt, vous ne manquiez pas de pain ; à-préſent que vous en avez douze cents, allez leur dire qu'ils vous en donnent. Les femmes furent enſuite admiſes dans la ſalle du conſeil : elles renouvellerent au roi la demande qu'elles avoient faite à monſieur de Saint-Prieſt. — Vous devez connoître mon cœur, repliqua le roi ; je vais ordonner de ramaſſer tout le pain qui eſt à Verſailles, je vous le ferai donner. Cette ré- ponſe parut contenter ces femmes. La plupart étoient de bonne foi : elles ignoroient les projets des conjurés. Traînées par force à Verſailles, entendant ſans ceſſe répéter que le peuple mouroit de faim, que le ſeul moyen de faire ceſſer la diſette étoit de s'adreſſer au roi & à l'aſſemblée nationale, elles crurent avoir rempli le but de leur voyage en ayant obtenu un décret de l'aſſemblée ſur les ſubſiſtances, & l'ayant fait ſanctionner au roi. Ces femmes ſortirent de la ſalle du conſeil enchantées de la maniere dont on les avoit reçues ; criant : vive le roi, vivent meſſieurs les gardes - du - corps ! Arrivées à la grille du château,

dit : « Le peuple manque de pain ; il est au déses-
» poir ! Il a le bras levé ; il se portera sûrement à
» quelques excès ! Nous demandons la permission
» de fouiller dans les maisons suspectées de receler
» des farines. C'est à l'assemblée à épargner l'effusion
» du sang : mais l'assemblée renferme dans son sein
» des ennemis du peuple ; ils sont cause de la fa-
» mine. Des hommes pervers donnent de l'argent
» & des billets de caisse aux meûniers, afin de les
» engager à ne pas moudre. Le peuple à la preuve
» de ses faits : il sait le nom de ses ennemis. Nous
» ne voulons pas le dire, parce que nous ne voulons
» pas être des dénonciateurs ». —— Etes-vous sûr
de ce que vous avancez, reprit Mounier en interrompant Maillard ? —— Oui, oui ! repartirent à-la-fois
Maillard & les femmes qui l'accompagnoient. L'assemblée indignée, exigea que Maillard nommât les
personnes dont il entendoit parler. Alors deux membres de l'assemblée s'approcherent de Maillard, &
lui dirent quelques mots à l'oreille. Maillard répondit
au président qu'il étoit honnête, qu'il ne vouloit point
faire le métier de délateur. L'assemblée insista : les deux
mêmes députés parlerent à plusieurs femmes placées
au dedans & au dehors de la barre ; & au même
instant elles crierent : —— C'est l'archevêque de Paris.
L'assemblée marqua un mouvement unanime de
surprise mêlée d'indignation. Mounier pressa Maillard
de s'expliquer sur le nom des personnes qu'il accusoit,

le roi & la famille royale étoient en danger. Il
demanda que la municipalité le chargeât d'accompagner le roi dans fa retraite, & de ne rien négliger
pour le ramener à Verfailles le plutôt poffible. La
municipalité donna l'ordre, & autorifa le comte
d'Eftain à tenter toutes les voies & même à repouffer
la force par la force. Les voitures de la reine fe
préfenterent à la grille du Dragon : elles furent
arrêtées par les fentinelles de la milice de Verfailles.
Cet obftacle, que l'on n'avoit pas prévu, fufpendit
la réfolution de quitter Verfailles.

L'arrivée d'une troupe de femmes & d'hommes
armés ne furprit pas moins l'affemblée qu'elle n'avoit
furpris le château. La plupart des députés n'étoient
point dans le fecret. Ils éprouverent cet état d'anxiété
qui participe de la curiofité & de la crainte. On
apperçut un mouvement marqué dans la partie de
la falle qu'occupoient les révolutionnaires. Dix à douze
députés fe leverent d'un commun accord, & fortirent
par la porte de la rue du Chantier.

L'officier de garde vint avertir le préfident que
les femmes demandoient à entrer. Mounier permit
aux huiffiers d'introduire une vingtaine de femmes
avec Maillard leur orateur. Maillard parut à la barre
en mauvais habit noir, une épée nue à la main.
Une femme portoit une longue perche, au haut de
laquelle pendoit un tambour de bafque.

Maillard les yeux hagards, le ton d'un énergumene,

elles rapporterent la réponfe du roi aux femmes qui y étoient reftées. Celles d'entre elles inftruites des projets des conjurés, craignant que le rapport que venoient de faire ces femmes ne contentât les autres femmes & ne les engageât de retourner à Paris, les accuferent de trahir les intérêts du peuple & d'avoir reçu de l'argent : paffant bientôt des injures aux coups, elles les maltraiterent & voulurent même les pendre.

Cependant la milice de Verfailles étoit en armes devant la caferne des gardes - françoifes ; le régiment de Flandre pofté fur la place occupoit la longueur de la grille royale ; une partie des gardes - du - corps à cheval foutenoit le régiment de Flandre ; l'autre partie placée dans la premiere cour du château en défendoit l'entrée ; les gardes - fuiffes étoient rangés en bataille proche leurs cafernes. Les femmes fe mêlerent parmi les foldats de Flandre ; leur demanderent s'ils tireroient fur le peuple. Pour toute réponfe les foldats mirent leurs baguettes dans leurs fufils ; les firent fonner, montrant ainfi qu'ils n'étoient point chargés : — Nous avons bu, ajouterent - ils, le vin des gardes - du - corps, nous n'en fommes pas moins à la nation.

La milice de Verfailles n'étoit pas mieux difposée en faveur des gardes - du - corps. Elle avoit placé deux pieces de canon, qui prenoient en flanc l'efcadron des gardes pofté devant la grille du château. Les conjurés vouloient exciter une rixe, afin d'avoir un prétexte d'attaquer le château. Le roi, averti de leurs desseins, défendit au comte de Luxembourg d'opposer la force à la force. Le comte de Luxembourg, dans l'espoir de prévenir tout acte d'hostilité, résolut d'envoyer une députation à la milice de Versailles. Il chargea six officiers d'assurer cette milice que les gardes-du-corps n'étoient point ses ennemis; qu'il étoit faux, comme on l'avoit rapporté, qu'ils eussent foulé aux pieds la cocarde nationale. Les gardes nommés pour porter ces paroles de paix, alloient sortir; le comte d'Estain leur crie : — Ne sortez pas, messieurs, où vous serez massacrés! Moi-même j'ai voulu sortir, on m'a tiré huit coups de fusil! Je ne suis plus le maître : si vous allez en avant, je ferai fermer la grille.

Un malheureux incident donne le signal du combat. Un soldat de la garde de Paris s'étant introduit le sabre à la main dans les rangs des gardes-du-corps, monsieur de Savonieres lui commande de se retirer. Le soldat refuse d'obéir, s'avance jusqu'à la grille, & tente de pénétrer dans le château. Monsieur de Savonieres, voyant son obstination, court sur lui, le frappe du plat de son sabre, & le contraint de s'éloigner. Deux gardes-du-corps, témoins de ce mouvement, se joignent à monsieur de Savonieres, poursuivent le soldat national dans le dessein de l'arrêter. Il s'en fuit vers les casernes, criant qu'on aux plus fombres pensées, un particulier s'approche du baron de Batz, & remarquant la triffeffe dans laquelle il étoit plongé : — Je puis, monfieur, vous fournir de nouveaux fujets de méditation ; je vais, fi vous le voulez, vous mettre en converfation avec une femme habillée en poiffarde ; ce n'eft point une poiffarde, cette femme eft fort riche ; elle a des loges aux fpectacles, & certainement ce font de puiffans motifs qui l'amenent ici. Le baron de Batz accepte la propofition ; caufe une demie - heure avec cette femme. Elle lui dit que la milice de Paris & les gens du fauxbourg Saint - Antoine alloient arriver ; que fi monfieur de Lafayette avoit refufé de marcher, il auroit été pendu ; & montrant fa main légérement meurtrie : — Un garde - du - corps m'a frappée du pommeau de fon fabre, lorfqu'avec les braves femmes qui me fuivoient je voulois entrer au château. Je ferai vengée ! la meurtriffure de ma main fera lavée dans le fang des gardes - du - corps ! Cette femme parla de fa loge à l'opéra, de fon carroffe, de fes gens ; finit en ajoutant qu'elle avoit eu plufieurs fois un prince du fang chez elle.

Une autre femme haraffée de fatigue, dégoutante de fueur, les yeux hagards, le vifage renversé, aborde le préfident, de Frondeville, lui montre un poignard ; s'informe avec myftere fi l'appartement de la reine eft auffi bien gardé qu'on l'affure, & s'il n'exifte aucun moyen d'y pénétrer ? — Im-

royale en cas qu'elle fût attaquée. — Je confens à
vous donner l'ordre que vous demandez, répondit
la reine; mais à condition que fi les jours du roi
font en danger, vous en ferez un prompt ufage;
que fi je fuis feule en péril, vous n'en uferez point.

Mounier reçut enfin l'acceptation pure & fimple
de la déclaration des droits & des articles conftitutionnels. De retour à l'affemblée, il trouva la falle
pleine de femmes & d'hommes armés de piques:
une femme occupoit le fauteuil du préfident. Mounier
annonça l'acceptation de la déclaration des droits &
des articles conftitutionnels. — Cela donnera-t-il
du pain aux pauvres gens du peuple de Paris, crierent
à-la-fois toutes les femmes? Mounier fit avertir les
députés de fe rendre à la falle des états. Il en vint
quelques-uns. On reprit la difcuffion fur les lois
criminelles. Mounier pria monfieur Defchamps, député de Lyon, de monter à la tribune, & de prolonger la féance jufqu'à l'arrivée de Lafayette. Monfieur Defchamps fut bientôt interrompu par des
cris répétés : — Du pain, du pain; pas tant de
longs difcours. Mais le comte de Mirabeau fe levant
avec un vifage févere : — Je voudrois favoir pourquoi
l'on s'avife de venir troubler nos féances? Toutes les
femmes fe mirent à crier : bravo, & à battre des
mains! Le tumulte ceffa quelques inftans.

Tandis que chacun de nous, profondément affecté
de ce qui fe paffoit fous fes yeux, s'abandonnoit

veut l'affaffiner, & invoquant le fecours de la milice
de Verfailles. Un garde-national fort avec fon fufil,
tire fur monfieur de Savonieres, lui caffe le bras.
Au bruit du coup, on entend de tous côtés crier
que les gardes-du-corps chargent le peuple. La
milice de Verfailles fait avancer fes deux canons : le
peuple attaque les gardes-du-corps à coups de
pierres, de piques, de fufils. Le comte de Luxembourg, pour calmer l'agitation qui fe manifeste de
toutes parts, donne l'ordre aux gardes-du-corps de
fe retirer à leur hôtel. Ils fe forment fur quatre de
front, défilent le long des cafernes. La milice de
Verfailles profite de ce mouvement, & fait fur eux
une décharge de moufqueterie. Alors une troupe
d'hommes & de femmes propofent d'attaquer le
château. Un des conjurés leur repréfente qu'il n'eft
pas encore temps ; qu'ils feront bientôt en force : —
Les milices de Paris, ajoute-il, vont arriver, nous
irons au château, nous nous faifirons de la perfonne du
roi, de celle de la reine, ainfi que de tous les coquins
qui les entourent. Nous n'avons pas befoin de tous
ces gens-là ; puifqu'ils ne favent pas gouverner, il
faut fe débarraffer de ce fardeau. Au refte il vient
un homme de la garde-nationale dont nous fommes
fûrs, & qui fecondera bien nos deffeins. A quoi
bon un roi ? plus de tout cela.

Cependant le duc d'Orleans inquiet, indécis comme
tous les gens foibles au moment de l'exécution d'une

poffible, répond Frondeville, d'approcher clandefti-
nement de la perfonne de leurs majeftés, fans courir
les rifques d'être arrêté & puni très - féverement:
au furplus pourquoi defirez - vous fi vivement vous
introduire chez la reine ? Cette femme jette fur Frondeville un regard fanguinaire ; brandit fon poignard,
&, peu fatisfaite de fa réponfe, le quitte brufquement.
Frondeville s'efforce de la retenir; lui demande
qui peut lui infpirer le mécontentement qu'elle témoigne. Elle lui tourne le dos, faute pardeffus les
bancs, frappe & réveille plufieurs de fes compagnes
que l'ivreffe avoit affoupies.

Lafayette avant d'entrer à Verfailles fit prêter à
fon armée le ferment d'être fidelle à la nation, à la
loi & au roi. —— J'efpere, dit - il à Mounier, que
la paix fera bientôt rétablie, fi l'on confent à des
demandes très - importantes en toute autre circonftances, qui, toutefois, me le paroiffent peu dans
la crife où font les chofes. Le roi avoit defiré que
les députés fe réuniffent au château : l'arrivée de
Lafayette changea cette difpofition. Les députés s'é-
tant rendus au château : —— Je voulois, leur dit le
roi, m'environner des repréfentans de la nation,
profiter de leurs confeils, au moment où je verrois
moufieur de Lafayette. Il eft venu avant vous.
J'ajouterai feulement que je n'ai point eu l'intention
de partir, & que je ne m'éloignerai jamais de
l'affemblée nationale.

fix liards la livre, la viande à huit fols. — Faites ce que nous voulons, répétoit fans ceffe un jeune homme en vefte, portant un tablier d'ouvrier ; n'imaginez pas que nous foyons des enfans que l'on joue ; nous avons le bras levé, nous frapperons les traîtres. . . . L'évêque de Langres, outragé de la maniere la plus groffiere, fut forcé de lever la séance.

Le trouble & l'indécifion augmentoient au château ; on entendoit continuellement des décharges de moufqueterie ; les rapports les plus effrayans fe fuccédoient avec rapidité ; perfonne dans cette extrême confufion ne donnoit d'ordres ; ou si l'on en donnoit, ils fe contredifoient d'un inftant à l'autre. C'eft ainfi qu'on fit rentrer les gardes - du - corps à leur hôtel ; que le moment d'après on les en fit reffortir pour les porter fur la terraffe de l'orangerie. C'eft ainfi que l'on caferna le régiment de Flandre dans la grande écurie ; qu'il reçut l'ordre de fe former fur la place d'armes ; qu'à l'inftant même qu'il fe difpofoit à exécuter cette manœuvre, un page du roi, accourant à courfe de cheval, défendit au commandant de faire aucun mouvement. Le confeil étoit divisé d'opinions. Les uns vouloient que le roi partît pour Rambouillet ; les autres qu'il attendît Lafayette.

Plufieurs gentilshommes engagerent le préfident de Frondeville, député du bailliage de Caen, à folliciter un ordre de la reine, qui les autorisât à prendre des chevaux dans fes écuries pour défendre la famille grande entreprise, se montroit ou se cachoit, selon que son esprit agité lui offroit des terreurs ou des espérances. On l'avoit vu le matin en chapeau rond & en habit gris sur le boulevard, revenant du faubourg Saint-Antoine; il étoit sorti à une heure de l'assemblée nationale & avoit pris la route de Paris; à deux heures on l'avoit rencontré à la pyramide du bois de Boulogne, dépêchant des jockeys. Quelques personnes venoient de l'appercevoir dans l'avenue de Paris, entouré de gens armés de piques, de bâtons, de pistolets, cherchant à se dérober à tous les regards; mais ne pouvant fuir sa propre conscience, & par-tout suivi de la crainte & du remords.

Il entroit dans les projets des conjurés, d'assassiner les membres de l'assemblée dont on redoutoit les talens, la probité & le courage. La Théroigne de Méricourt, l'une des plus fameuses héroïnes de la révolution, ne cessoit d'assurer les gens à piques que c'étoit à l'assemblée nationale qu'il falloit marcher; qu'elle leur montreroit les véritables amis de la nation. L'assemblée continuoit sa séance : la salle, remplie d'hommes & de femmes, jurant, chantant, mangeant, buvant, assis sur les bancs des députés, offroit l'aspect dégoûtant d'une orgie de taverne. L'évêque de Langres présidoit en l'absence de Mounier : une troupe de femmes environnoient & le président & le bureau des secrétaires; criant : à bas les calottins; demandant que l'on taxât le pain à

Lafayette raſſura le roi ſur les deſſeins de l'armée
Pariſienne. Le roi lui confia le ſoin de ſon ſalut,
ainſi que celui de la famille royale. Lafayette remit
les poſtes aux anciens gardes - françoiſes : tout parut
rentrer dans l'ordre. Monſieur de Gouvion aſſura
même pluſieurs députés que, d'après l'explication
que le roi venoit d'avoir avec monſieur de Lafayette,
la milice Pariſienne ſatisfaite alloit repartir pour Paris,
en laiſſant un détachement à la garde du château.
En même temps, afin d'achever d'appaiſer les inquiétudes du peuple, Berthier, adjudant général,
vint déclarer à la milice de Verſailles, que les gardes-
du-corps prêteroient le ſerment civique & prendroient
la cocarde nationale.

Les conjurés étoient loin de ſe prêter à ces vues
de pacification... — Non, non, répondirent des
hommes habillés en femmes, mêlés parmi la milice
nationale de Verſailles, les gardes - du - corps ne ſont
pas dignes de porter notre cocarde : il ne faut pas
qu'il y ait demain un ſeul garde - du - corps envie !
L'agitation au lieu de ſe calmer ſembloit s'accroître
davantage. La place d'armes étoit couverte d'une
multitude d'hommes & de femmes armés de piques,
de fuſils, pouſſant des hurlemens de mort contre les
gardes - du - corps, courant en furieux après ceux
qu'ils pouvoient appercevoir. On avoit allumé de
diſtance en diſtance de grands feux, autour deſquels
des troupes d'hommes & de femmes mangeoient,
buvoient,

buvoient, chantoient : un cheval de garde-du-corps
fut dépecé, rôti, dévoré presque dans un instant!
Lecointre, lieutenant colonel de la milice de Verfailles, en habit bourgeois, tantôt parmi les foldats
tantôt au milieu du peuple, entretenoit la fermentation par des discours incendiaires. Un officier de
la milice de Paris, petit & boffu, nommé Verriere,
celui que les conjurés avoient défigné & qu'ils attendoient avec impatience, monté fur un grand cheval,
formoit des raffemblemens d'hommes & de femmes,
leur donnoit des ordres; alloit, venoit, ramaffant
les gens à piques, les faifant porter vers le château,
affurant les compagnies de la milice de Paris que
tout étoit tranquille; qu'il étoit chargé de la garde
du château; qu'elles pouvoient aller fe repofer.

Le roi, plein de confiance dans les mesures qu'avoit
prifes Lafayette, fit retirer les perfonnes qui fe difpofoient à paffer la nuit au château. Les gens véritablement attachés au roi, ne partagerent point cette
fécurité du monarque : des cris de fureur qui
s'élevoient par intervalles de la multitude répandue
fur la place d'armes, un tiraillement continuel de
coups de fufil, leur caufoient de vives alarmes. Le
marquis de Digoine, député d'Autun, s'apperçut en
vifitant les poftes du château, que la porte du côté
de la falle de l'opéra étoit ouverte : il obferva qu'il
falloit la fermer. Le portier répondit qu'il n'avoit pas
les clefs. A trois heures du matin, le marquis de

Digoine voulut s'affurer fi l'on avoit fermé cette porte;
il la trouva encore ouverte, avec un feul foldat de la
milice de Verfailles pour toute garde : les autres
poftes étoient tenus avec la même négligence. A
onze heures du foir une compagnie de la garde
foldée de Paris fe préfente à la grille du dragon,
en demande l'ouverture fous prétexte de faire des
patrouilles dans le parc. L'officier refufe de l'ouvrir.
Cette compagnie fe rend à la grille de la chapelle.
Il ne s'y trouve point de fentinelle. Un coureur de
monfieur, frere du roi, prend un pavé, caffe le
cadenas, & fait entrer la compagnie. Ainfi, malgré
les affurances de Lafayette, les conjurés étoient les
maîtres du château.

On continuoit de difcuter à l'affemblée quelques
articles du code criminel ; des cris, des chants, des
interpellations à haute voix, des menaces groffieres
contre les calottins, interrompoient à chaque inftant
l'orateur. Mounier fentoit combien il étoit important
que l'affemblée ne fe féparât pas dans cette circonftance critique. Les conjurés attendoient impa-
tiemment la levée de la féance : jufques-là ils ne
pouvoient rien entreprendre. Le comte de Mirabeau
fe leve, va fe concerter avec Barnave & Péthion,
& demande que d'après le bruit & le défordre qui
regnent dans l'affemblée, vu l'impoffibilité de continuer
la féance, elle foit remife au lendemain. Mounier,
fans s'arrêter à la demande de Mirabeau, dit de

continuer la difcuffion. Mirabeau ne fe rebute point; il fait paffer à Mounier un billet écrit au crayon; il lui repréfente que tous le députés font extrêmement fatigués, l'invite à lever la séance. Mounier refufe. Lafayette arrive : il prie Mounier de venir dans un des bureaux. Mounier, craignant qu'on ne profite de fon abfence pour féparer l'affemblée, envoie Lally-Tolendal & Clermont - Tonnerre. Lafayette leur protefte que les intentions de la milice de Paris font bonnes; que les poftes font gardés de maniere à ne laiffer aucune inquiétude. — Je réponds de tout, ajoute Lafayette : je vais prendre quelque repos: j'invite monfieur le préfident à fuivre mon exemple. Une affurance fi pofitive décide Mounier. Il leve la séance, voit en fortant Lafayette, qui lui confirme ce qu'il vient de dire à Clermont.

Il étoit trois heures du matin. A fix heures, des femmes & des hommes armés fe raffemblent fur la place ; des tambours les rappellent ; ils fe rallient à un étendard femé de flammes rouges & bleues. D'abord cette multitude s'agite en tout fens : elle fe divife enfuite en plufieurs colonnes, comme fi elle avoit obéi à différens chefs. Des cris de fureur contre les gardes - du - corps fe font entendre. Une des colonnes fe préfente à la grille royale : elle étoit fermée. Une autre colonne pénétre par la grille de la chapelle qu'elle trouve ouverte : un garde-national de la milice de Verfailles la guide vers

l'escalier du roi. Miomandre de Sainte-Marie &
quelques gardes-du-corps y courent : — Mes
amis, s'écrie Miomandre, vous aimez votre roi, &
vous venez l'inquiéter jufque dans fon palais! Perfonne
ne répond. La colonne continue d'avancer. Les
gardes-du-corps fe renforcent dans leur falle : bientôt les portes font rompues; ils fe voient contrains
de l'abandonner. Les conjurés fe portent à l'appartement de la reine, en difant : — Nous voulons
couper fa tête, arracher fon cœur, fricaffer fes foies,
& cela ne finira pas là! Miomandre vole à la porte
de la premiere antichambre, l'ouvre précipitamment,
crie à une dame qu'il apperçoit : — Sauvez la reine,
on en veut à fes jours! Je fuis feul contre deux mille
tigres; mes camarades ont été obligés de quitter la
falle. Miomandre, après ce peu de mots, ferme la
porte & attend courageufement les conjurés. Un
d'eux lui porte un coup de pique; Miomandre le
pare. Un fecond prend la pique par le fer, lui en
décharge un coup qui le renverfe : — Reculez-vous,
dit le même garde-national qui marchoit à la tête
de la colonne. La foule s'écarte. Cet homme prend
la mefure de la tête de Miomandre avec la croffe
de fon fufil, lui en donne un coup de toutes fes
forces. Le chien entre dans le crâne! Miomandre,
baigné dans fon fang, eft laiffé pour mort. Les
conjurés paffent dans la grande falle. Le duc d'Orléans en frac gris, chapeau rond, une badine à la

main, se promenoit d'un air gai au milieu des groupes qui couvroient la place d'armes & les cours du château. Il sourioit aux uns, parloit familiairement aux autres. Des cris répétés de notre pere est avec nous, vive le roi d'Orleans, retentissoient autour de lui! Encouragé par ces marques décisives, le duc d'Orleans marche quelque temps avec cette troupe: mais, arrivé au haut de l'escalier, il n'ose franchir l'espace redoutable qui, dans le crime, sépare l'exécution du projet; il se contente de désigner d'un geste l'appartement de la reine; tourne du côté de l'appartement du roi, & disparoît.

Cependant madame Auger, premiere femme de chambre de la reine, lui passe à la hâte un jupon, lui jette un mantelet sur les épaules. La reine gagne l'escalier dérobé qui communique à l'appartement du roi : elle frappe à la porte de l'œil de bœuf. Le bruit & la confusion empêchent de l'entendre. La reine demeure un moment dans la plus pénible anxiété. On ouvre, enfin; elle entre fondant en larmes, & s'écrie : — Mes amis, mes chers amis, sauvez-moi!

Les conjurés, maîtres de la salle des gardes, brisent, enfoncent les portes de l'appartement de la reine, pénétrent dans sa chambre à coucher, s'avancent jusqu'à son lit, le percent de plusieurs coups de piques. S'appercevant que la reine s'est sauvée, ils se jettent dans l'antichambre du roi, attaquent la porte de l'œil de bœuf. Les gardes - du - corps, retranchés avec des tables & des tabourets, ne pouvoient tenir long-temps; déja les panneaux frappés à coups redoublés voloient en éclats : le duc alloit jouir du fruit de ses crimes. Les grenadiers des anciens gardes-françoises accourent, chassent les conjurés, s'emparent des postes intérieurs.

Tandis que les conjurés maîtres du château en inondent tous les appartemens, des hommes habillés en femmes répandent parmi le peuple que monsieur de Lafayette est un traître; qu'il faut s'en défaire. Un des principaux conjurés revêtu d'un habit d'officier de la garde - nationale, une croix de malte à sa boutonniere, recommande à une troupe d'hommes & de femmes qui se pressent autour de lui, & auxquels il glisse de l'argent, de ne respecter que monsieur le dauphin & monseigneur le duc d'Orleans. Il faut avoir la tête de la reine & de monsieur de Lafayette. Lafayette est un traître; il n'est parti de Paris que malgré lui, & très - tard. Etant au pont de Louis XVI, il s'est écrié : Est - il possible que je trahisse mon roi : on a été obligé de le faire marcher en tirant des coups de fusil en l'air. A ce discours, un homme d'une figure affreuse, déguisé en femme, montre une espece de faucille, & jure que ce sera lui qui coupera la tête à cette gueuse. Les femmes applaudissent; assurent que ce monsieur a raison; qu'elles veulent avoir le duc

d'Orleans fur le trône, & tuer monfieur de Lafayette;
qu'on leur donne de l'argent pour cela.

La place d'armes & les cours du château offrent
un tableau encore plus hideux des fureurs populaires.
Des troupes de femmes & d'hommes, armés de
piques & de fufils, pourfuivent de tous côtés les
gardes - du - corps. Meffieurs des Hutes & de Varicourt font amenés à la grille royale; on les couche
par terre; un homme à grande barbe leur coupe la
tête avec une hache! Alors une joie barbare éclate
parmi cette horde fauvage; les uns trempent leurs
mains dans le fang des deux gardes égorgés, s'en
frotent le vifage; d'autres danfent en chantant autour
de leurs cadavres. Quelques hommes propofent d'aller canonner l'hôtel des gardes - du - corps. — Non,
répond le plus grand nombre, il vaut mieux les
pendre, ce fera plus amufant. Tous fe difperfent,
& courent à la chaffe des gardes - du - corps comme
à la chaffe d'un gibier. Plus de trente gardes, faifis
dans différens endroits, font conduits fur la place
d'armes; on fe prépare à les immoler; l'homme à
la grande barbe brandit fa hache dégoutante de fang,
& appelle à haute voix des victimes. . . . . Lafayette
arrive avec une compagnie de grenadiers; il eft in-
digné du fpectacle qui s'offre à fes yeux : — Grenadiers, j'ai donné ma parole au roi qu'il ne feroit
fait aucun mal à meffieurs les gardes - du - corps; fi
vous me faites manquer à ma parole d'honneur, je

V 4

ne fuis plus digne d'être votre général, & je vous abandonne : fabrez ! Les grenadiers fondent fur cette troupe d'affaffins, & leur arrachent leur proie.

Tout au château offroit l'image de la plus profonde confternation. La reine & la famille royale s'étoient retirées dans les petits appartemens. La reine, placée à l'embrafure d'une fenêtre, avoit à fa droite madame Elizabeth, à fa gauche madame royale, devant elle, & debout fur une chaife, monfieur le dauphin, qui, tout en badinant avec les cheveux de fa fœur, difoit : — Maman, j'ai faim. La reine, les larmes aux yeux, lui répétoit qu'il falloit prendre patience & attendre que le tumulte fût cefsé. Tout-à-coup elle apperçoit le duc d'Orleans, tenant Adrien Duport fous le bras : — Ils vont tuer mon fils ! s'écrie la reine entraînée par un mouvement involontaire de frayeur; elle prend le dauphin dans fes bras & fe leve avec précipitation. Quelqu'un vient avertir la reine que le peuple la demande : elle héfite un moment. Lafayette lui repréfente que cette démarche eft néceffaire pour calmer le peuple. — En ce cas, répond la reine avec vivacité, dufsé-je aller au fupplice, je n'héfite plus; j'y vais. La reine, tenant fes deux enfans par la main, fe rend fur le balcon. — Point d'enfans, crie un homme du peuple. La reine remet monfieur le dauphin & madame royale à madame de Tourfelle & s'avance feule. Un des conjurés la met en joue; mais étonné lui-même de l'horreur de son crime, il n'ofe le confommer.

Quelques perfonnes demandent que le roi vienne demeurer à Paris. La multitude répéte avec de grands cris : — Le roi à Paris, le roi à Paris! Lafayette obferve que le feul moyen d'appaifer le défordre, eft de confentir au defir que témoigne le peuple de voir le roi fixer fon féjour dans la capitale. Le roi promet de fe rendre le jour même à Paris, pourvu que la reine & fa famille y viennent avec lui. Il follicite la grace des gardes-du-corps : Lafayette joint fes inftances à celles du roi. Les gardes-du-corps fe préfentent fur le balcon, au milieu d'un groupe de grenadiers de la milice de Paris; ils jettent au peuple leurs bandoulieres, donnent leurs chapeaux aux grenadiers, prennent les bonnets des grenadiers, les mettent fur leurs têtes. Le peuple applaudit; crie : vivent les gardes-du-corps! L'ivreffe de la joie fuccede à l'ivreffe de la fureur : la paix eft folem-nellement proclamée : de nombreufes décharges d'artillerie & de moufqueterie, annoncent la victoire des Parifiens & le départ du roi.

La féance étoit indiquée pour neuf heures : la fatigue de la nuit, le défordre & la confufion qui regnoient de toutes parts, l'inquiétude fi légitime des fuites de l'invafion du château, les craintes per-fonnelles du préfident Mounier & de plufieurs députés, menacés hautement par les brigands foudoyés du duc d'Orléans, les intrigues coupables, les menées perfides de quelques autres députés, acteurs cachés, mais très-actifs, de ces fcenes tragiques, empêcherent l'affemblée de fe former avant onze heures : la plupart des députés alloient & venoient du château à la falle des états, tourmentés d'idées affligeantes.

Mounier obferva que le roi paroiffoit defirer que les députés fe tranfportaffent auprès de fa perfonne, & que l'affemblée tînt dans le fallon d'hercule.

Il n'eft pas de la dignité de l'affemblée, reprit Mirabeau, de fe tranfporter au château : elle ne pourroit délibérer librement dans le palais des rois. Il fuffit d'envoyer une députation de trente - fix membres, d'établir une communication immédiate, & non interrompue, entre le monarque & les repréfentans de la nation. — Vous allez avoir à confeiller le roi, ajouta Barnave, fur la tranflation de fa perfonne ; vous aurez également à délibérer fur votre propre tranflation : favoir fi le roi & l'affemblée demeureront ici, s'ils iront à Paris, s'ils fe transféreront ailleurs. C'eft ce qui ne fauroit être décidé que d'après les circonftances & une mûre délibération. Mais, dans tous les cas, le roi & l'affemblée ne doivent point fe féparer. Le falut, la paix du royaume, l'unité de la puiffance publique, l'inviolable attachement que nous devons au roi, nous prefcrivent également cette réfolution : vous ne fauriez trop tôt la prononcer. La propofition de Barnave s'accordoit trop avec les vues fecretes des conjurés pour n'être pas adoptée. Déja tous les partis calculoient les avantages qu'ils tireroient de la tranflation du roi & de l'affemblée nationale à Paris. Les révolutionnaires voyoient l'influance que leur donneroit le peuple dont ils difpofoient, & une opinion publique impérieufe qu'ils étendroient facilement fur les provinces : il feroit facile de rendre fufpects, & même odieux, les hommes qui tenteroient de contrarier leurs opérations. Le roi fans autorité au milieu d'une ville gouvernée par une municipalité indépendante de lui, & dans une captivité réelle, fous l'ombre d'une garde d'honneur de trente mille hommes à l'entiere difpofition d'un des principaux chefs de la révolution, feroit forcé de confacrer par fa fanction les décrets les plus contraires à fes intérêts.

Les orleaniftes efpéroient qu'à l'aide des agitateurs dont Paris fourmille, & des moyens perfides qu'ils fauroient employer, ils ameneroient une circonftance favorable à leurs projets : car, bien qu'échoués deux fois par des hafards qu'ils n'avoient pu prévoir, ces projets n'étoient point abandonnés; & le roi à Paris, en leur offrant de nouvelles chances, leur laiffoit encore l'efpoir du fuccès. Une députation fut chargée de préfenter au roi le décret qui prononçoit que, pendant la feffion actuelle, la perfonne du monarque & l'affemblée nationale étoient inféparables. —— Je reçois avec une vraie fenfibilité, répondit le roi, les nouveaux témoignages d'attachement de l'affemblée nationale : le vœu de mon cœur eft, vous le favez, de ne me jamais féparer d'elle. Je vais me rendre à Paris avec la reine & mes enfans; je donnerai les ordres néceffaires pour que l'affemblée puiffe y continuer fes travaux.

Cette réponfe fi conforme aux vues des révolutionnaires les remplit de joie. Mirabeau fe leve : — Je demande qu'on fignale cette grande journée, qui doit établir la concorde & en étendre les bienfaits jufqu'aux extrêmités du royaume, par l'adoption du projet de décret fur la contribution patriotique du quart du revenu; & que dans une adreffe au peuple des provinces, on lui annonce que le vaiffeau de l'état va s'avancer vers le port plus rapidement que jamais.

Le roi partit à midi. Les têtes de meffieurs des Hutes & de Varicourt, portées au haut de deux piques, ouvroient la marche. Suivoient quarante à cinquante gardes-du-corps à pied, fans armes, efcortés d'une troupe d'hommes, armés de fabres & de piques. Venoient enfuite deux gardes-du-corps en bottes, bleffés au cou, la chemife enfanglantée, les vêtemens déchirés, tenus par deux hommes en uniforme national, l'épée nue à la main. On voyoit plus loin un groupe de gardes-du-corps à cheval; les uns en croupe, les autres fur la felle, ayant un garde-national monté derriere eux, & entourés d'hommes & de femmes qui les forçoient de crier vive la nation, de boire & de manger avec eux. Une multitude, mélange confus d'hommes à piques, de cent Suiffes, de foldats du régiment de Flandre, de femmes couvertes de cocardes tricolores, portant des branches de peuplier, d'autres femmes affifes à califourchon fur des canons, précédoit & fuivoit le carroffe du roi. Tous les fufils ornés de feuilles de chêne en figne de victoire; un feu roulant de moufqueterie; des cris : *Nous amenons le boulanger, la boulangere & le petit mitron*, auxquels fuccédoient des injures groffieres à la reine, des menaces contre les prêtres & les nobles. Tel fut le cortege infultant & barbare, au milieu duquel le roi, la reine & la famille royale, après une marche de plus de fix heures, arriverent à l'hôtel de Ville de Paris !

Les députés qui avoient confervé quelque attachement à l'ancienne conftitution de l'empire, indignés de tant d'horreurs, s'apprêtoient à quitter l'affemblée. Ils craignoient en y demeurant plus long-temps, de manquer à ce qu'ils devoient à leurs commettans & à ce qu'ils fe devoient à eux-mêmes: ils efpéroient que les provinces inftruites des événemens du fix octobre & de la violence faite au roi, étrangeres à tous les complots, regardant la monarchie & le monarque comme une propriété de la France, chercheroient à arrêter des entreprifes qui,

dirigées immédiatement contre la monarchie & contre le monarque, tendoient à plonger le royaume
dans une anarchie populaire : Mounier & Lally-
Tolendal s'éloignerent les premiers. La plupart des
députés nobles & des députés eccléfiaftiques fe difpofoient à les fuivre, l'affemblée alloit fe diffoudre par
le fait, lorfque Chapelier, qui remplaçoit Mounier
dans la préfidence, dénonça ce qu'il appelloit un
nouveau complot de l'ariftocratie, & invoqua une
loi qui retînt les députés à leur pofte. La loi fut
rendue. Mais les révolutionnaires ne s'y fiant point
prirent des mefures plus efficaces. Ils peignirent aux
habitans des provinces fous l'odieufe couleur de confpirateurs & d'ennemis du peuple, les députés dont
les principes leur faifoient un devoir d'abandonner
une affemblée où il n'exiftoit plus ni liberté ni efpoir
de faire le bien.

Cependant Paris incertain de la maniere dont les
provinces recevroient la nouvelle de l'enlévement du
roi, cherchoit à rejeter loin de lui tout ce qu'avoit
de coupable cet enlévement. Lafayette & Bailli engagerent le roi à déclarer, dans une proclamation,
qu'il étoit venu librement avec fa famille à Paris;
qu'il y avoit reçu les témoignages les plus refpectueux
de l'amour & de la fidélité des habitans de cette
ville ; qu'il étoit affuré qu'ils n'entreprendroient jamais
en aucune maniere de gêner les déterminations de fa
volonté ; que c'étoit au milieu des Parifiens & de Paris,

qu'il annonçoit à tous les habitans de ses provinces que, lorsque l'assemblée nationale auroit terminé le grand ouvrage de la restauration du bonheur public, il réaliseroit le plan, conçu depuis long-temps, d'aller sans aucun faste visiter ses provinces, pour connoître plus particuliérement le bien qu'il y pourroit faire, & pour leur témoigner dans l'effusion de son cœur qu'elles lui étoient toutes également cheres.

Lafayette ne tarda pas à pénétrer l'affreux mystere de la journée du six octobre. Il sut qu'il n'avoit été que l'instrument passif des vues secretes des conjurés; qu'il étoit marqué une des premieres victimes; que le projet étoit de massacrer le roi, la reine, monsieur, une partie de l'assemblée nationale; d'établir le dauphin roi, le duc d'Orleans régent, jusqu'à ce que, l'habitude façonnant le peuple à ce nouveau maître, la mort du jeune dauphin lui frayât le chemin du trône.

Lafayette vit ce qu'il avoit à craindre d'un parti qui, s'identifiant en apparence avec la révolution, cachoit des vues très-distinctes & des intérêts très-différens. Lafayette vouloit se justifier aux yeux de la France & aux yeux de l'europe, du meurtre des gardes-du-corps & des excès commis au château. Ce malheureux sommeil, si justement reproché, dans un moment où le roi, la famille royale, seuls, dénués de secours, étoient demeurés sous le couteau des assassins, sembloit indiquer ou du moins laissoit soupçonner un complice. Il étoit difficile de donner à

cette affaire la marche d'une procédure criminelle;
les révolutionnaires s'y trouvoient confondus avec les
conjurés. Comment porter l'œil sévere du magistrat
fur les entreprifes coupables des uns, fans compromettre les mefures qu'avoient cru devoir prendre les
autres? Tout étoit lié dans l'événement du fix octobre;
& l'infurrection de Paris, & le départ des femmes
pour Verfailles, & la marche de l'armée Parifienne.

Lafayette penfa qu'en éloignant le duc d'Orleans,
en gagnant les principaux chefs de fon parti, en liant
leurs intérêts à ceux de la révolution, on parviendroit
à détruire cette cabale. Ce point arrêté, Lafayette
fe chargea de l'exécution. Il eut une conférence avec
le duc d'Orleans : la converfation fut très-impérieufe
d'une part & très-réfignée de l'autre. Le duc accepta
un miffion pour l'Angleterre, ou plutôt reçut l'ordre
de quitter le royaume. Le départ du duc d'Orleans
alarma les conjurés : c'étoit une condamnation fans
accufation, un jugement tacite, dont la légitimité re-
connue par le prévenu lui-même, lui faifoit embraffer avidement comme une grace un exil défho-
norant. Le comte de Mirabeau fentit tout ce qui
réfultoit pour lui de cette fuite précipitée. Plus de
doute fur un complot, fur un moteur principal, fur
des complices. Frappé de cette vérité effrayante, le
comte de Mirabeau dit au duc de Biron :— Monfieur
le duc d'Orleans va quitter, fans un jugement préalable, le pofte que lui ont confié fes commettans.

S'il

S'il obéit, je dénonce son départ & je m'y oppose ; s'il fait connoître la main invisible qui l'éloigne, je dénonce l'autorité qui veut prendre la place de la loi : qu'il choisisse entre cette alternative.

Le duc d'Orléans embarrassé promit de suivre le conseil de Mirabeau : on prit jour pour la dénonciation. Lafayette instruit du changement survenu dans les dispositions de ce prince, alla le trouver & le pressa en termes très - forts de remplir ses engagemens. Soit que la conscience du duc lui montrât trop à nu son crime, soit que le ton impérieux de Lafayette lui inspirât des craintes encore plus personnelles, il écrivit à Mirabeau : — J'ai changé de dessein, ne faites rien, nous nous verrons ce soir. Mirabeau étoit à l'assemblée lorsqu'il reçut ce billet ; il le remit froidement à un député de ses amis : — Tenez lisez, il est lâche comme un laquais; c'est un jean - f.... qui ne mérite pas la peine qu'on s'est donnée pour lui.

Fin du premier Volume.

C. E. PASS

MÉMOIRES
POUR SERVIR
À L'HISTOIRE
DE 1789

TOME
I

PARIS AN VII